포수 김우종

포수 김우종

1판 1쇄 펴낸날 2021년 6월 10일

———

지은이 박인

———

펴낸이 이민호
펴낸곳 북치는소년
출판등록 제2017-23호
주소 10442 경기도 고양시 일산동구 일산로 142, 427호(백석동, 유니테크빌벤처타운)
전화 02-6264-9669 **팩스** 0505-300-8061
전자우편 book-so@naver.com

———

디자인 신미연
제작 두성 P&L

———

ISBN 979-11-971514-6-0

———

포수 김우종

—부북기 赴北記

박인 장편 소설

북치는소년

영원한 삶에 대한 단상^{斷想}

『포수 김우종』은 실존 인물과 실제 기록을 바탕으로 스토리를 전개시키고 있다는 점에서 우선 독자의 관심을 끈다. 17세기 박계숙, 박취문 부자의 부방^{赴防} 기록인 『부북일기^{赴北日記}』에 서술된 저자 박취문의 일 년간 행적을 스토리 전개의 근간으로 삼아 박시문이라는 무관을 등장시켰으며, 19세기 박래겸의 공무 기록인 『북막일기^{北幕日記}』에 언급된 신비로운 노인 김우종을 주인공으로 제시했다는 점이 작품에 생동감을 더했다. 조선 시대 초급 군관들의 근무 형태에 대해서는 알려진 바가 거의 없는데 『부북일기』는 일종의 파견 근무인 부방 생활의 일단을 짐작할 수 있게 하는 자료이다. 『북막일기』는 1827년 7월부터 9개월간 박래겸이 함경도 북평사로 근무할 때 기록이다.

주인공 김우종에 대해서 『북막일기』에는 본래 제주인으로 함경도에 들어온 지 이백 년이 되었으며, 글자를 모르고 정신이 온전치 못하나 여러 자료들을 바탕으로 볼 때 삼백 살이 넘었다는 데는 의심의 여지가 없다고 적혀 있다. 어떻게 이런 사람이 있을 수 있겠는가 싶지만 도가道家 계통에서는 흔한 일이다. 지금도 지리산이나 계룡산에 호적에 오르지 않은 채 수백 년을 살고 있는 도인들이 실존함을 주장하기도 하니 그 사실 여부를 떠나 참으로 흥미로운 일이 아닐 수 없다. 작가는 비록 몇 백 년의 나이 차에도 동시대를 살아가는 두 인물인 김우종과 박시문을 작품의 중심에 두었으며 다양한 성향의 주변인들을 적재적소에 배치했다. 그리고 이들의 상호 작용을 통해 시련과 역경 속에서 성장하고 성숙해 가는 인간의 모습을 그려내고자 했다. 특히 전란과 학정 속에서 자행되는 관리들의 탐학과 그 속에서 울분을 삼키며 근근이 버텨 나가는 민중의 참상을 쌍령 전투, 나선 정벌과 같은 일련의 역사적 사건을 배경으로 자연스럽게 풀어냈다는 점이 참으로 인상적이다.

『포수 김우종』이 우리에게 던지는 또 하나의 메시지는 시간에 대한 철학이다. 그것은 바로 죽음을 극복한 영원한 생명이 죽음이 예정된 유한한 생명보다 행복한가라는 물음과도 상통한다. 영화 〈맨 프럼 어스The Man from Earth〉나 〈벤자민 버튼의 시간은 거꾸로 간다The Curious Case Of Benjamin Button〉를 보면서 죽지 않거나 세월을 역행하는 삶이 결코 행복이라는 단어와 등식을 이루지는 않음을 깨닫게 되듯이 불사신 김우종의 인생은 실로 상처투성이다. 삶은 고해苦海라는 표현이 말해 주듯 우리는 살아가면서 기쁘고 즐거운 일보다는 슬프고 힘든 일을 더 많이 겪게 마련이다. 이러한 생의 고통을 김우종은 보통 사람보다 몇 배나 더 겪어야 했다. 무엇보다도 사랑하는 사람을 먼저 떠나보 낸 뒤의 외로움은 늘 그의 몫이었다.

이미 살아온 세월이 수백 성상이건만 여전히 삶과 죽음이 무 엇인지 모르겠노라는 김우종의 독백은 인생이란 아무리 오래 살아도 모르는 것이 늘어만 간다는 이치를 말해 준다. 길어야 백년 안에 끝내는 생사의 숙제를 남들보다 몇 갑절은 더 했건만 신선이 되지도 못하고 그렇다고 편히 지낼 수 있는 신분을 얻지 도 못한 채 민중들 속에서 부평초마냥 떠도는 김우종의 형상은 늘 갈망과 절망을 반복하다가 끝내 정착지를 찾지 못한 채 생을 마감하는 우리네 모습과 너무나 닮아 있다. 이렇듯 그의 마음 한편을 차지한 지난 세월의 음영을 작품 행간에서 읽을 때면 독 자는 스스로의 삶을 성찰하게 된다.

또한 이 소설은 초라했던 한 인물이 몇 세대를 뛰어넘는 세월 속에서 단련되고 노련해지며 성숙해 가는 이야기이기도 하다. 이름 모를 제주 기생의 아들로 태어나 아비에게 버림받고 멍석 말이로 죽을 고비를 넘긴 후 열여섯에 뭍으로 나온 김우종은 앞 날을 기약할 수 없는 초라하고 볼품없는 존재였다. 십대 중반의 모습에서 성장을 멈춘 채 앞가림조차 못하던 그는 수백 년을 살 아오면서 많은 것을 깨닫고 익혔다. 이러한 자각과 배움은 그의 외모까지도 변화시켰다.『포수 김우종』과『북막일기』에서는 '새벽별 같이 번쩍이는 두 눈동자', '어린애처럼 부드러운 머리털', '민첩하고 사나운 주먹', '나는 듯한 걸음걸이', '열 살 아이 몸집이나 대단한 식성' 등으로 김우종의 특성을 묘사했다. 그의 이러한 외양은 세월의 연륜이 쌓인 결과일 것이다. 소설에서 언급되었듯이 '나대고 깝죽거리지 않으며, 조용히 뒷전에 머무는 처신', '중심에 이르지 않고, 언저리에 숨어서 눈치껏 하는 행동', 이 모든 것이 그가 수백 년을 살아오면서 터득한 처세의 비결인 만큼, 변화무쌍한 시대를 살아가는 필부들이 보신과 영생을 도모하기 위해서는 필히 배워야 할 덕목이 아니겠는가. 픽션과 논픽션의 경계를 넘나들며 종횡무진 전개되는 숨 가쁜 스토리 속에서 하루하루의 일상은 물론이요, 수십 년, 수백 년의 세월을 관통하는 생의 철리哲理를 다시금 생각하게 된다.

— 정시열·영남대 교수

　포수 김우종의 부북기는 조선 시대 1644년 겨울부터 1646년 봄까지 초임 군관들이 경상도 울산에서 함경도 회령으로 복무하러 갔다 돌아오는 이야기를 소재로 썼다. 함경도 변경 지방에서 근무했던 무관 박취문의 군대 생활사를 기록한 종군 일기인 『부북일기赴北日記』(1645)가 소설의 배경이다.

　양반과 노비의 갈등, 무인 간의 알력, 조선 최전선 관북 지역의 생활상, 활과 조총의 대립 구도와 남남북녀 사랑 이야기를 그렸다. 소설은 병자호란 쌍령 전투와 신류의 나선 원정 기록까지 확장했다. 전란 이후에도 양반과 군관에게 활쏘기를 장려하는 반면, 양인과 노비가 주축이 된 포수들이 사용한 조총의 존재감은 왕권 강화를 위해 점차 쇠락한다. 이후 조총 사용 금지령이 내려지고 점차 군졸들도 총 쏘는 법을 모르게 된다.

　포수 김우종은 조선 땅을 떠돌다가 만난 박시문과의 인연으로 군관 일행을 남북으로 이어진 삼천 리 길을 따라 관북으로 이끈다. 그는 백전불패의 직업 군인으로 살았다. 양반이자 초급 무관인 시문과 포수가 되려는 노비 이환 사이에 갈등이 일어난다. 한편 관북 지역 군사령관인 북병사와 신임 군관이 된 시문은 의향이라는 여인을 두고 사랑의 줄다리기를 벌인다. 마지막까지 숨 막히는 추격전이 펼쳐진다.

김우종은 조선 후기에 삼백육십칠 년을 넘게 살았던 실재 인물이다. 제주에서 서얼로 태어난 우종은 뭍으로 도망쳐 노비로 살다가 임진왜란에서 포수로 공을 세워 양인이 된다. 그 후 남의 군역을 대신 지거나 품팔이를 하며 살았다.

병자호란 때 그는 적병의 칼날에 찔려 죽은 지 열사흘날 만에 깨어났다. 걸음걸이가 나는 듯했으며 지상의 신선이라 이를 만했다. 그에 관한 기록은 북평사 박래겸이 쓴 『북막일기北幕日記』(1827)에 자세히 나온다. 김우종이라는 매력적인 인물을 만난 일은 작가에게 행운이었다. 김우종은 조선 후기 민중사를 관통하는 특별한 인물이었기 때문이다. 그가 언제 죽었는지 어느 기록에서도 찾아볼 수 없다. 김우종은 지금도 어디엔가 역사의 그림자처럼 끈질기게 살아남아 있을지 모른다. 사라진 그를 찾아가는 여정에 여러 독자 제위께서 함께하길 바란다.

프롤로그

헤이룽강 원정에서 살아 돌아온 김우종은 박시문에게 갔다.

어느 길가 모퉁이 주막에 얹혀살거나 회령 남문 시장 들병이 기둥서방으로 지내기에는 그의 나이가 너무 많았다. 시문은 그의 의붓딸이 된 의향의 남편이기도 했다. 그는 사위에게 빌붙어 살아 보려는 체질이 아니었다. 직업이 포수인 그는 무슨 일을 하든지 혼자 먹고살 방법이 있었다. 짐승을 잡아 고기를 얻고 남은 모피를 팔아도 충분했다. 피 한 방울 섞이지 않았지만 의향은 기울어진 이 세상에 남아있는 우종의 유일한 살붙이였다.

동이 트기 전 이른 새벽, 복사꽃 향기가 어지러웠다. 우종은 훈련원 부정인 시문과 동행하여 무과 시험장으로 가는 길이었다. 어둠이 깔린 도성 안 거리를 지나고 있었다. 까마귀 울음소리가 들렸다. 우종은 불길한 직감이 들어 어두운 거리 저편을 바라보았다. 남별전 건너 골목에서 그림자가 어른거렸다. 우종이 재빠르게 총을 겨누자 그림자는 숲으로 사라졌다.

숲 어디선가 화살이 날아왔다. 시문은 시위가 당겨져 도고자를 울리며 날아오는 화살 소리를 들었다. 그는 몸을 웅크리며 재빨리 고개를 숙였다. 날아온 화살은 다행히 경동맥을 빗겨서 왼쪽 목덜미 근육에 스치듯이 박혔다. 우종은 쓰러지는 그를 감싸고 품에 안았다. 묵직하게 찌르는 통증으로 시문은 기절했다가 이내 깨어났다. 우종은 그의 입에 면 수건을 물리며 말했다.

"이를 꽉 다무세요. 조금 아플 것이니 참으시고."

하나, 둘, 셋. 반 치 정도 박힌 살촉을 빠른 손놀림으로 뽑았다. 시문은 목덜미를 찌르는 고통을 참았다. 우종이 목을 타고 흐르는 피를 수건으로 압박하는 순간 시문은 다시 정신을 잃었다. 그는 천길 혼수의 늪으로 빠져들었다. 우종은 그를 둘러업고 의원을 향해 뛰었다.

날이 밝아 병조에서 화살을 살펴보니 궁궐을 지키는 금군 유극견과 차시현이라는 이름이 흐릿하게 적혀 있었다. 누군가 이름을 쓰고 지운 흔적이었다. 병조에서 조사하니 시문에게 원한을 품거나 특별히 의심 가는 사람이 없었다. 유극견은 얼마 전 화살을 잃어버린 적이 있다고 진술하고 상관인 금군별장 이명이 직접 와서 사건 현장에 그가 부재함을 두둔하였기에 방면되었다. 형조에서 올린 보고서에는 화살에 먹물로 쓴 이름 자국이 지워져 세밀히 보아야 보일 만큼 누군가 고의로 훼손한 것이라

했다. 형조에서 금군 차시현을 체포하여 심문했다.

"네놈이 화살을 훔쳐 이름을 지우고 네 이름을 썼다가 다시 지운 게 맞지?"

"맹세코 그런 적이 없소이다."

차시현이 혐의를 완강히 부인하자 형조 판서는 스무 차례나 태형을 가했다. 죄가 없는 그는 끝내 승복하지 않고 맞아 죽었다. 금군 소속인 그는 상관 명령에 목숨을 걸 만큼 의리가 있는 군인이든가 아니면 철저히 이용당하고 버림받았을 인물이다. 그 즈음 시문과 무과 급제 동기 이명은 훈련원 도정을 거쳐 금군별장을 지내고 있었다. 이명은 유극견의 직속상관이었다. 이명과 유극견 둘 다 북관 지역에 근무할 때부터 우종과 악연이었다.

따지자면 시문은 서인에 속하지만 이명은 남인에서 손꼽히는 무인이었다. 이번 일은 이명과 유극견이 누군가의 사주를 받아 꾸민 일이 분명했다. 언젠가 제대로 한 방 먹여야 할 자들이었다. 정파 사이 알력이 분명했지만 확실한 물증 없이 우종이 나설 수는 없었다. 섣불리 나섰다간 된통 경을 칠 일이 아닌가.

며칠간 잠과 꿈 사이를 오가던 시문은 흐릿하게나마 의식이 돌아오자 햇살이 드는 들창을 가리키며 북으로 가는 길이 보인다고 말했다. 북으로 오가는 길은 우종도 알고 있었다. 동해안을 따라 남북으로 이어진 삼천 리 바닷가 외길이었다.

"넌 누구냐?"

눈을 뜬 시문이 벼락같이 외쳤다. 깨어나서 잠깐 섬망이 들어 사람을 알아보지 못한 모양이었다.

"내가 누구냐고?"

우종은 부드럽게 말했다.

"푹 쉬고 나면 차차 알게 될 것이다."

해후

　김우종으로 말할 것 같으면 너희 할아비의 할아비가 바로 우종의 손자의 손자뻘이랄 수 있다. 우종은 이끼 긴 바위처럼 오래 살지는 못했지만 그래도 고목처럼 한 오백 년 풍파를 견뎠다. 적막강산은 언제나 한밤중인 듯했다. 외로움이 뼛속 깊은 인생은 어찌 이리도 급히 흘러가는지, 어디로 가는 것인지 알 수 없었다.

　하늘 아래 사는 목숨은 모두 소중한데 어찌 사람이 사람을 사고파는 세태를 탄식하지 않을쏘냐. 사람이 무릇 올바르게 사는 이치를 깨우치려면 최소한 이백 년쯤은 살아야 할 것이다. 처음 백 년은 책을 읽어 지식을 쌓아 몸과 마음을 닦고, 나머지 백 년은 구름과 별과 바람이 어디서 와서 어디로 가는지 우주의 이치를 곰곰 연구해야 할 것이다. 손녀의 손녀들이 사랑에 지치고 사는 일에 시달려 찾아오기도 하겠지. 그들이 오면 우종은 자신이 살았던 시절에 관하여 자세히 이야기해 주리라.

우종이 알던 친구들은 까마득한 옛날에 별이 되어 버렸다. 한때 그가 사랑했던 아내는 전란에 휩쓸려 저승으로 가 버렸다. 자식은 물론 손자의 손자도 사라지고 징그럽게 오래 산 우종은 이제 마지막 딸내미 장례식에 문상 갈 일만 남았다. 지팡이도 안 짚고 뒷짐 지고 뚜벅뚜벅 걸어서 병풍 뒤에 누운 딸자식에게 가벼운 눈인사만 할 것이다. 천지개벽한 세상에 우종 같은 인간의 이야기란 전설 같겠지만 그는 자신도 믿기 어려운 세월을 살아왔다.

우종은 어느 해 봄날, 제주 기생의 자식으로 태어났다. 첩실인 어미는 우종을 낳고 달포 만에 죽었고 유모가 그를 키웠다. 어릴 적 그는 자신의 아비가 양반인지도 몰랐다. 비록 서얼이라도 아들이 없는 집안에 태어났으니 귀한 대접을 받았다. 서당에 다니며 사서삼경을 깨우쳤다. 그러나 본처에게서 대를 이을 아들이 연이어 태어나자 우종은 찬밥 신세가 되었다. 첩실인 어미가 죽자 아비는 별명이 아귀인 우종을 문밖으로 내쳤다. 이미 구박덩이에다 먹는 것을 너무 탐했기 때문이다. 고픈 배를 끌어안고 기진맥진 걸어와 대문을 두드리면 매번 매타작이 돌아왔다. 저놈을 죽도록 패서 쫓아내라. 피도 눈물도 없는 아비는 소리쳤다. 하루아침에 지옥으로 떨어진 꼴이랄까. 양반들이 힘없는 백성을 등쳐 먹는 시절에 모두 비참하게 살아가고 있었다.

"날 아비라 부르지 마라. 우리는 남남이다. 네 어미가 어느 놈의 씨를 품었는지 모르는데 감히 양반을 능멸하며 아비라 부르느냐."

"아버지, 어찌하여 저를 버리십니까."

문 앞에서 비명을 지르며 문고리를 두드리던 어느 날, 집안 노비들에게 멍석말이를 당하고 몽둥이로 머리를 맞아 의식을 잃었다.

돌풍이 불고 비가 억수로 내리던 밤이었다. 노비들은 우종이 드디어 숨이 끊긴 줄 여겼을 것이다. 그는 시구문 밖 계곡에 멍석에 말린 채 버려졌다. 비바람이 불고 하늘이 으르렁거렸다. 벼락을 맞고 그는 깨어났다. 머리에 뇌전을 맞아 이상 반응을 일으킨 것일까. 천둥소리에 두 팔을 뻗고 번개에 비명을 지르며 우종은 환생하듯 주검에서 일어났다. 그런데 아비가 그를 버린 그날 이후 그는 이상하게 나이가 들어도 늙지를 않았다. 혼이 빠진 몸이 열에 뻗치고 치가 떨리던 터라 그는 세상 끝까지 너희들 멸망을 보리라 이를 악물었다. 열여섯 살 먹은 우종은 제주에서 나와 뭍으로 도망쳤다. 먹고살아야 하니 동서남북 온 나라를 떠돌았다. 양반집이나 여염집 가리지 않고 들일이며 온갖 궂은 허드렛일을 도맡아 했다. 소처럼 부지런히 품을 판 덕에 그는 한 몸 용케 추슬렀다.

시간은 상대적이기에 어떤 사람은 제 나이보다 너무 빨리 늙어 버리고 어떤 사람은 이상하게도 나이에 비해 늙지를 않았다.

후자에 속한 우종은 나잇살을 먹어도 철이 안 드는 축에 속했다.

　노인은 맞는데 나이를 먹어도 늙지 않으니 사람들이 이상하게 생각했다. 세를 바치는 주인집 증손녀뻘 딸이 그를 좋아하는 바람에 그 집에서 쫓겨나기도 했다. 그래서 여러 번 가명을 쓰며 한곳에 오래 머물지 못하고 떠돌기 시작했다. 그때 생각한 것이 남의 군역을 대신 져 주는 직업 군인이었다. 사지가 멀쩡하고 튼튼하면 아무 문제가 없는 군인으로 오랫동안 살 수 있었다. 무엇보다 먹고살 걱정이 없는 것이 우종에게 딱 맞는 직업이었다. 긴 세월이 흘러서 좋은 점은 눈치가 상당히 빨라졌다는 것이다. 눈치코치 백 단! 양반이나 관리들 비위에 맞게 잘 처신하고 굽신거리면 만사형통이었다. 그 짓도 적성에 맞지 않으면 그들 눈에 띄지 않게 숨어서 움직이는 것이 난세를 살아가는 방법이었다.

　임진왜란 전쟁터에서 왜놈 목을 베거나 주살하는 전공을 수차례 세운 우종은 양민이 되었다. 포수로 전과한 후 조선에서 조총을 제일 잘 쏘는 명사수가 되었다. 왜군이 조총을 사용해서 승승장구했고 이에 놀란 조정은 조선군에 화승총을 도입했다. 총을 들고 여러 전쟁터를 누비고 다녔다. 이괄의 난이 평정된 뒤 임금이 공적과 노고를 위로할 때 승전을 기록한 표전문表箋文에 김우종의 이름이 실리기도 했다. 그가 화승총을 쏴서 반란군 수괴 한 명을 죽였기 때문이다. 우종에게 내려진 상금 덕분에

산 좋고 물 좋은 북관에 집을 얻어 이주했다.

1628년 함흥 감영 군적에 그의 이름 석 자가 올랐다. 양란을 겪으며 백성들 삶은 피폐해졌다. 청군이 쳐들어왔을 때 우종은 조총을 잘 다루는 일등 포수로 뽑혀 다시 참전했다. 죽을 고비를 수차례 넘겼다. 죽음 앞에서는 빈부귀천이 따로 없었다. 북관 어디든 인심 좋은 부잣집들을 들락거리며 품을 판 지도 이미 수세대가 지난 후였다. 참 질기게도 오래 살았다. 우종은 스스로 왜 이리도 모질게 오래 살아남았는지 궁금했다. 1828년 3월 말 함흥 지락정 아랫마을 여관에서 당시 함경도 북평사로 파견 나온 박래겸을 만났다. 북평사가 우종을 만나 보고 싶다는 판관의 전언이 있었다.

북평사는 우종이 볼품없고 똑똑하지 못하다고 깎아내렸었다. 호기심 때문이었겠지만 한때 사람들이 한낱 늙은이에 불과한 우종을 살아있는 신선으로 오해했었다. 삼백 살이 훨씬 넘었다고 주장하다니 필시 저 인간이 돌았구나. 손가락질당하기 십상이지 않은가. 그렇다고 우종이 세상 돌아가는 이치를 밝히면 당장 미친 늙은이를 없애고자 할 것 아닌가. 권력과 재물을 가진 자가 양반인 현실이 언제나 바뀔까. 사람이 변하면 세상이 변하고 사람이 늙으면 세상도 늙을 뿐이다.

사실 우종도 자신의 나이를 정확히 가늠할 수 없었다. 우종한테 나이는 하나도 중요하지 않았다. 평생 직업 군인과 부자 양반집 품팔이에 이골이 난 우종의 몸집은 늘 열다섯 살 먹은 아이와 같았다. 인간의 탈을 쓴 아비가 그를 시구문 밖에 내다 버린 그 시절에서 몸과 마음은 성장을 멈췄다. 배가 고파 산야를 떠돌며 온갖 약초를 뜯어 먹었는데 그중에 아마 불로초가 섞여있었는지 모르겠다. 비렁뱅이로 떠돌다 몸을 의탁할 곳이 없어서 한 삼 년 암자에 기거한 적이 있었다. 굶주림과 외로움에 쓰러져 가는 우종을 거두어 준 노스님께 사미계를 받았다. 하지만 그는 비구가 될 자질과 결심이 없었다. 틈만 나면 암자 뒷산을 뛰어 오르내리며 무예를 익혔다. 궁둥일 붙이고 앉아 공부에 정진할 틈이 없었다. 하루는 백발이 성성한 노스님이 우종을 불렀다.

"너는 절밥을 먹을 놈이 아니다. 너의 세상은 절간에 없으니 떠나거라. 하늘이 네게 특별한 능력을 주었으니 그 능력이 쓰이는 현실을 찾아가거라."

특별한 능력이라니. 무슨 말인지 이해할 수 없었지만 그는 새장에서 풀려난 새처럼 자유롭게 날아가는 기분이었다. 도술이 뛰어난 노승은 우종에게 사물의 그림자가 되는 변신술을 가르쳤다. 순식간에 숨거나 사라지는 술법이었다. 나무 뒤에 숨어서 그것의 일부가 되거나 지붕 위로 솟아오르고 흙바닥에 엎드려 붙어 버리는 훈련을 시켰다. 목숨이 떨어질 위기에 처하면 누구라도 달아나 숨거나 사라지고 싶지 않겠는가.

"나도 훌훌 털고 떠날 것이다. 네게 내가 가진 모든 기운을 이미 다 주었다. 저것마저 가져가거라."

껄껄 웃으며 시주 단지를 가리켰다. 단지 안에는 가난한 중이 평생 모은 노자가 들어 있었다. 우종은 시주 단지를 들고 암자 계단을 내려왔다. 십여 보나 걸었을까. 뒤를 돌아다보니 노승은 없고 그 자리에 하얀 새 한 마리가 있었다. 몸집은 산비둘기보다 컸으며 백로보다는 키가 작았다. 자세히 보니 그것은 천년에 한 번 나타난다는 하얀 까마귀였다.

"스님, 어디 계십니까?"

이상한 생각에 노승을 불렀으나 하얀 까마귀 울음소리만 메아리로 돌아왔다. 역마살에 방랑벽이 도진 우종을 부처도 구원하지 못했다. 다만 불경과 여러 서적을 주야로 읽었으니 머리에 흐린 먹물이 들었다. 나대고 깝죽거리지 않으며 조용히 뒷전에 머무는 처세를 깨우쳤다. 흰 까마귀가 하늘 언저리로 날아올랐다.

하늘에서 내려다보면 김우종의 두 눈동자는 샛별처럼 빛나고 십 리를 내다보았다. 걸음은 땅을 박차고 나는 듯 축지법을 쓰고 머리털은 비록 하얗게 셌으나 수염은 말갈기처럼 부드럽게 휘날렸다. 이쯤이면 풍수와 인생 길흉을 들먹이는 지관이 제격인데 우종은 두 발과 몸으로 느끼며 부딪히는 일이 좋았다. 노승이 말한 현실에서 최선을 다하다 보면 저절로 능력이 발현되는 세계를 만날 것 아닌가. 우종은 최대한 길게 보는 혜안을 기다렸다.

우종은 포수가 되었다. 화승에 불이 붙은 조총은 민첩하고 사납기가 천둥과 같았다. 몸 안에 갇힌 생각과 말을 한 방에 내보낼 수 있었다. 벼락처럼 방포하면 체증이 가라앉고 속이 후련했다. 호랑이가 출몰하는 고을에서는 포수가 대접을 받던 시절이었다. 그동안 우종이 잡은 호랑이가 열 마리는 족히 넘었다. 산전수전 다 겪은 온갖 이야기가 그의 기억 속에서 회오리바람처럼 돌았다. 그러나 이젠 예전에 일어난 일을 세세하게 기억하지 못했다. 이 풍진 세상에 인연을 만들고 기억하는 일이란 단지 아픈 상처를 마음에 새기는 일이었다. 다만 이 조선 땅 기운이 남북으로 힘차게 오가며 흐르던 시절, 우종은 친구처럼 때로는 혈육처럼 지냈던 박시문 군관과의 해후를 되짚어갈 뿐이다.

시문은 당대 조선 최고 명궁이었다. 그는 아버지 박계숙에게서 활쏘기를 배웠다. 시문은 어릴 적부터 매일 백 발씩 하루도 빠짐없이 활쏘기 훈련을 엄하게 받았다. 비가 오나 눈이 오나 시문이 연습을 게을리하면 집에 발을 들여놓을 수가 없었다. 실력이 눈에 띄게 늘자 밤에도 일어나 두 눈을 가리고 활을 쏘았다.

우종은 울산에서 북관 회령으로 근무하러 가는 초임 군관 시문을 다시 만났다. 쌍령 전투 이후 팔 년 만에 시문을 만난 우종은 그를 한눈에 알아보았다. 무과에 합격한 시문이 첫 근무지로 함경도 국경 지역 근무를 명령받았기 때문이다.

그들은 오랜 인연이 닿아 있었다. 시문의 할아버지는 왜란 때 우종을 휘하에 데리고 있었고, 여러 크고 작은 전투를 함께 치른 시문의 아버지와는 서로 안부를 묻는 편지 왕래가 가끔 있었다. 우종이 사슴 사냥에서 돌아오니 시문으로부터 온 편지가 있었다. 그는 울산에서 함경도 북쪽 회령으로 가는 길을 안내해 줄 수 있는지 물었다. 필요한 모든 비용을 충분히 줄 테니 북병사의 겨울 주둔지 행영으로 안내를 부탁했다. 꼬박 두 달 남짓 걸리는 여정이었다. 굳이 거절할 이유가 없었다. 산야로 돌아다니며 멧돼지나 사슴을 사냥하던 일에 염증을 느낀 우종은 뭔가 새로운 활력이 필요했다. 함흥 외곽에 사는 우종은 서둘러 시문 일행이 출발하는 울산으로 행장을 꾸려 떠났다. 조총은 어깨에 메고 복대와 화약통을 챙겼다. 우종은 걸어서 두 달이 넘는 동해안을 말을 타고 달리거나 뛰어서 스무날 만에 도착했다.

"포수 대장. 백 살이 넘은 나이에도 어찌 그리 팔팔하단 말이오. 하늘에서 땅으로 놀러 온 신선이 따로 없네. 하늘이 김우종에게만 그 나이를 빌려준 모양이군요."

"중심에 이르지 않고 언저리에 숨어서 눈치껏 잘 처신한 덕분입니다."

늙어서 눈치마저 없다면 이미 죽은 목숨이나 다름없지 않겠는가. 시문이 우종을 안고 반갑게 맞자 서로 호탕하게 웃어넘길 따름이었다. 우종은 시문과의 옛 기억을 더듬었다.

정확히 팔 년 전이었다. 우종이 시문을 처음 만난 곳은 근왕병 부대와 팔기군 간에 접전이 벌어진 쌍령 전투에서였다. 시문과 우종은 싸움터에서 밥을 같이 먹고 때로는 들판에서 함께 잠을 잔 전우였다. 그 당시 시문은 약관을 갓 넘긴 청년이었지만 기골이 단단한 천생 무인이었다. 훤칠한 키에 잘생긴 시문의 외모는 멀리서도 눈에 띄었다. 시문은 아버지인 무관 박계숙의 부탁으로 경상 좌도 병마절도사를 보좌하는 부관 서필문의 수하가 되었다. 출병을 앞둔 우종 역시 박계숙으로부터 장손인 시문을 지켜 달라는 부탁을 받았다. 박계숙과의 의리도 중요하지만 전시 동원령이 내린 터에 굳이 노자까지 챙겨 준다는데 마다할 이유가 없었다.

그러나 웬걸, 시문 옆에는 이환이라는 듬직한 사내종이 지키고 있었다.

우종은 한눈에 이환의 사람됨을 알아보았다. 이환은 나이가 어리지만 호랑이가 가까이 올 때까지 숨죽이고 기다리는 담력과 지략이 있는 자였다. 괄괄한 성질을 잘 다스린다면 후일 포수들의 모임인 포계를 이끌어 갈 만했다. 이환은 틈만 나면 우종에게 와서 총을 다루는 기술을 배우길 원했다. 명포수의 자질이 있기에 열심히 가르쳤다. 한동안 시문과 이환의 얼굴 생김새가 형제지간처럼 너무 닮아 헷갈렸다. 체격은 이환이 컸지만 의복을 바꿔 입는다면 누가 누군지 혼란스러울 정도였다. 약간 팔자로 걷는 모습과 뒤꿈치에 무게를 싣고 쿵쿵 걷는 걸음걸이도 닮았다. 시문은 자신과 닮은 이환을 몹시 싫어했다. 누군가 시문에게 종놈과 닮았다고 말한다면 당장 주먹이 날아올 기세였다.

시문이 쌍령으로 데리고 온 이환은 시문보다 한두 살 아래였지만 기골이 장대하고 튼튼하여 싸움을 잘했다. 이환은 고집이 세고 우직했다.

"여자와 약자를 억누르기 위해 힘을 쓴다면 경우에 어긋나는 일입니다."

어린 시절부터 함께 자란 이환이 기어오를 때마다 시문은 매를 들었다.

"너는 스스로 매를 버는구나."

이환은 자신이 옳다고 생각하는 일은 죽음을 무릅쓰고 굽히지 않았다. 그의 말이 구구절절 옳은 면이 있기에 상전들도 내버려 두었다. 이환은 자신이 맡은 일은 악착같이 해냈다. 우종이 보기에 이환은 상하 간 차별을 못 참았다. 시문과 배다른 동생이라는 소문이 있었지만 모두 쉬쉬하는 공공연한 비밀이었다. 그의 어미는 아마 천한 종이었을 것이다. 따지고 보면 이환은 태생이 우종과 같았다. 그러니 우종의 눈길과 마음이 세상 물정 모르고 덤비는 그를 향했다.

부북赴北

드디어 우종은 선달 일행을 이끌고 울산에서 회령으로 출발했다. 시문과 선달 일행은 종복을 포함하여 서른 명이 넘었다. 기나긴 여정을 함께할 기마와 복마가 스물다섯 마리였다. 지친 복마는 들르는 역의 마방에서 바꿨다. 혹시 다리를 저는 말이 생기면 뒷발에 차이지 않도록 조심하면서 발굽을 들어 편자를 살폈다. 복마에 실린 짐이 떨어지지 않도록 단단히 여몄다.

북으로 가는 어두운 하늘에 흩뿌려 놓은 별 중 북두칠성이 유난히 반짝거렸다. 검은 하늘에 박힌 노란 황금빛 주위로, 붉고 푸른 보석처럼 빛나는 별들 사이로, 기러기와 오리 떼들이 남쪽으로 열린 하늘길을 따라 날며 우는 소리가 들렸다. 하늘에서 내려다보면 횃불을 든 긴 행렬은 느릿느릿 기어가는 한 마리 구렁이처럼 보였다.

일행이 높이 솟은 산의 눈바람을 맞으면서 동해안 바닷가를 따라 북상한 지 벌써 열하루가 지나고 있었다. 마을 아이들의 구경거리가 될 만한 길고 긴 행차였다. 함경도 동북 지역 임지로 군 복무를 떠나는 일곱 명의 선달 무리가 대열의 선두를 이끌었다. 이들은 올해 무과에 합격한 신출 군관이지만 아직 보직을 받지 못해서 선달이라고 불렀다. 짐짝을 등에 얹은 말 이십여 필의 고삐를 움켜잡고 뒤서거니 앞서거니 걷는 종복들이 뱀의 몸통처럼 꿈틀거렸다. 보따리와 함을 메고 진 사내종들의 대열이 긴 꼬리를 이루었다.

사내종 중에 이환이 제일 먼저 우종의 눈에 띄었다. 우종은 팔 년 전 쌍령 전투에 함께 참전한 이환을 보자마자 가슴 깊이 안아 주었다. 이환은 시문이 머슴처럼 부리려고 데리고 왔다. 떡 벌어진 가슴과 큰 키는 보는 이를 압도했다. 이환은 제일 무거운 짐 위에 무쇠솥을 얹어서 걷고 있었다. 우종은 이환의 두 손을 잡고 오래 이야기를 나누었다. 계집종들 눈길을 많이 받았을 사내로 장성했다. 오랜 시간 멀리 떨어져 있다가 만난 아들놈 같았다.

"보고 싶었습니다, 포수 어른. 어쩌다 함경도 포계원을 만나면 어르신 소식을 물어보곤 했습니다. 그러다 경상 포계 상수 형님을 만나 소식을 접하고 선달님을 졸라서 따라왔습니다."

"아, 그랬구나. 내가 상수에게 자넬 만나 보라 했어."

지방마다 호랑이를 잡는 산포수인 착호인을 두었다. 한때 포수가 일만 명에 이른 적도 있었다. 이들 산포수가 만든 모임이 포계였다. 포계는 전국적인 조직이었고 전시에는 속오군으로 충원할 수 있기에 조정에서도 필요성을 인정했다. 포수가 총을 들고 일어나면 나라의 운명이 뒤바뀔 수도 있으므로 포수는 세금도 내지 않았다. 양반을 피해 도망친 노비와 각종 노역과 세금에 시달리는 백성이 자진해서 포수가 되기를 원했다.

"포수 어른, 이번 기회에 제대로 조총을 익히고 싶으니 미련한 저를 가르쳐 주십시오."

이환이 청하자 우종이 화답했다.

"명포수는 타고나는 것이 아니야. 피나는 노력으로 정확하게 쏘는 법을 익혀야 하지. 자네에겐 담력과 용기가 충분하니 여부가 있겠는가. 내가 도와줌세."

가도 가도 끝이 보이지 않는 해안선을 따라 오른편에는 쪽빛 바다가 펼쳐져 있고 왼편으로는 수소 등처럼 굽은 산맥이 누워 있었다. 눈이 덮인 들판을 지나 가파른 고갯길로 접어들자 말들은 허연 콧김을 연신 내뿜고 별빛 퍼런 하늘이 선달들의 이마에 닿을 듯 내려왔다. 우종은 조총을 사슴 가죽으로 만든 총집에 넣어 어깨에 멘 채 복마를 타고 시문 일행을 안내했다. 시문이 우종이 지닌 화승총을 가리키며 말했다.

"총이란 일단 발포하고 나면 다시 탄약을 장전하기까지 시간이 걸리는 게 문제다. 단시간에 여러 발 속사할 수 있는 무기로 활보다 나은 것이 없지."

"맞습니다. 하지만 조총의 위력이 활보다 백배 천배 낫다는 것은 모두가 아는 사실입니다."

우종이 말하자 시문의 친척 형뻘인 박의돈이 한마디 했다.

"아무리 그래도 근접전이 벌어지면 모두 쓸모없다. 도검이 최고지. 그다음이 주먹질이고."

"선달님, 아무리 그래도 그렇지. 조총보다 살상력이 뛰어난 병기가 어디 있습니까?"

우종이 볼멘소리를 하자 시문이 말했다.

"조총은 화승에 불이 꺼지거나 격발 불량이 일어나면 큰일이네. 적이 기습하는데 언제 불을 피우고 탄환과 화약을 넣겠는가. 발포하기도 전에 황천으로 먼저 갈 수 있지 않은가. 반면 활은 손에만 잡히면 언제 어디서나 사용할 수 있지."

"힘이 강한 자에게 활을 주고 힘이 약한 자에게 총을 준다고 했으니 조준할 수 있는 근력만 있으면 누구나 발포가 가능한 게 장점이지요."

우종이 말하자 박의돈이 웃었다.

"하하하, 어쨌건 양반이 활을 쏘는 거야. 활은 심신을 수양하는 도구라서 상놈에게는 소용이 없다지 않은가."

머리에는 붉은 칠을 한 벙거지를 쓰고 회색 수혜자를 신은 철릭 차림의 시문은 흑마에 앉은 채 웃었다. 언덕 아래로 뒤처진 일행들을 기다렸다. 시문은 활을 넣은 화살집과 화살통을 메고 있었다. 흰 얼굴에 스치는 웃음기와 맑은 눈빛이 튼실한 팔 근육과 단단한 몸체와는 어울리지 않았다. 나이는 이환보다 많지만 훨씬 어려 보였다. 골격은 늠름한 사내인데 얼굴은 여인네처럼 곱상하기 때문이다. 곁에는 검게 그을린 낯빛의 선달 박의돈이 마상에 앉아 사람 그림자조차 없는 마을을 깊은 눈매로 내려다보았다. 일자로 다문 입 아래 세 치쯤 자란 턱수염을 쓰다듬고는 헛기침을 했다. 환도를 찬 허리 아래로 넓게 펼쳐진 옅은 하늘색 옷자락이 겨울바람에 휘날렸다. 저 멀리 오가는 사람이 없는 역참으로 가는 길에 다시 눈이 내리고 있었다. 궂은 날씨가 갈 길을 재촉했다.

병곡에 오기 전 안동 감영에 들러서 전출 신고를 했다. 지금까지 지나온 경상도 지역 각 역과 고을에서는 여진족 오랑캐를 상대하러 북관으로 가는 군관들에게 호의적이었다. 그러나 양반 출신 젊은 군인들은 혈기가 넘쳐 무례하게 숙식을 요구했다. 나라에서 허락한 도적이나 마찬가지였다. 술이 부족하다 싶으면 주인집 술이라도 훔쳐 마시고 계집종들의 수청을 받았다. 나라가 어지러울수록 백성의 삶은 아슬아슬한 살얼음판이었다. 울산 반구정을 출발하여 의성과 안동을 거쳐 청송에 이르기까지 훗날을 기약하는 친구들과 이별의 술잔이 이어졌다. 이제 고향을 벗어나자 세상 물정과 인심을 가늠하기 어려운 낯선 타지가 나타났다. 양란 이후 국법은 힘센 자들의 전유물일 뿐이었다. 법은 임금과 양반이 손에 쥐고 선량한 백성을 다룰 때 쓰는 몽둥이와 다름없었다.

지나는 마을마다 양식을 구걸하는 비렁뱅이들이 따라붙었다. 추위와 굶주림에 떠는 아이들이었다. 우종은 복대로 말아서 허리에 두른 응급 식량을 던져 주었다. 까마귀가 울어대는 계곡에는 연고 없는 사체가 버려져 있었다. 아침부터 조짐이 심상치 않았다. 우선 고을 수령이 급료를 지급하지 않았다. 관북으로 가는 신임 군관들에게 각 군현은 급료를 제공하라는 감영의 지급 명령서가 있었다. 몇 해 동안 지독한 흉년이 들었다. 그래서 남도에서 동북 지방 끝 육진으로 가는 길의 각 관청과 역참은 숙식을 제공하고 말을 바꿔 줄 의무가 있었다. 군인의 급료는 모두 현물로 지급되었다. 관아에서 쌀과 콩 등 먹을 곡식을 주고 역리는 말먹이로 풀과 말죽을 끓여 주어야 했다. 다른 물건이 필요하면 쌀과 베를 주고 물물 교환을 했다. 이런 여정은 경험자들의 충고를 잘 듣고 처음부터 넉넉히 준비해야 했다. 양반들이니 사적으로 쓸 노잣돈과 먹을 것이 부족한 것은 아니었다.

그러나 그에 딸린 사내종들은 무슨 생고생이란 말인가. 구멍 난 속곳 바지 차림에 누더기 솜옷을 걸치고 하루에 수십 리 길을 짐을 지고 말을 끌고 걸어가야 하는 숙명이었다. 강을 건너고 산을 넘으며 고단한 행군은 계속되었다. 우종은 틈틈이 이환에게 총 쏘는 기술을 가르쳤다. 총성에 놀라 군관민이 동요할 수 있기에 화약 대신 좁쌀을 넣고 화승에 불을 붙여 겨냥하고, 발포하는 연습을 시켰다.

무과 출신 신임 군관은 일 년간 두만강 국경 육진을 오랑캐로부터 지키는 임무를 수행했다. 집안의 대를 이어 나라에 충성하고 부모에 효도하는 길이었지만 집과 가족을 남겨 두고 오지로 떠나는 슬픔은 기쁨보다 깊었다. 더욱이 집이 곤궁하여 먼 길 떠나기 전에 충분한 준비를 못 한 선달들은 급료와 지친 말을 먹일 초료에 목을 맬 수밖에 없었다.

저녁 추위가 살을 에며 몰려오고 눈바람이 일고 있었다. 머물 곳을 찾는 행렬의 그림자가 역참 앞에 길게 늘어섰다. 한겨울이라 열흘 넘게 제대로 씻지 못한 종들은 부랑자 무리처럼 보였다. 이제 눈은 소나무 숲과 겨울 들판을 하얗게 칠하고 길 떠나는 자의 행장에도 서럽게 내렸다. 수령이 급료를 주지 않는 이유를 따지기 위해 성질이 불같은 이석노와 정의감에 불타는 이명은 관아로 말을 몰아 들어갔다. 이득영과 두 명의 선달들은 술이 덜 깬 채로 먼저 역참으로 내려갔다. 역리와 관노들을 호령하여 오늘 당장 묵을 곳과 말먹이를 대령하게 할 요령이었다. 역은 마을 입구에 있었다. 말을 타고 돌아온 이석노가 화가 단단히 나서 말했다.

"사또는 민란이라도 피하려는지 아침참에 영해로 도망갔다고 하더이다. 역장 놈은 우리에게 말먹일 풀죽조차 줄 뜻이 없는지 남의 집 제사에 참견하러 나가서 코빼기도 보이질 않소. 처 죽일 놈들. 역장과 역졸 놈들부터 매타작을 놔야지."

이명이 이석노의 말을 받았다.

"그리해야 앞으로 가는 역마다 소문을 듣고 우리를 오늘처럼 소홀히 대접하지 않을 것이 아닌가?"

"우선 나와 시문이 저들을 잘 타일러 보도록 하겠네."

박의돈은 이야기를 듣고 이환을 시켜 역장을 데려오도록 했다.

"말도 안 돼요. 우리를 호구로 아는 저놈들 주리를 당장 틀어 버려야 해."

이석노는 박의돈의 말을 자르며 역정을 냈다. 얼마나 화가 치밀었는지 전립을 벗은 머리 위로 허연 김이 피어오르고 있었다.

역장이 잡혀 왔다. 육 척 반 키에 팔뚝 장사인 이석노는 역장의 양손과 멱살을 잡고 달랑 들어 올렸다. 역장이 두 손으로 빌며 말했다.

"살려 주시오. 흉년이 계속 들어서 드릴 것이 없습니다."

"말로는 씨알이 안 먹힌다."

이명이 사내종들을 시켜 두 발과 손을 새끼줄로 묶어 역참 앞마당 감나무에 거꾸로 매달았다. 두 선달은 번갈아 매달린 역장을 문초하며 나무랐다. 박의돈과 시문이 이를 말렸으나 소용이 없었다.

"네 이놈, 네 죄를 공손히 실토하겠느냐 아니면 치도곤을 당한 후에 염라대왕을 보고 싶은 것이냐."

말이 끝나기가 무섭게 이석노는 역장의 엉덩이를 발등으로 걷어찼다. 어찌나 세게 차였는지 역장의 비명이 담장 밖으로 울려 퍼지고 묶인 몸뚱이는 나뭇가지에 매달린 누에고치처럼 흔들렸다.

"멈춰라."

이때 역인들 무리 수십 명이 큰소리를 지르며 역내로 쳐들어왔다. 식칼을 든 누군가 동여맨 새끼줄을 자르고 역장을 데려갔다.

"이판사판 개판이라더니. 그렇지 않아도 삼정이 문란하여 윗놈들이 환곡으로 수탈하고 세금으로 빼앗고 부역으로 부려먹고 군역마저 지우니 겨우 숨이 끊어지질 못해 살고 있는데 잘 됐다. 이 빌어먹을 놈들을 어차피 가야 할 이번 황천길에 데려가야겠다."

"배때기 기름기가 썩어 문드러질 양반 놈들아. 북녘땅 가기 전에 북망산천을 먼저 가야겠다. 너희들이 곧 지옥을 보게 될 것이야."

여기저기서 성난 목소리가 들렸다. 날이 어둑해지자 주막에서 술 취한 건달들과 성난 마을 사람들이 차차 모여 백여 명을 웃돌았다. 모두 손에 돌과 몽둥이를 들고 왔다.

"버릇없는 군관 놈들, 모조리 쓸어버리자. 양반 놈들을 모두 때려죽여라."

선달 일행과 마을 전체 사람들 간의 대접전이 벌어졌다. 날은 어둡고 눈발은 날리는데 역사 너른 마당에서는 격투가 벌어지고 있었다. 역인 무리가 이석노와 이명을 끌어내리려고 문지방을 넘어오다가 몇은 이석노의 괴력에 붙들려 바닥에 패대기쳐졌다. 문짝이 부서지고 벽이 무너졌다. 이명은 무과 장원 급제한 실력으로 현란한 돌려차기와 업어치기로 건달 넷을 단숨에 물리쳤다.

무리가 잠시 주춤하는 사이에 선달들 가운데 사십 대 중반으로 나이가 제일 많은 김사룡은 뒤뜰 담장을 넘어 뒷산으로 줄행랑을 쳤다. 얼굴 생긴 모양은 험악하나 겁이 많은 선달 장도민은 사랑채를 돌아서 재빠르게 도망쳤다. 우선 급한 김에 뒤뜰 큰 바위 아래 우물 안으로 들어갔다. 우물 가장자리에 매달려 버티다가 육중한 몸무게 때문에 일각을 못 견디고 우물에 빠져버렸다. 오직 늙은 종이 주인 대신 무리와 싸우다가 몽둥이에 머리를 맞고 기절했다. 머리에서 흐르는 피가 마당에 쌓인 흰 눈을 붉게 물들였다. 구하려고 하였으나 역부족, 늙은 종은 피를 흘리며 무리에게 끌려갔다. 이때 역졸 한 명이 이석노와 이명을 손가락으로 가리키며 부라린 눈으로 말했다.

"저기 두 자가 우리를 핍박했으니 저들을 내어놓으면 우리가 그만두겠소이다. 저들을 거꾸로 매달겠소."

곧이어 시문과 박의돈을 가리키며 나이가 지긋하게 들어 보이는 우종에게 말했다.

"당신과 저 두 분 선달님은 이 일과 전혀 상관이 없으므로 비켜나시오."

우종은 시문과 박의돈의 소매를 끌어 뒤뜰로 내려갔다. 대청마루에 있던 이명은 전립이 벗겨지고 머리채를 붙잡혀 마당으로 끌려 나갔다. 이석노가 그를 구출하려고 앞마당으로 뛰어들었다. 서로 주먹과 발을 날렸지만 몽둥이찜질을 당해낼 자는 없었다. 이 와중에 이석노도 벙거지를 잃어버려 머리가 산발한 채였다.

우종을 따라 뒤뜰로 내려갔던 시문이 이명과 이석노를 구하려고 달려들었다. 우종은 시문을 보호하며 난장판에서 빠져나오려고 애를 썼으나 역리 무리와 건달들이 퇴로를 막고 나섰다. 떼거리로 덤비니 어쩔 도리가 없었다. 몽둥이와 부엌칼과 죽창이 마구 밀고 들어왔다. 그중 몽둥이 하나를 빼앗아 역리와 건달 놈들 머리통을 다듬잇돌 치듯 두드렸다. 노승이 치는 청아한 목탁 소리에 맞춰 한 놈 두 놈 쓰러지는데 끝이 없었다. 조총을 말 등짐에 두고 온 것이 후회스러웠다. 천둥과 같은 총소리는 무리를 단번에 제압할 수 있을 터였다. 시문의 등을 감싸고 지키려다 몽둥이로 얻어맞은 우종은 잠깐 정신을 잃었다. 정신이 들자 어수선한 주변이 일순 조용했다. 이환이 나서서 우종과 시문을 보호했다. 다가오는 자들 모두 이환이 현란한 발길질과 주먹으로 때려눕혔다.

"누구라도 더 가까이 다가오면 죽는다."

이환이 힘주어 소리치자 무리가 뒤로 주춤거리며 물러섰다.

"저기 여기 세 분 선달님은 처음부터 싸움을 말렸던 사람들이다. 우리는 선달님께 아무런 원한이 없소이다. 그러니 이들을 욕되게 하지 마라."

무리 중 우종에게 낯익은 얼굴이 앞으로 나서서 말했다. 강원도 포계 소속 중수라는 자였다. 역리 우두머리가 물러서라고 명령하자 무리가 이환을 피해 빠져나갔다. 역리와 건달들이 우종과 시문, 박의돈을 더는 상대해 주질 않아 자연스럽게 싸움에서 빠지게 되었다.

중수와 사내 몇이 다가와서 우종에게 인사를 했다.

"포수 어른을 지키라는 상수 형님의 명을 받고 태백산에서 호랑이를 쫓다가 말고 서둘러 왔습니다."

"자네 산척에는 별일 없는가? 자네들 아니었으면 제 명에 못 살 뻔했네."

우종은 중수를 반갑게 안았다. 우종과 중수는 포계 모임에서 만난 구면이었다.

"그나저나 포수 어른이 북관에 가시면 올해 열리는 전국 산포수 우두머리 모임에 꼭 와 주십시오. 전국에서 벼슬아치와 양반 대지주들 탐학에 견디지 못하는 민생들이 들끓고 있습니다."

"그러지. 시절이 하 수상하여 민란이 일어날 지경인데, 그 수가 이제 일만에 이른 우리 포수들이 나라를 위해 뭔가 도울 일이 있을 테지."

중수를 보내고 우종은 이환을 데리고 역참 밖으로 나왔다. 아직도 격투가 벌어지고 있었다. 이석노는 혼자 동갑내기 친구인 이명을 구하기 위해 앞뜰로 나갔다가 떼거리로 날아오는 몽둥이를 견디지 못하고 수십 명을 밀어붙여 쓰러뜨리고 문밖으로 달아났다가 잡혀 왔다. 손발이 새끼줄에 묶인 이석노가 끌려왔다. 이명은 두 손을 뒤로 꺾이고 포승줄에 묶여서 무릎을 꿇린 채로 무리에게 머리채를 잡히고 온갖 굴욕과 수모를 겪었다. 이석노는 거꾸로 매달려 족장을 맞았다.

그들이 당하는 사이 박의돈은 영해 관아에 이 사실을 알렸으나 부사는 한양에 가고 없었다. 시문은 고을 형방과 포졸들을 불러 모았다. 포졸들이 육모 방망이를 들고 나타나서 본보기로 주모자 몇을 후려쳤다. 무리를 어르고 달래서 내쫓았다. 밤이 깊어지자 형방은 돌아가고 한동안 주위가 잠잠해지는 듯했다. 어느새 눈은 그치고 어스름한 밤하늘에 차가운 공기가 흘렀다.

"이환이 없었다면 된통 경을 칠 뻔했네."

우종이 이환을 칭찬하자 시문은 별말이 없었다. 박의돈이 나서서 이환을 치켜세웠다.

"자네 싸움 실력이 보통이 아니야. 당장 나장으로 나서도 손색이 없을걸."

"종놈이 상전을 위하는 것이 뭐 그리 대단하다고."

시문이 한마디 던지고 박의돈과 서둘러 숙소로 갔다.

"양반이 별겁니까? 부모를 잘 만나 타고난 것일 뿐. 종놈을 칭찬하면 양반 입에 가시라도 돋을 모양인가. 에이 쌍."

이환은 주먹을 쥐고 흙벽을 쳐서 구멍을 냈다.

"참아라. 좋은 날을 위해 네가 쓰일 때까지 참고 또 기다려라."

우종은 이환의 어깨를 다독거렸다.

이 일이 있고 난 후 이명은 시문과 박의돈을 대놓고 비난했다. 자기들만 살려고 도망을 갔다는 이유였다. 입이 열 개라도 할 말이 없었다. 게다가 이명 집안은 남인 계열이었고 시문은 삼 대째 대대로 서인에 속하였기에 서로 보이지 않는 알력이 심했다.

일행이 말을 타고 십 리 거리를 가는 동안 뒷산으로 도망갔던 김사룡이 슬그머니 돌아왔다. 사내종들도 한두 명씩 솔숲에서 혹은 산자락에서 나타나 합류했다. 이석노와 이명은 주인을 지키지 않고 도망쳤다 돌아온 자신의 노비들을 들고 있는 말채찍으로 후려쳤다. 마구간에서 말을 돌보던 종들은 처음부터 무리에 제압당하는 바람에 환도와 활을 챙겨 오지 못했다. 우종 역시 조총을 챙기지 못했다. 챙긴다 한들 어찌 같은 백성끼리 칼부림하고 총부리를 겨눈단 말인가. 박의돈이 말렸으나 눈두덩이 벌겋게 부어오른 이석노는 분을 가라앉히기 어려웠다.

"장도민 선달은 우릴 구하려고 장검을 쥐고 달려오다 우물에 빠졌다고 하던데, 사룡 선달님은 대체 이 난리에 어디 계셨습니까?"

이석노가 묻자 김사룡은 정색하며 대답했다.

"나야 배가 탈이 나서 뒷간에 가질 않았나. 어휴, 내가 그 자리에 있었으면 그냥 가을바람에 나뭇잎 떨어지듯이 우수수 다 쓸어 버렸을 텐데"

"차라리 그 자리에 안 계신 게 다행이지. 있었으면 중상자 한 사람 더 늘었겠지."

그렇게 치도곤을 당하고도 이 와중에 농담이라니. 뇌가 없는 듯 이석노가 말을 받자 이명을 빼고 모두가 웃었다.

"박의돈과 박시문이 적극적으로 나섰으면 싸움은 우리에게 유리하지 않았겠나. 나와 석노만이 이런 도적놈들의 손아귀에 잡혀 놀아나다니. 죽어서 눈이나 제대로 감을 수 있겠나?"

이명이 화를 내며 말했다.

"우리를 이토록 홀대하는 무리 뒤에 누군가 사주하는 자들이 있기 때문이야. 그들을 잡으면 이 칼로 목을."

칼을 잘 쓰는 장도민이 말고삐를 놓고 장검을 뽑아 들었다.

"고정하시게, 친구. 설령 사또가 이번 일을 사주했다 한들 어찌하겠나. 전쟁의 여파로 찢어지게 가난한 고을 인심이 그러한 걸. 술 취한 채 말을 타고 역리들을 호령했기 때문에 이런 욕을 당한 거야. 이제부터 고을마다 수령을 먼저 찾아뵙고 조심스럽게 나아갈 생각을 해야겠네."

박의돈은 역리들을 조사하여 엄하게 다스려 줄 것을 경상 관찰사에게 청하는 편지를 시문이 쓰게 했다.

꼭두새벽, 말과 행장을 챙기고 도망치듯 서둘러 출발할 때 일행은 아무도 말이 없었다. 모두 억울하고 분통한 마음을 달래고 있었다. 이명은 두들겨 맞아 온몸이 쑤시고 이석노는 눈가에 피멍이 들어 점점 시퍼렇게 부어올랐다. 호란 이래 무과에 급제한 무관의 체신이 말이 아니었다. 천하에 둘째가라면 서러워할 무과에 급제한 선달들이 역참 불량배들에게 두들겨 맞았으니, 죽고 싶어도 죽을 곳이 없고, 쥐구멍에라도 들어가고 싶은 마음이었다. 설령 백골이 되어도 잊지 못할 치욕스러운 밤이었다.

그중 이명의 낯빛이 제일 어두웠다. 불만이 가득한 채로 이내 이석노와 일행 뒤로 처졌다. 이명은 서인들과 맞서 살아남은 남인 출신 무반이었다. 무표정한 얼굴에 살기 어린 눈빛만 번뜩거렸다.

백성은 풀죽으로 겨우 끼니를 때울 정도로 곤궁하고 도탄에 빠진 민생은 이미 밑바닥에 떨어졌다. 인조반정 이후 친명 반청 운동으로 정묘호란이 일어났다. 척화론의 득세로 왕과 조정이 은연중에 이미 날개가 꺾인 명나라를 의리로 내세워 옹호하는 태도를 보였다. 이것을 이유로 병자년 겨울, 청 태종이 십만 대군을 몰고 침입했다. 임금이 남한산성으로 도망가 항전하다 패하고 항복, 군신의 의를 맺고 세자와 대군이 볼모로 잡혀갔던 수모를 어찌 말로 표현할 수 있겠는가. 삼전도에서 왕은 세자를 비롯한 오백여 명의 신하가 지켜보는 가운데 청나라 황제를 향해 세 번 절하고 아홉 번 머리를 조아렸다. 업신여겼던 변방 오랑캐 왕에게 치욕적인 예를 올리지 않았던가. 흉년과 기근이 이어지고 나라의 기강과 재정이 파탄 났는데도 집권층은 분당으로 싸움을 일삼았다. 척신들이 집권하여 당파로 편을 가르고 서로 죽이고 살리는 횡포를 일삼았다.

북관으로 떠나기 전 시문은 병석에 누운 아버지 박계숙과 집안의 여러 사정상 발길이 떨어지지 않았다. 칠순이 넘은 박계숙은 병석에 누워 시문에게 부탁했다.

"내 평생소원은 그 애를 보는 것이다. 회령에 가면 그 아이를 만나서 돌아올 때 꼭 데려오도록 해라. 죽기 전에 내 딸의 혼사를 치르고 싶구나."

그 아이란 박계숙이 사랑했던 배종이 낳은 딸이었다. 배종은 박계숙이 초임지였던 회령에서 만난 기생이었다. 우종도 배종을 잘 알고 있었다

"여보게, 우종. 자네만 믿네. 먼 길 잘 안내해 주게."

박계숙이 우종에게 시문을 부탁했다.

"여부가 있겠습니까."

할아버지부터 삼 대에 걸친 인연이니 어련히 알아서 잘할 텐데. 한 입으로 두말하면 잔소리였다.

시문의 나이 스물여덟, 아직 후사가 없는 그의 아내도 이별의 슬픔을 참지 못하고 눈물을 흘렸다. 박계숙도 홀로 조선 팔도 부임지를 돌아다니느라 종가를 지키던 아내가 아이를 가질 기회가 좀체 없었다. 시문은 박계숙이 사십 중반 넘어 낳은 귀한 아들이었다. 우종과 쌍령에서 헤어진 후 시문은 계숙의 뜻에 따라 스무 살 시절 전반을 한양에서 과거科擧를 준비했다. 같은 양반이라도 차별을 받는 무인보다 앞길이 열린 문인이 되길 원했다. 시문이 문과에 계속 떨어지자 계숙은 무과 시험을 준비시켰다. 그러하니 시문과 고향에 남은 아내 사이에도 아이가 생길 틈이 없었다.

병석에 누운 상태로 박계숙은 말을 이어갔다.

"내가 첫눈에 반한 배종은 원래 회령 부사가 마음에 둔 여인이었다. 부사의 질투를 무릅쓰고 내가 배종을 사랑하여 방직기房直妓로 삼았다. 덕분에 부사 눈 밖에 나서 군관 생활이 편하지 않았어. 그리고 네 어미가 질투가 심해서 배종을 첩으로 허락하질 않았다. 그러나 내가 훈련원에 홀로 근무할 때 배종을 불러 같이 살았고 서로 지극히 사랑하였다. 그러나 네 어미가 소식을 듣고 올라와서 산달이 가까운 배종을 회령으로 내쫓았다. 홀로 딸을 낳았다는 소식을 들었다. 배종은 아이 이름을 월이라고 지었다고 편지를 보냈다. 그 애가 너의 여동생이다. 네 복무 기간이 끝나는 대로 그 아일 데려오너라. 배종의 병이 깊어 위중하다니 네가 만나서 보살피고 이 편지와 물품을 꼭 전하거라."

병세가 위중한 아버지의 부탁인지라 시문은 새겨들었다. 집안에 아들 형제 둘뿐이었다. 동생이 남아서 집안을 보살피기로 했지만 미덥지 않았다. 그러나 남자 형제뿐인 집안에 비록 이복일지라도 여동생이 하나 생기는 것도 괜찮았다. 늙으신 부모님 봉양을 떠맡은 아내를 가슴에 안았다. 앞으로 일 년 동안 서로 보지 못할 것이다. 흐르는 눈물이 옷깃을 적셨다.

시문이 떠나기 일주일 전부터 고향 친구들과 긴 이별을 아쉬워하는 술자리가 벌어졌다. 술자리마다 시문이 앞으로 풍속이 사납고 우매한 북관에서 혼자 살아갈 일을 걱정했다.

"젊은 남자가 객지에서 혼자 살기 쉽지 않을 걸세."

"걱정하지 말게. 풍류를 즐기는 자라면 어디에서 지내든 걱정할 필요가 없네. 하지만 뒤늦게 후회할 일을 만들면 아니 되지."

멀리서 시문의 말을 귀담아듣던 이환이 중얼거렸다.

"아니 되긴 뭐가 아니 된단 말인가. 어느 놈은 천한 종년에게 나서 비참하게 살고 어느 놈은 양반댁에게 나서 귀한 대접을 받는 게 문제지. 하긴 지금 와서 그놈에 태생을 따져서 무슨 소용인가. 내 어릴 적 일찍 죽은 어미에게 물어볼 수도 없는 노릇 아닌가."

이환이 우종과 탁주를 마시며 같은 종 처지인 봉남에게 하소연했다.

"진짜 내 아비가 누굽니까?"

봉남은 혀를 몇 번 차더니 말이 없었다. 우종은 이환을 물끄러미 바라보았다.

남의 일 같지 않았다. 동병상련이랄까. 우종은 과거의 기억이 떠올라 마음이 아렸다.

이제부터 네 아비는 나다, 우종은 이환에게 이렇게 말해 주고 싶었다. 송아지처럼 껌뻑이는 이환의 순수한 눈동자는 할 말을 잊게 했다.

해안선을 따라 북상하는 길은 멀고도 험난한 여정이었다. 경상도 관찰사와 병사에게 전출 신고를 하고 함흥으로 가서 함경도 관찰사에게 전입 신고를 해야 했다. 감영의 점고를 받고 일 년간 복무할 최종 근무지로 가야 하는 여정이었다. 월이 모녀가 사는 회령으로 희망 근무지를 점찍었지만 그것도 북병사가 최종적으로 결정할 일이었다.

행장을 꾸린 우종은 다시 일행을 이끌었다. 한겨울 바닷물이 얼어붙는 북새바람이 불었다. 망양정에 올라 바다를 바라보았다. 황희 정승을 기리는 삼척 소공대 고개를 오르기 전, 짐 실은 말이 발을 헛디디고 옆 말을 밀치는 바람에 박의돈이 물에 빠졌다. 그 바람에 박의돈은 역졸에게 몽둥이로 빗맞은 명치 통증이 되살아났다. 술을 마셔도 가슴 통증은 차도가 없었다.

동해 바닷가 역리들은 병곡에서 일어난 변고를 전해 들었는지 대접이 후했다. 삼척 관아 동문 밖 주막에 들렀다. 주막집 주인 딸인 도선이라는 여인이 시문의 술 시중을 들었다. 갓 스물이었는데 미모뿐만 아니라 거문고를 타며 노래를 잘 불렀다. 박의돈은 가슴 통증이 가시지 않아 일찍 잠을 청했다. 세상 여자를 돌처럼 보라고 큰소리치던 이명이 이날 밤 도선에게 무너졌다. 절개가 꺾인 일이 부끄러운지 그는 날이 밝기도 전에 서둘러 떠났다. 박의돈이 혀를 차며 말했다.

"스스로 인색 대장군이라 칭하다가 무너지다니. 순리를 따르면 몸과 마음이 한결 편할 텐데."

김우종은 수많은 전투에서 살아남은 역전의 용사답게 나아갔다. 왜란 때 홀로 왜놈 여럿을 죽이고 조총 세 정을 노획하는 무공을 세운 적이 있었다. 그는 삼도 수군절도사 이순신 장군에게서 하사받은 조총을 메고 시문 일행의 맨 앞에 말을 타고 길잡이로 섰다.

십이월 마지막 날, 선달들은 술 네 동이를 사서 두 동이는 사내종들에게 선심 쓰듯 주었다. 두 동이는 선달들이 송년을 빙자하여 기생들과 나누어 마셨다. 이날 시문은 성병의 일종인 당창唐瘡에 걸렸다. 이후 한 달 동안 여인을 멀리했고 약첩을 지어 먹으며 운기조식運氣調息해야 했다.

우종은 봉남과 이환을 불러 술을 따라 주었다. 봉남은 마흔 후반의 조용한 성격의 사내였고 어느덧 이환은 반골 기질이 있는 이십 중반의 건장한 청년이 되었다.

"물려받은 전답과 노비를 짐승처럼 부리며 번 돈을 처발라서 공부시키고 관직을 얻었으니 세상 여자는 모두 저 양반놈들 차지가 되었네."

이환이 한탄하자 봉남이 옆에서 잔소리했다.

"말조심해, 이놈아. 제 명줄을 자르는 소리는 작작하고 술이나 마셔."

혈기 왕성한 이환은 늘 크고 작은 사고를 저질렀다. 평소에는 너그럽기 그지없다가 화가 나면 물불을 가리지 않았다. 길모퉁이 주막마다 하룻밤 사랑을 파는 주모들이 있었다. 한두 푼에 술을 팔고 세 푼에 사랑을 팔기도 했다. 티격태격 남녀 사이에 실랑이가 벌어졌다. 이환은 그중 한 주모의 따귀를 때린 남사당패 사내의 가슴을 걷어찼다.

"개돼지 신세로 사는 것도 서러운데 이런 썩을 놈이 가냘픈 여자를 패네."

다혈질인 이환이 달려드는 다른 사내를 패대기쳤다. 그 일로 남사당패와 서로 싸움이 벌어졌다. 패거리가 몰려와서 이환을 둘러쌌다. 기예와 사당패놀음으로 몸이 단련된 자들의 주먹과 발길에 이환이 얻어터지자 우종이 끼어들었다. 우종은 바람을 일으키며 달려가 숨 한번 크게 쉬는 시간에 둘러선 사내들의 정강이뼈를 돌아가면서 세게 걷어찼다. 동작이 얼마나 빨랐던지 움직이던 사내들이 일시에 돌처럼 굳어지고 연속으로 모로 쓰러졌다. 회오리바람에 수숫대가 쓰러지듯 일일이 아픈 다리를 감싸며 나뒹굴었다. 우종은 눈 깜짝할 사이에 술상 앞에 앉아서 손을 털었다. 쓰러진 사내들은 서로 얼굴을 쳐다보며 방금 전에 무슨 일이 일어났는지 모르겠다는 기가 막힌 표정이었다. 봉남은 이환이 사내들을 쓰러뜨린 줄 알았다. 일이 더 커지기 전에 봉남이 나서서 몇 푼 쥐어 주고 사정하며 겨우 해결했다. 어중이떠중이로 모인 패거리는 포졸들이 오기 전에 일찌감치 달아났다.

"이놈아, 그래도 내 명색이 네 죽은 어미의 서방인데 말 좀 들어라."

"내 어미는 나를 낳고 금방 죽었는데 무슨 서방이란 말이오?"

"난들 네 어미와 억지로 살고 싶었겠냐? 주인마님이 강제로 맺어 주니까 어쩔 수 없이 네 아비가 된 거지."

"난 아비가 없소, 아비는 무슨 얼어 죽을 소리요."

"에라, 이 망할 놈아. 누군들 네놈 아비 노릇을 하고 싶다더냐?"

"시끄럽소. 다시 아비니 뭐니 헛소릴 지껄이면 허릴 분질러 버릴 테니."

이환은 화를 내더니 사립문을 박차고 나가 버렸다.

"어허, 저 성질머릴 못 죽이면 제 명에 못 살 텐데."

총과 활

　새해 첫날이었다. 두고 온 가족과 고향 생각에 허전한 마음을 달래려고 사냥을 나갔다. 강릉에서 출발하여 올라가는 도중에 우종은 시문과 오대산 자락으로 들어가서 사냥을 했다. 이환도 따라왔다. 화약과 탄환을 넣은 조총으로 이환에게 실제 사격을 가르칠 생각이었다. 시문은 말을 타고 우종과 이환은 총을 들고 걷거나 뛰었다. 시문은 활을 쏴서 꿩 다섯 마리를 잡았다. 우종은 조총을 쏴서 꿩을 잡았으나 형체를 알아볼 수 없을 정도로 손상되어서 먹을 수가 없었다. 대신 토끼 한 마리를 잡았다. 우종이 잡은 토끼 몸에 묻은 피를 보며 시문이 말했다.

　"사냥에는 활이 최고지. 총소리에 놀라서 짐승이 모두 달아나면 무슨 수로 잡을 텐가?"

　"무슨 말씀을 그리 섭섭하게 하십니까. 꿩이나 작은 짐승을 잡을 때 활이 유용하지만 호랑이 같은 큰 짐승을 잡으려면 총이 최곱니다."

조총을 높이 치켜들며 우종이 말하자 시문이 웃으며 말했다.

"활쏘기에는 사법이 있고 하물며 칼에도 검법이 있는데 총에는 무슨 법도가 있다는 말을 들어본 적이 있는가?"

"총에는 무자비하고 두려운 힘이 있지요. 왜놈이 말하는 무법 천지 무데뽀."

이환이 끼어들었다.

"그래서 양반들이 조총의 위력을 두려워하고 싫어하는 거지요. 만에 하나 백성들이 총을 들고 일어나면 누구를 쏘겠어요?"

우종이 서둘러 말꼬리를 잘랐다.

"설마 그런 일이 있을까? 그래도 언젠가 총이 대세가 될 겁니다. 화약이 너무 귀해서 문제이긴 하지만요."

시문이 이환을 힐끗 바라보며 말했다.

"양반들이 한자를 버리고 언문을 쓰면 모를까. 우아한 활을 버리고 시끄러운 총을 쓰는 날이 과연 올까. 양반 중에서 무반을 제외한 문인들은 모두 총소리를 벌레나 언문처럼 싫어하지."

우종은 이환에게 표적을 정하고 방포를 시켰다.

"저놈은 그냥 싸움질이나 하는 게 낫겠어."

이환이 긴장한 채 총을 다루는 모습을 보며 시문이 한마디 던지고는 산을 먼저 내려갔다.

"어깨에 힘을 빼고 우선 가늠쇠를 노려봐라. 마음을 천길 아래로 차분하게 가라앉히고 이번엔 표적을 원수처럼 보며 숨을 멈추고 집중한 후 발포해라."

우종은 이환에게 몇 차례 연습을 시키고 사격 자세를 고쳐 주었다.

"발포할 때 놀라서 눈을 감지 말고 더 크게 부릅뜨고 적을 겨냥해라."

이환이 쏜 마지막 세 발은 모두 표적에 적중했다.

우종이 이환과 포계 이야기를 하면서 돌아오니 짐 실은 말과 노복들은 먼저 가 버렸다. 우종은 시문과 뒤처진 박의돈, 이명, 이석노, 김사룡과 더불어 양양 바닷가로 갔다. 김사룡은 마흔이 넘은 나이에 무과에 겨우 합격했지만 자식이 없었다. 열일곱 살인 사내종을 아들처럼 보살폈다. 선달들이 일부러 모른 척하기도 했지만 스스로 멀리 떨어져서 되도록 눈에 띄지 않게 움직였다. 바닷가 어부 집에서 생대구탕과 대구구이와 기름진 쌀밥을 먹었다. 밥을 먹으면서 시문과 이명 사이에 언쟁이 있었다.

"시문 이놈아, 몸조심하거라. 우리 남인의 원수는 바로 너 같은 놈이다."

이명과 이석노가 자리를 박차고 나가 버렸다. 그 후 이명과 이석노는 뒤처졌는지 보이질 않았다.

식사 후 짐바리를 싣고 먼저 간 말들을 쫓아 양양역에 도착하여 묵었다. 역장이 무슨 소문을 들었는지 그들을 대접하기를 마치 전부터 알던 오랜 벗처럼 대해 주었다. 말먹이로 조, 콩과 좁쌀을 주었고 술과 안주 역시 매우 훌륭했다. 객지에서 이런 대접을 받다니 정말 행운이었다. 시문은 고마운 마음에 질 좋은 무명을 주고 흰쌀로 바꾸었다.

해안선 길을 따라가다 낙산사에 올랐다. 낙산사는 산불로 소진되어 겨우 두어 채만 남아있었다. 새로 대웅전을 조성하는 공사가 시작되고 있었다.

시문은 한양에 가서 유학자인 스승 밑에서 수학하며 초시를 준비했었다. 과거科擧에 여러 차례 응시해서 떨어졌지만 시를 잘 짓는 총명함은 인정받았다. 시문의 아버지는 문무를 겸비할 것을 늘 강조했다. 청간정을 지날 때 시문은 겨울 바다를 보며 박계숙이 지은 시를 읊었다.

산길은 만 리로 뻗어 있는데
누구에게 길을 물어야 하는가?
구름은 아득하고 북관은 멀기만 한데
차가운 눈바람 불어와 나그네 시름만 깊어가네!*

통천을 지나는데 관내 경계가 삼엄했다. 수일 전 수령이 변고를 당했다는 소식을 관아에서 들었다. 총알이 귀를 스쳐서 놀란 수령이 몸져누웠다. 강원 포계장 중수 말에 따르면 평소 탐관오리로 백성을 짓밟고 유세를 떨던 자였다. 우종은 짐작이 가는 바가 있으나 바위 위에 앉아서 묵상에 잠겼다. 시문은 안변부 관아에 들어가 부사를 뵈었다. 부사는 놀라고 한편 기뻐하며 일행을 친지처럼 맞이했다.

"오는 길에 별일 없었는가?"

"설마 저희 군관들을 공격하겠습니까? 저들이 죽으려면 무슨 짓인들 못 하겠습니까."

"하긴 바보가 아닌 이상 무인을 건드릴 일이 없지."

오래전에 시문의 아버지가 안변 부사의 상관이었다. 내실 안방 어른이 안면이 있는 시문에게 주라고 비상시 사용할 구급약, 시원한 배 한 궤짝, 말린 꿩, 소금에 절인 연어와 소주 한 병을 주었다.

정월의 추위가 살을 파고들었다. 이환의 짚신이 닳고 해져서 발뒤꿈치가 드러났다. 갈라진 틈새로 피가 배어 나왔다. 아픔을 호소하여 우종이 무명천을 찢어 감싸고 여분으로 가지고 있던 가죽신을 주었다. 이환이 감사하다며 거듭 인사했다. 우종은 가마솥을 지고 다니던 그의 등을 가볍게 두드려 주었다.

새벽에 출발하여 문천 길가에서 복마와 뒤처진 사람들을 기다렸다. 앞서가던 이명과 이석노가 사내종을 데리고 왔다. 이명이 말했다.

"춥고 심심하니 사내종끼리 씨름 대결이나 한번 할까? 베 두 필을 걸겠네."

이석노의 사내종 경립은 마을 씨름판 천하장사였다.

"두 필은 받고 세 필 더 걸겠네."

시문은 이환을 믿고 큰소리를 쳤다.

시냇가 모래밭으로 가서 각기 주인을 대신한 사내종 네 명이 씨름판을 벌였다. 이명의 사내종이 먼저 박의돈의 노복을 들배지기로 들어서 모래판에 집어 던졌다. 이환은 이명의 종을 잡채기로 가볍게 무릎을 꿇게 했다. 이환과 경립은 결국 외나무다리에서 만났다. 경립은 힘이 장사였고 이환은 기술이 좋았다. 경립이 첫판을 이기고 이환이 잡치기로 두 번째 판을 가져왔다. 드디어 결승. 추운 날씨인데도 두 싸움꾼 몸에서 김이 모락모락 피어올랐다. 두 마리 황소가 맞붙어 힘과 기술을 주고받는 싸움은 결국 서로 팽팽하게 맞서다 마지막에 이환이 방심한 경립을 밭다리로 되받아쳐서 끝났다. 열에 받친 이석노가 경립을 말채찍으로 때렸다. 이환이 경립을 보호하려고 채찍을 막아섰다가 휘두른 채찍에 맞았다. 우종이 말렸으나 막무가내로 채찍을 휘둘렀다. 우종은 한 대도 맞지 않았다.

김우종에게는 생명을 위협하는 적을 막아내는 능력이 있었다. 상대의 다음 동작을 읽고 몸을 움직여 피하는 능력이 생겼다. 시간이 느리게 흐르도록 만들 수는 없지만 이상하게도 위기가 닥치면 우종은 빨라졌다. 상대적으로 적의 움직임이 느려졌기 때문이다. 그는 상대의 움직임 사이에 끼어들 수 있었다. 그가 매우 빠르므로 시간의 흐름 사이로 빠져나갔다. 남이 한 식경에 한두 가지 일을 한다면 우종은 열 가지 이상 일을 처리할 수 있었다. 그는 눈 깜박할 사이에 상대가 미처 알아먹기 전에 제자리로 돌아왔다. 왜란과 호란 두 전란의 비극을 모두 겪은 뒤 생긴 일이었다. 두 전란의 최전선에서 살아남았다면, 매일 위급한 순간을 살아야 한다면 누군들 초인이 되지 않았을까.

이석노가 요리조리 잘 피하는 우종을 더 때리려고 하자 시문이 나섰다.

"웃자고 벌인 일로 생사람을 잡으면 되는가?"

이명이 끼어들었다.

"자네 종놈 패거리 버르장머리를 오늘 내가 고쳐 주지."

"감히 어디서 패악질인가. 내기에 져서 약이 오른 것이지."

"이런 망할 새끼."

"뭐라고? 이런 육시랄 놈을 보았나."

체면이고 뭐고 서로 육박전이 벌어지려는 찰나, 박의돈이 끼어들어 겨우 사이를 떼어 놓았다.

"내 언젠가 이 수모를 꼭 갚아 줄 테니 기다려라."

이명이 이를 갈며 씩씩거리더니 분풀이로 따라오는 종들의 다리를 발등으로 걷어찼다. 이후 뒤로 처지더니 보이질 않았다.

해안을 따라 걷고 또 걸었다. 잠깐 쉬었다 가려고 바닷가 마을로 들어서니 아이 울음소리가 들렸다. 우종은 이환과 무슨 일인가 살피러 갔다. 반쯤 쓰러져가는 움막에 굶주려 눈이 퀭한 여자아이가 끊어질 듯 말 듯 가냘프게 울고 있었다. 거적에 덮여 있는 시신의 맨발이 보였다. 아이에게 물어보니 굶고 병들어 죽은 어미였다. 아이 아비는 군역을 대신할 면포를 내지 못해 관아로 끌려간 후 소식이 없다고 했다. 아이 어미를 양지바른 곳에 우선 묻어 주었다. 까마귀가 근처 나무에서 내려다보며 원망하듯 울었다. 주검이 있는 곳에 놈들이 있었다. 겉은 허연데 속은 까마귀 떼 같은 양반놈들 생각이 나자 이환이 돌을 던졌다.

"이거라도 우선 먹고 기다려라. 아저씨가 다시 올게."

우선 미숫가루를 타서 주었다. 여자아이는 너무 못 먹어서 몸피가 깡말랐을 뿐 밥을 해 먹을 줄 아는 나이였다. 이환이 지니고 있던 비상용 잡곡 자루를 아이에게 주었다. 아이의 이름은 연합이었다.

"아저씨, 꼭 오셔야 해요."

"내가 약속하마."

연합이 기운을 차리고 말하자 우종이 새끼손가락을 걸었다.

저녁나절에 함흥에 도착했다. 우종은 함흥 관아 아전을 불러 안변 부사가 시문을 잘 배려해 달라고 써 준 추천서를 전했다. 물론 한 바리 가득 물건을 챙겨 아전에게 주었다. 뇌물이 통했는지 아전이 이른 아침에 그들 일행을 방문했다. 천총을 모시고 와서 시문을 만났다. 천총은 각 군영에 두었던 무관직으로 중군의 지휘 아래 군관을 교육하는 고급 지휘관이었다. 시문은 음식을 조출히 마련하여 여러 지인을 불러서 함께 먹었다. 기분이 좋아진 시문은 저녁에 기생을 불러서 천총을 대접했다.

천총의 안내로 함경도 관찰사 심정을 뵙고 인사를 올리니 특별히 시문에게 술을 내려 주었다. 천총은 발이 넓은 사람이었다. 관찰사는 안변 부사와 무과 동기로 같은 서인 출신이었다. 관찰사는 병색이 짙은 얼굴이었다.

전입 신고를 하자 관찰사는 신출 군관 일행에게 당부하는 말을 쉬엄쉬엄했다.

"여기 군관들은 육진 국경을 기어코 지켜야 하는 사명감을 가지고 이곳까지 온 것이다. 위로 주상 전하의 뜻을 받들어 엄정한 군기와 임전 태세를 갖추어야 할 것이다. 나라에 충성하고 부모에게 효도하는 제군들은 오직 군대를 위해 몸과 마음을 바쳐 멸사봉공하는 길로 나아가길 바란다."

일행은 대오를 갖추고 보급품을 점고했다. 역에서 갈아탄 말들은 모두 반납했다. 시문은 여동생이 사는 회령에 근무하려고 여러 방면으로 손을 썼다. 병영 인사 담당 군관과 아전이 시문이 원하던 좋은 소식을 가지고 방문했다. 저녁에는 천총이 술을 가지고 오면서 말먹이로 콩 한 말과 쌀을 주었다. 천총은 우종이 들고 온 장총에 관심이 많았다. 우종을 따로 불러 물었다. 우종은 천총을 산포계에서 만난 적이 있어서 구면이었다.

"김 포수, 그 조총 한번 쏴 볼 수 있겠나?"

"네, 여부가 있겠습니까? 화력이 좋으니 조심해서 잘 다루십시오."

"물론이지."

천총이 화약과 탄환을 넣고 화승에 불을 댕겨 철새가 날아가는 하늘로 발포했다. 새 한 마리가 떨어졌다. 천총이 능숙하게 화승줄을 감고 발포한 총을 우종에게 넘기며 말했다.

"산맥이 첩첩하고 험악한 함경도 포계가 전국에서 으뜸이 아닌가. 포계가 총을 들고 일어나면 세상이 바뀐다는 말이 나돌던데 앞으로 서로 도우며 친하게 지내자고. 이 조총만이 나라를 구할 유일한 방도가 아닌가?"

천총이 웃으며 말하자 말뜻을 알아차린 우종은 정색하고 두 손을 모아 인사했다.

시문은 천총, 이석노, 장도민과 활과 화살을 지니고 활터에 갔다. 각자 스물다섯 발씩 쏘았다. 천총은 스물다섯 발, 시문은 스물세 발, 장도민은 스물한 발, 이석노는 스무 발을 명중시켰다. 시문은 여독이 풀리지 않은 듯 보였다. 천총이 조총을 메고 선 우종을 불렀다.

"자네가 화승총을 좀 쏠 줄 아는가. 화승총의 유효 사거리가 내가 쏘는 활보다 짧은지 긴지 나랑 내기하는 게 어떤가?"

"옛날 왜란 때는 활이 총보다 더 먼 거리에 있는 적을 제압할 수 있었지만 호란 후 조총도 개량되어 비거리가 많이 길어졌습니다."

우종이 말하자 천총이 다시 제안했다.

"물론 살상력과 관통력은 화승총이 훨씬 낫지만 연속 사격은 활을 따라올 수 없지 않겠는가? 일등 포수인 자네가 나와 시합을 하면 어떨지. 활과 총 중 누가 멀리 쏠 수 있는지와 숨 한 번 쉬고 참으면서 몇 발을 쏠 수 있는지 말이야. 들숨과 날숨 한 번에 한 발을 화약과 탄환을 넣고 발포까지 한다면 백미 한 말을 주겠네. 나는 숨 한 번에 화살 다섯 발을 쏘겠네. 내가 이기면 포수 대장이 광대춤을 추게. 어떤가?"

"좋습니다."

천총은 허수아비 표적을 이백 보 거리에 세우고 깃발을 든 군졸을 시켜 확인했다. 먼저 누가 멀리까지 쏘는가를 겨뤘다. 천총은 화살을 시위에 걸고 줌통을 실하게 잡고 힘껏 당겼다. 당기는 활이 반달처럼 휘었다. 온몸에 힘을 쓰되 전혀 힘이 들어가지 않은 듯이 평온하게 쏘았다. 화살이 날아갔고 표적의 중심인 관곡에 맞았다. 적중이오, 푸른 깃발이 펄럭였다.

우종은 총구에 화약을 넣고 종죽 꽂을대로 화약을 다진 후 탄환을 밀어 넣었다. 주물에 쇳물을 부어 만든 총알을 넣으면 닥종이를 따로 넣지 않아도 연기가 새지 않아 발포가 잘 되었다. 방아쇠 위 불구멍을 열고 선약을 넣고 총열 내로 잘 흘러가도록 살짝 기울여서 흔들었다. 불구멍을 열고 방아쇠를 당기면 잠금 장치가 뒤로 젖혀지고 용수철이 기울어져 화승이 물린 용머리가 점화약에 불을 붙였다. 숨을 멈추고 겨냥해서 발포했다.

"명중이오!"

청기가 올라갔다. 표적으로 세운 허수아비 머리를 관통했다.

"일 차전은 무승부일세."

천총이 고개를 끄덕이며 엷게 웃었다.

이 차전은 천총이 먼저 깊게 숨을 들이마시고 백 보 거리의 표적을 향해 활을 연거푸 쏘았다. 화살집에서 활을 뽑는 손이 빠르게 움직였다. 여섯 발을 쏠 때 머금은 숨을 참기 어려워 얼굴이 벌겋게 달아올랐다. 다섯 발 명중이었다.

우종은 총알 두 발을 입에 물고 숨을 최대한 깊게 들이마셨다. 화약을 총열에 넣고 총알을 총구에 뱉어 넣었다. 동시에 총알이 총신 깊숙이 박히도록 개머리판을 땅바닥에 세게 두 번 내리쳤다. 선약을 넣자마자 방아쇠를 당겨 점화하고 겨눈 후 방포했다. 다시 반복해서 방포! 아직 날숨까지 여유가 있었지만 천천히 깊은숨을 내쉬었다. 두 발 모두 명중이었다.

"진정한 명포수일세. 비겼지만 두 발을 쏜 자네가 이긴 셈이야."

천총은 우종에게 백미 한 말을 상으로 주었다. 백미를 받자마자 우종은 돌아서서 쏜살같이 십 리 길 바닷가 마을로 뛰었다. 굶주린 연합에게 백미를 전해 주고 돌아왔다. 이 모든 일을 한 식경 안에 마쳤다. 이환이 어린 소녀에게 한 약속을 지켰다.

이명과 이석노는 늘 둘이 붙어 다녔다. 시문 일행과 사이가 여전히 좋지 않았다. 밤에 길주에서 온 연락을 받고 장도민도 일이 잘 풀린 모양이었다. 평소 시문에게 데면데면한 그가 무명 베 한 필을 내어 술을 사고 꿩 두 마리를 삶아 일행이 함께 먹고 마셨다. 장도민은 처가가 길주 목사 집안이므로 객지 생활에 문제가 없었다.

험준한 산을 넘어야 하니 든든하게 아침을 먹었다. 우종은 조총을 손질하여 총집에 넣고 어깨에 가로질러 걸쳤다. 쏟아지는 눈과 칼바람을 무릅쓰고 산을 등정하여 함관령을 넘었다. 박의돈은 뒤처졌다가 도착했다. 눈이 계속 내리다가 잠시 그쳤다.

북청으로 들어가는 입구 쌍고개를 지나 서문 밖 여염집에서 말을 쉬게 했다. 모두 피곤하고 지쳤으니 하루 푹 쉬기로 했다. 북청 남대천이 흐르는 명덕산 자락에서 북관 포계 모임이 있어서 우종은 이환을 데리고 참석했다. 각지에서 온 백여 명의 포수들이 모였다. 그들 대부분 살인적인 수탈을 피해 산에 숨어들어와 포수가 된 농민이거나 도망친 노비가 섞여 있었다. 경상도 포계장인 상수가 목소리를 높였다.

"해가 갈수록 삼남 지역 탐관오리들의 수탈이 극심하니 백성들이 피눈물을 흘리며 다들 죽지 못해 삽니다. 환곡을 나누어 주며 이게 너희들을 위하여 나라에서 특별히 주는 거라며 이자를 배로 쳐서 갚으라고 합니다. 그마저 쭉정이와 모래가 섞여서 체를 쳐야 반이나 될까 말까. 백성이 기댈 곳이 없어 우리 포수들을 우러릅니다."

"양반이라고 다 나쁜 놈만 있는 게 아니다. 끊임없이 설득하고 기회를 주면 그들도 평등한 세상으로 가는 동반자가 될 수 있다."

우종이 말하자 강원도 포계에서 온 중수가 나섰다.

"한두 번 속았습니까? 양반이란 그놈이 그놈 아닌가요? 윤리와 도덕을 내세우는 척하다가도 권력을 잡으면 어느새 돌변해 한철 만난 메뚜기처럼 재물을 긁어먹느라 혈안이 되어 버리지요. 양반 벼슬아치와 구실아치, 이놈들을 모조리 죽여 버립시다."

상수가 흥분한 중수를 달랬다.

"포수 어른 말씀도 맞아. 무턱대고 살상을 한다면 우리가 역도로 몰려서 몰살당할 수 있어. 나라가 위기에 처했을 때 최전선에 나가 싸운 자가 우리 포수가 아니냐? 백성과 나라를 위하는 일이니 무조건 살생은 삼가야 해. 각 지역에서 가장 악질적인 탐관오리를 우선 골라내어 겁을 주고 혼쭐을 빼서 양반과 수령에게 경종을 울리는 게 좋을 것 같아. 그래도 패악질을 하고 착취하는 놈 중 죄질이 극히 포악한 놈은 따로 은밀히 처리하자. 각 지역 계주는 한 방에 보내 버릴 수 있는 실력 있는 포수들을 모아서 별동대를 조직하도록 하자."

우종은 산으로 더 깊이 들어가 밤새 포수들과 울분을 나누었다. 별동대는 사격술이 뛰어난 포수를 뽑아서 만들었다. 겉으로는 인마를 살상하는 호랑이를 잡기 위한 조직이었으나 호환보다 더 무서운 양반을 징벌하기 위한 조직이었다. 산포수는 백성들의 존경을 받았으나 양반한테는 멸시를 당했다.

우종은 다음 날 아침 일찍 산에서 내려왔다. 역마를 갈아타고 출발하기 직전 이환이 따듯하게 데운 탁주를 돌렸다. 빈속을 짜르르 적시자 추위가 가셨다. 일품이었다.

부방길

내리는 눈을 무릅쓰고 말을 끌고 산길을 올라서 걷고 또 걸었다. 온종일 고개를 넘어 수중대에 이르렀다. 수중대 절벽 아래로는 남청색 넓은 바다가 펼쳐졌고 주변에는 쭉쭉 뻗은 장송들이 서 있었다. 눈이 쌓인 첩첩산중을 계속 걸었다. 밤은 깊어가는데 인가가 보이질 않았다. 잠깐 쉴 때는 앉아서 달구경을 했다. 풍경이 너무 아름다운 나머지 추위는 아랑곳하지 않았다. 달밤에 걸어가는 산길이 백옥처럼 하얗게 빛나며 황홀한 것이 마치겨울 금강산에 들어가는 것과 같았다. 우종은 박계숙이 삼십 년전 이곳을 지날 때 지었던 시 한 수를 읊었다. 그때 일당백 장사였던 박계숙과 이곳을 지나가던 일이 어제 일처럼 떠올랐다.

묻노라 수중대야 너 난 지 몇 천 년인가
지금까지 영웅호걸이 몇이나 지나갔는가?
이후에 다시 묻는 이 있거든 내 왔노라 말하라**

절벽 옆으로 난 오솔길을 따라 삼십 리 길을 가서 하늘을 보니 눈이 그치고 날씨가 개었다. 위로는 푸른 하늘이 은하수에 닿아 있고, 좌우로는 기이한 바위와 푸른 소나무가 울창하게 우거졌다. 낙락장송 가지마다 둥지를 튼 한 무리의 학이 점점이 쌓인 흰 눈과 같았다.

사가에서 여장을 풀고 피곤하여 일찍 잠이 들었다. 시문은 새벽녘 잠결에 울고 있었다. 그는 울산 고향 집에 도착하는 꿈을 꿨다고 말했다. 꿈속에서 병색이 짙은 아버지는 시문의 손을 잡고 있었다.

'내가 갈 날이 머지않았구나. 죽기 전에 내 딸이 보고 싶구나. 꼭 데려와야 한다.'

잠이 깬 뒤에도 눈물이 흘렀다. 우종은 시문이 우는 모습을 처음 보았다. 늘 씩씩한 줄 알았던 사내였다. 그를 다독여 위로해 주려고 했으나 눈에 티가 들어가서 그렇다고 손을 저었다. 일행은 여독에 취해 피로가 극에 이르렀다. 쓰러져 자다 깨어나면 모두 고향에 두고 온 가족들 생각이 났다. 우종 역시 지난 한 시절을 함께 살다 먼저 간 아내 생각이 났다.

우종은 일행을 이끌고 해안산맥을 따라 계속 올라갔다. 객지 험한 여정이 노독을 몰고 왔다. 추위가 지독했다. 길바닥에서 얼어 죽지 않으려면 인가나 마을이 나타날 때까지 무작정 걸어야 했다.

동북쪽으로 잇달아 뻗친 산맥이 겹겹으로 펼쳐 있고, 그 모든 산에는 눈이 하얗게 쌓여 있었다. 아침 햇살이 비치니 옥같이 휘황찬란하게 빛났다. 소가 끄는 수레를 몰고 가는 촌로에게 산 이름을 물으니, 평정산平頂山이라 했다. 이 산의 또 다른 이름은 마천령이라고도 했다. 마천령은 험하고 높은 고개였다. 동남쪽으로 이어진 해안 파도는 육지와 만나고, 서북쪽 뾰족한 봉우리는 하늘을 지탱했다. 눈바람이 잦아든 고갯마루 아래에서 말 먹이를 주었다. 오랜 시간 함경도에서 지낸 우종은 이곳 지리에 밝았다. 물론 호적이 잘못 기록되었을지 몰라도 그는 나이 백팔십하고도 다섯 살이나 먹도록 조선 팔도와 인근을 싸돌아다녀서 물정뿐만 아니라 지방 사투리를 모두 할 수 있었다.

길주 역장 집에서 머물렀다. 역장의 동생 형제들이 산에서 호랑이 사냥을 하는 포수로서 우종과 잘 아는 사이였다. 술을 가지고 와서 함께 마셨다. 사내종들도 기름진 쌀밥을 지어 먹고 온돌 흙마루에서 등을 지지며 잤다. 사람이 타는 말과 짐바리를 지는 말들 여물도 그들이 직접 끓여 주었다. 착한 사람들은 천성이 그렇게 타고나는 모양이었다.

길주 산성 아랫마을 아전 집에서 아침밥을 먹었는데 안주인은 후덕하게 생겼고 그 집 여자 종들이 모두 미인이었다. 오륙 명이 다 그랬다. 군관들이 앞을 다투어 사랑을 구했으나 모두 단칼에 거절당했다. 이환이 그 꼴을 보더니 우종더러 들으라고 투덜거렸다.

"저놈들 때문에 젊은 종년들 씨가 마르겠네. 나 같은 놈 총각 귀신으로 죽기 전에 차례나 올까. 썩을 놈들. 물려받은 재물을 탕진하는 꼴이라니. 내 참 더러워서."

"환아, 부럽더냐? 조급하게 굴지 말고 조금 기다려 봐라. 너도 곧 여복이 넘칠 것이다."

우종이 농을 걸자 이환이 말했다.

"포수 어른, 몸이 근질거려서 미치겠습니다. 이 혈기를 좀 나눠 드릴까요?"

덩치 큰 놈이 어린아이처럼 굴었다. 이환이 공으로 나눠 주는 혈기라도 받아서 이번 여정을 빨리 끝내고 싶었다. 하지만 노정을 가는 재미와 호기심이 없다면 이번 생을 무슨 낙으로 산다는 말인가. 우종이 생각하다가 문득 산사에서 노승에게서 배운 변신술을 이환에게 가르쳐 주고 싶었다. 우종은 이환을 불러 봇짐을 가져오게 했다. 봇짐은 가볍고 단출했다. 그것을 풀어헤치자 병졸이 겉에 입는 전복이 드러났다. 변신술의 가장 낮은 단계가 위장술이었다. 노승이 새나 짐승으로 변신하는 도술은 변신술의 최고의 경지였다. 우종이 이제껏 노력했으나 도달할 수 없는 경지였다. 소매가 긴 전복에는 고깔모자가 달려 있고 성긴 그물 모양의 위장망이 덧대어져 있다. 우종은 이환을 데리고 숲으로 갔다.

"자, 돌아서서 눈 감고 열까지 센 후 나를 찾아보아라."

이환이 돌아서자 우종이 소리 없이 사라졌다. 근처 숲을 샅샅이 뒤졌으나 우종은 어디에도 없었다.

"포수 어른, 어디 계십니까? 못 찾겠다, 꾀꼬리."

이환이 서 있는 자리 바로 옆에서 풀숲이 일어섰다. 이환은 놀라서 뒤로 자빠질 뻔했다.

우종이 껄껄 웃더니 이환에게 물었다.

"약한 자가 강한 적을 만나 살아남으려면 최상의 방법이 무엇이냐?"

"싸워서 이기는 겁니다."

"어허, 이놈 봐라. 힘자랑하다가 십중팔구 죽을 수밖에 없겠구나."

"도망치다가 어차피 죽을 텐데요."

이환이 심드렁하게 대꾸하자 우종이 말했다.

"적의 눈에 띄지 않는 것이 은폐의 지름길이란다. 몸 색깔과 무늬를 주위와 비슷하게 바꾸는 것이 위장술이니라. 눈에 띄지 않으려면 주변의 흙, 초목과 그림자를 이용할 줄 알아야 해. 겉옷을 진흙탕에 담가 입거나 풀과 나뭇가지를 덮어쓰거나 사물의 그림자 공간에 숨어서 적의 뒤를 노리거나 후일을 도모해야지. 이것이 오래 사는 법이기도 하다. 알겠느냐."

말은 쉽지만 행동으로 실천하는 일은 어렵기 마련. 우종은 위장용 전복을 이환에게 주었다. 우종은 가부좌를 틀고 바위 위에 앉아서 명상에 들었다. 어느 순간 돌처럼 굳어 버린 그가 눈앞에서 보이질 않았다. 이끼가 낀 바위와 일체가 되어 버렸다.

서두르면 경성 군영에 기한 내에 겨우 도착할 수 있을 것 같았다. 우종은 점고 명부에 하나씩 점을 찍어 가면서 군장의 수효를 조사했다. 기일에 맞춰 전입 신고하려고 서둘러 말을 몰았다. 역에서 말을 갈아타고 명천 북문 밖에서 시문을 기다렸다. 폭설이 내려서 십 리도 못 가서 머물렀다.

마음은 급했다. 이제부터 서둘러야 병영 점고에 겨우 늦지 않을 것이다. 시문은 태평이었다. 시문은 경성 양반 최원을 우연히 만나 술을 마셨다. 술이 거나하게 취한 시문은 최원과 난세에 관해 이야기하다가 말다툼을 하게 되었다.

"이 나라가 과거를 버리고 미래로 가는 길을 닦으려면 청의 발달한 문물을 받아들여야 합니다. 망할 놈의 친명사대를 버려야지요."

최원이 탄식하자 시문이 목소리를 높였다.

"어허, 이 양반 큰일 날 소릴 하네. 힘을 키워서 오랑캐를 몰아낼 생각은 안 하고. 세자가 청에 붙어 돈벌이나 하는 게 정상이요? 한시라도 빨리 치욕의 원수를 갚아야 하는데."

"명은 국운이 다했으니 빨리 잊고 청의 선진 문물과 기술을 배워 그것을 더욱 발전시키는 게 이 조선이 살길입니다."

"주자의 자존심을 팔아먹은 매국노와 그에 붙어사는 자들을 모조리 죽여도 시원치 않은데 무슨 개소리란 말인가."

"백성은 내팽개치고 피바람 불면 간에 붙었다가 쓸개에 붙었다 하며 사익을 추구하는 파벌이 문제지요."

"나 같은 하급 무과가 무얼 알겠소. 다음에 꼭 다시 만나서 회포를 풉시다."

말다툼하다 끝내는 악수를 하고 헤어졌다.

최원은 학문과 사리가 밝고 예의가 바른 양반이었다. 우종이 봐도 몸가짐에 흐트러짐이 없었다. 이후 최원과 시문은 나이가 동갑이라며 서로 말을 놓는 막역한 친구가 되었다. 최원은 시문의 마음에 꼭 드는 젊고 바른 선비였다. 훗날을 생각하며 시문은 마음속 갈피에 최원을 넣어 두었다.

울산에서 출발한 지 거의 한 달 보름 만에 병영이 있는 경성에 날짜 안에 겨우 도착했다. 그러나 북병사는 겨울 행영이 있는 종성에 머무르고 있었다. 행영은 나라에 난리가 있을 때 출정하는 군대가 주둔하기 위하여 원래 병사가 주둔하는 경성 병영 북쪽 국경에 따로 설치한 임시 군영이었다. 일행은 서둘러 행영으로 가서 병사를 만나야 했다.

시문은 군기 청사에서 약식 점고를 마치고 관아에 들어갔다.

병사의 배다른 동생 김여래를 만나 회령에서 복무하는 문제를 부탁했다. 이날 밤 시문은 김여래에게 붙들려서 간 기생집 술값을 치렀다. 김여래는 주색잡기 달인이자 타고난 한량이었다.

일행을 인도하느라 지친 우종도 주막에 가서 혼자 막걸리를 거나하게 마시고 주모와 농담을 주고받았다.

"포수가 총질을 잘하려면 아래 힘이 좋아야겠지요?"

"아랫도리에서 소식을 못 받은 지 오래됐네."

"사내라면 무엇보다 다리가 튼실해야 해. 어디 좀 만져 봅시다."

"아, 입만 살아있으면 만사형통이야. 다리 대신 입으로 얼마든지 즐겁게 해 줄 수 있는데."

"다리가 굵고 튼튼해야 사랑을 해도 제맛이 나지. 죽어서 입만 동동 뜨겠구먼."

양반도 아니고 그렇다고 종놈도 아닌 우종은 상하 술판 어디에도 마음 편히 낄 수가 없었다. 화승총이라도 마음대로 갈기면 속이 후련했을 텐데. 늘 마음 한구석이 불편했다.

월이

    회령 서문 밖 주막거리에 여장을 풀었다. 전국 각지에서 기일에 맞춰 도착한 신임 군관들이 주막거리에 우글거렸다. 시문은 약속한 장소인 회령 시장 입구로 가서 동생 월이를 찾았지만 없었다. 사흘이나 늦게 도착한 탓이었다.

    시문은 북병사가 겨울을 보내고 있는 종성에 도착하여 행영 동문 마을에 여장을 풀었다. 월이는 회령 서문 밖에서 시문을 기다렸으나 같은 길에서 서로를 못 알아보고 어긋났다. 같은 행색의 신출내기 무관들이 집마다 북적거렸다. 그들이 몰고 온 말과 데리고 온 노복들로 거리가 가득 찼다. 군관들을 보러 나온 여염집 규수들과 물건을 파는 장사꾼들이 섞여 있었다. 총을 멘 포수와 한량들도 눈에 띄었다. 시문을 놓친 월이는 행영으로 서둘러 갔다. 오빠가 울산에서 왔다는 소식을 듣고 한걸음에 달려온 월이지만 시문을 며칠 동안 만나지 못했다.

    우여곡절 수소문 끝에 시문은 동생 월이를 만났다.

"오라버니. 그 먼 길을 어이 왔습니까? 오시느라 수고 많았어요."

월이의 두 손을 잡고 시문이 말했다.

"네가 월이구나. 잘 지냈느냐? 정말 반갑구나. 사는 집은 멀리 있느냐?"

"여기서 멀지 않아요."

"너무 고생이 많았구나. 아버지가 너를 무척 보고 싶어 하신다."

월이는 회령에서 기생으로 살고 있었다. 시문은 지난 일들을 상세히 물었다. 배종은 작년에 죽었다고 하며 월이는 눈물을 한없이 흘렸다. 배종은 박계숙의 방직기였다. 병영에서 육진에 방직기 제도를 두었다. 방직기란 먼 곳에서 육진으로 홀로 와서 복무하는 군관들이 현지 생활을 위해 얻은 처였다. 시문의 어머니는 질투가 심해서 배종과 딸을 집에 들이지 못했다. 배종과 회령에서 헤어지고 훈련원에 근무하던 시문의 아버지는 부인 몰래 한양으로 배종 모녀를 불러 보살폈다. 여섯 살 무렵, 품에 안기며 재롱을 떨었던 딸아이가 울면서 멀어지던 기억이 눈에 밟혔을 것이다. 시문의 처소에서 월이도 함께 묵었다. 시문은 밤새워 여동생과 살아온 이야기를 주고받았다. 아버지가 노환이 깊고 몹시 보고 싶어 한다고 말하자 월이는 그간의 서운한 감정을 드러냈다.

"아버지 마음 제가 잘 알아요. 그럴 수도 있지요. 그래도 저는 섭섭합니다. 엄마 보내고 혼자 많이 울었어요."

"이제부터 이 오라비가 다 알아서 할 테니 너무 서러워 말아라."

시문은 가여운 월이를 다독거렸다. 시문은 아버지가 월이에게 주라고 보낸 질 좋은 무명 스무 필을 주었다.

행영에서 북병사를 뵙고 군장과 의장을 갖추고 점고했다.

점고 후 병사가 시문을 따로 불렀다. 안색이 좋아 보이지 않았다.

"박시문 군관!"

"네, 신임 군관 박시문, 병사 영감께 문안 올립니다."

"그건 됐고. 자네 부친 이름이 박계숙인가?"

"네, 그렇습니다. 그런데 어찌 제 부친을?"

"아느냐고? 내가 훈련원 군관일 때 자네 부친이 훈련원 부정이었네. 그때 내가 남인이라고 자네 부친이 날 무고해서 의금부에 끌려가서 거의 죽었다 살아난 적이 있지. 악연치곤 참으로 기이한 악연이군 그래."

시문은 뭐라 할 말이 없어서 그대로 얼어붙은 채 서 있었다. 머리를 둔기로 한 대 얻어맞은 느낌이었다. 얼굴을 찌푸린 병사는 손사래를 치더니 그냥 가라고 손짓을 했다.

예상한 대로 이명과 이석노는 병영 군관으로 근무하게 되었다. 장도민은 길주에 배정되었고, 시문은 원하던 대로 박의돈, 김사룡과 회령에서 복무하는 것으로 결정되었다. 시문은 동기들과 작별 인사를 했다. 서로 두 달 남짓 남쪽 끝에서 북쪽 끝으로 올라오느라 고생을 함께했으니 미운 정이 들었다. 떠나고 남는 이별의 슬픔을 말로 다 할 수가 없었다. 북으로 가는 길고 긴 여정을 함께한 일곱 군인이 다시 남북으로 나누어졌으니 그간의 정과 회한이 교차했다.

시문과 우종은 눈이 내려서 하루 더 머무르다 일행과 회령에 도착했다. 즉시 성내로 들어갔다. 전에 병사였지만 부사로 좌천된 서필문을 뵈었다. 부사는 쌍령 전투에서 경상 좌군 지휘관에게 서슴없이 직언하던 그 부관이었다. 서로를 알아보고 반가워했다. 부사에게 박의돈과 정식으로 인사를 하고 병영의 군관들과도 통성명했다.

임시 거처할 곳을 마련하고 우종은 그간 소원했던 여러 포수를 만났다. 거마비로 받은 말 세 필과 백미로 당분간 지내는 데 지장이 없었다. 초옥이나 한 채 사서 착한 회령 여인과 눌러앉을 생각이 굴뚝같았다. 다시 포수로 돌아가 깊은 산을 돌아다니면서 호랑이를 사냥하는 일도 그리 나쁘지 않을 것이다.

시문과 박의돈은 회령 부사 휘하 군관으로 소속되어 이름을 올렸다. 우종보다 더 늙어 보이는 김사룡은 아직 이름을 올리지 못했다. 회령 판관이 임기가 만료되어 한양으로 상경하는데, 시문은 그편에 울산 집으로 보내는 편지를 부쳤다. 봄을 시샘하는 바람이 크게 불었다. 마음 갈피를 아직 못 잡은 우종은 시문과 임시 거처인 사노비의 집으로 옮겨가서 잠을 잤다. 계집종은 서른 중반의 아낙인데 얼굴이 남상이고 성격이 거친 데다 음식 솜씨마저 형편없어서 모든 것이 불편했다.

의향

거센 바람이 종일 불었다. 월이가 조촐한 잔치를 마련했다고 시문을 집으로 초대한 날이었다. 시문은 이환을 데리고 월이에게 가고 있었다. 시문이 서문 밖에서 그 여인을 본 것은 해가 산등성이에 걸려서 하늘이 붉게 물드는 무렵이었다. 병영에서 점고를 마친 후 그간의 노독이 밀려왔고 긴장이 풀려 두 다리가 후들거렸다. 군관복 안에 끼인 온몸의 뼈마디가 쑤셨다. 더운물로 목욕을 하니 피로가 풀렸지만 약간 몽롱한 상태였다.

월이 집은 남문을 지나고 이어진 회령 시장 끄트머리에 있었다. 시문은 시장 통로를 따라 잰걸음을 걷다가 갑자기 멈춰 섰다. 보라색 장옷을 걸치고 서 있는 여인을 보았기 때문이다. 하얀 얼굴에 콧날이 오뚝하고 연한 미소를 띤 여인이었다. 그녀는 계집종을 데리고 점방에서 물건을 고르는 중이었다. 하얀 손목 아래 가느다란 손은 참빗을 들고 있었다. 그녀가 시문의 곁을 스쳐 지나가는데 사향이 섞인 분향이 나서 어지러울 지경이었다.

시문은 돌담에 기대어 서서 멀어지는 그녀 모습을 다시 돌아보았다. 그러다 그는 홀린 듯이 그녀의 뒤를 따라갔다. 한눈에 반한 그녀가 어느 집 처자인지 알아낼 요량이었다. 그녀가 월이 집 근처를 지나갈 때 이환에게 그 처자가 어디 사는지 알아 오라고 시켰다. 이환이 봐도 몸가짐이 얌전하고 아름다운 여자였다. 몰래 뒤를 밟은 이환은 그녀가 사는 집을 알아내서 시문에게 알려 주었다.

그녀는 월이가 사는 집 근처 기와집에 살고 있었다. 시문이 월이에게 물으니 그녀의 이름은 의향이었고 성은 이씨였다.

"오라버니 맘 제가 압니다. 제가 한번 다리를 놓아 볼까요?"

월이가 시문의 의중을 떠보며 물었다.

당쟁에 몰려 억울하게 회령 촌가로 귀양 온 그녀의 선친은 수년 전에 병들어 죽었다. 선친의 병구완을 하고자 의향을 데리고 유배지에 따라온 모친 녹주와 살고 있었다. 가족들과 귀양지 동거를 금한 법령에 반하는 일이었지만 회령 부사는 같은 서인인 의향의 선친을 배려했다. 가세가 기울었다지만 원래 재력 있는 양반가 처자였다. 집안이 몰락하자 의향은 스스로 사가의 기생이 되었다. 비록 기생이었지만 잠자리는 함부로 허락하지 않았다.

그날 월이 사촌 동생 설리가 시문을 보려고 집에 왔다. 월이는 입에 침이 마르도록 신임 군관 시문을 자랑했었다. 월이가 친구 의향을 시문에게 소개해 준다는 말을 듣자 설리는 은근히 부아가 치밀었다. 설리는 적극적인 성격에 행실이 여장부처럼 시원시원한 미인에다 콧대가 높고 기가 센 여자였다.

"언니, 내가 오라버니를 마음에 두고 있었는데 어쩌면 그럴 수가 있어? 언니가 내게 소개해 준다고 아니 했어? 이제부터 의향이 년과 나는 철천지원수로 지낼 거야. 흥."

눈물을 글썽이며 설리가 월이에게 하소연했다.

"얘는 자매끼리 그런 농담조차 못 하니? 너랑 나랑 이종사촌인데 내가 어찌 피붙이인 내 오라비를 네게 맡길 수 있겠니."

이래저래 심사가 사나운지 설리가 두통을 호소했다. 비가 오려는지 어두운 먹구름이 몰려오고 있었다.

"머리가 아픈 저 아이를 아랫마을 집까지 바래다주겠어요?"

월이가 이환에게 부탁했다. 이환은 혼기가 지나도록 장가를 가질 못했다. 입내 나는 계집종은 눈에 들어오지 않았다. 분을 바른 고운 얼굴과 사향 냄새가 그의 코를 간지럽혔다. 설리를 보자 이내 심장이 뛰기 시작했다.

"물론입니다, 아가씨. 자 가시죠."

듬직한 사내가 자신을 보호하며 길을 나서자 설리가 따라나섰다. 잠시 길을 따라 내려갔는데 비가 후드득후드득 내리기 시작하더니 이내 억수로 퍼부었다. 남의 집 처마 밑에 들어가 잠시 비를 피했다. 설리가 이환을 얼핏 바라보니 제법 사내다운 결기가 느껴졌다. 야비한 술수에 능한 양반의 객기가 아니라 야성이 넘치고 심지가 굳은 사내의 모습 그대로였다. 설리는 이환에게 물었다.

"나는 비록 천한 기생이나 양반들 노리개로 살기 싫어요. 당신은 어느 집 종살이하는 천한 사람처럼 보이지 않네요. 당신은 어찌 살고 싶은가요?"

"내가 원해서 종놈이 된 게 아닙니다. 나는 포수가 되어 이 땅에서 양반이라는 호환을 없애고 싶습니다. 조만간 깊은 산골로 갈 예정입니다."

"따라가고 싶네요. 산 좋고 물 좋은 곳에 집을 짓고 자유롭게 살고 싶어요."

억수로 내리던 비가 잦아들자 둘은 길을 나섰다. 시내가 불어 돌다리가 위태로웠다. 이환은 바지를 무릎까지 올리고 설리를 등에 업고 여울을 건넜다.

"당신이 나를 먹여 살릴 수 있을까?"

넓은 등판에 업힌 설리가 이환의 귀에다 대고 말했다.

순간 이환은 발을 헛디뎌 넘어질 뻔했다.

"그럴 리가 있겠소만 내 몸이 부서지더라도 당신 같은 여인 하나는 행복하게 해 줄 수 있습니다."

개울 건너에 설리를 내려놓으려 하자 설리가 말했다.

"조금만 이대로 더 가요. 어두워서 보는 사람도 없는데. 내가 아픈 척하면 계속 업어 주실 거죠? 아이고, 머리가 아파서 깨지겠네."

이환은 이 길로 냅다 뛰어서 첩첩산중으로 들어가고 싶었다. 아랫마을로 가는 길가에 보리밭이 펼쳐져 있었다. 심장이 펄떡이는 그는 허리까지 웃자란 보리밭으로 걸어 들어갔다. 이환의 다부진 목을 둘러 잡은 설리의 손목에 힘이 빠졌다.

월이는 의향과 잘 아는 사이인지라 다리를 놓기 위해 매파를 보냈다. 시문은 앞으로 일 년간 지낼 방직기로 의향을 진심으로 원했다. 시문이 여자를 멀리하고 금욕한 지 두어 달이 가까운 터였다. 의향은 남자를 다룰 줄 아는 여자였다. 시문이 의향에게 성급한 사랑을 고백했다.

"그대는 정말 아름답구려. 그대와 평생을 함께할 수 있다면 목숨이라도 팔겠소."

"저는 가벼운 사랑 따윈 믿지 않아요. 지나가는 사랑도 결국 재물 때문에 울고 재물 때문에 웃지요."

"그대는 정말 똑똑하기 이를 데 없소이다."

"저와 사랑을 하려면 다섯 가지 금기를 지켜야 합니다. 첫째, 기생의 사랑을 믿지 마세요. 둘째, 주자를 들먹이며 문자를 읊거나 얄팍한 학문을 자랑하지 마셔야 합니다. 사서삼경은 이미 젖먹이 시절 익힌 지 오래되었고요. 셋째, 꽃보다 아름다운 여인에게 꽃을 선물하지 마세요. 내 미모에 놀라 꽃이 시들 테니까. 넷째, 내 앞에서 선달님 처를 자랑하지 마세요. 선달님이 잘나서 여기서 풍류를 즐기는 게 아니라 처가 못 보니 잠깐 바람 쐬러 온 것이니까요. 다섯째, 가문의 열녀를 자랑하지 마세요. 누구는 정조를 지키는 열녀가 되고 싶지 않나요? 이 세상에 그럴 만한 사내를 미처 만난 적이 없어요."

"나는 다섯 가지 금기를 모두 지킬 수 있네."

"이상 제가 말한 것을 모두 지킬 수 있는 남자 또한 팔불출입니다."

의향이 말하자 시문은 크게 웃었다.

"팔불출이 되어도 좋소. 그대 마음을 얻을 수만 있다면 평생 기다리겠소."

시문이 돌아가서 보름을 기다린 후 의향은 혼인을 승낙했다.

시문은 부사를 모시고 활쏘기를 한 후 기분이 좋아서 술을 많이 마셨다. 이환은 그 누구에게도 대놓고 사랑을 고백할 수 없는 자신의 종놈 신세를 한탄했다. 신분으로 따지고 보면 시문이나 이환이나 종이 한 장 차이가 아닌가. 어느 날 이환이 우종에게 말했다.

"도와주십시오, 어르신. 설리와 깊은 산골에 들어가 살고 싶습니다."

"돈맛을 아는 사가 기생이 그럴 리가 있겠느냐? 네가 착각을 하는 거다. 잠깐의 불장난일 테니 두고 보자."

이환은 설리와 변방 멀리 숨어 들어가 포수로 살기를 벌써 원했다. 우종은 때가 아니라고 좀 더 기다리라고 말렸다. 당장 이환이 도망치도록 우종이 나서서 도울 수는 없었다. 이환이 산포계원이니 자유를 찾아 깊은 산골로 도망쳐도 모른다 치면 그뿐이지만. 북관에는 삼남에서 도망친 노비들과 경향 각지에서 정처 없이 흘러들어온 유랑민이 차고 넘쳤다. 첩첩 산골로 도망친 사람이 수십만을 헤아리니 관가에서 차마 잡아갈 엄두를 내질 못했다.

시문 일행을 육진까지 안내하는 우종의 임무는 이제 끝이 났다. 함흥으로 돌아가려는 우종에게 시문은 회령에 남아 달라고 부탁했다. 부사 역시 포수들을 훈련하고 이끌어 줄 포수 우두머리가 필요하다며 시문과 부대에 머물러 줄 것을 요청했다. 어차피 떠도는 인생, 나쁠 것은 없었다. 그렇게 우종은 몰락한 양반, 의향 어미 녹주가 사는 촌가에 얹혀살게 되었다. 일이 끝이 난 게 아니라 새롭게 시작되었다. 사실 우종은 함흥 외곽 쓰러져가는 초가 외에 딱히 갈 곳이 마땅치 않았다. 그렇다고 우종의 성격상 상전이 부리는 개처럼 살 수는 없었다. 배를 두드리며 게으르게 지내는 것보다 외려 급료를 주겠다는데 마다할 이유가 없었다.

시문과 의향이 조촐한 혼례를 치렀다. 가족과 절친 몇 사람만 불렀다. 관아에 알리지 않아 군관들은 오지 못했다. 신랑 편에는 부사, 박의돈, 우종, 월이와 설리가 참석했다. 설리는 예식이 시작되자마자 어디론가 가 버렸다. 신부 쪽에서는 의향 어미와 친지들이 참석했다. 의를 숭상하던 부친이 '의로운 향기'를 줄여서 의향이라고 외동딸 이름을 지었다. 의향은 비교적 처신이 자유로운 사가의 기생이라 하급 기생처럼 몸을 팔지 않아도 될 만큼 넉넉한 재산이 있었다. 의향 어미 녹주는 딸을 양반의 첩실로 들어앉히려는 속셈이 있었다. 그 속셈 덕에 의향은 자신의 앞날을 위해 회령으로 복무하러 온 시문의 방직기가 되었다. 의향은 사내다운 모습과 책임감이 강해 보이는 시문이 좋았다. 의향은 일 년 정도 변방으로 파견된 신출내기 군관의 가정생활을 책임지는 현지 아내로 관례에 따라 혼례를 치르고 시문과 부부가 되었다. 비록 시문의 소실로 살지라도 의향은 회령 땅에서 벗어나서 살고 싶었다. 하긴 의향 같은 회령 미녀를 아내로 얻으면 어느 사내인들 가슴이 터질 듯 좋지 않겠는가.

우종 또한 녹주가 마음에 들었다.

그의 나이 어느덧 백 살을 훨씬 넘겼으나 가끔 아랫도리가 불끈 솟아올라 새벽에 저절로 눈이 뜨였다. 녹주도 도인처럼 보이는 우종이 마음에 드는지 싫은 내색이 없었다. 서로 늙어가는 처지에 위로가 되는 말동무가 필요하기도 했다. 말하자면 우종은 시문의 장인뻘 위인이 된 셈이다. 말이 행랑방 아비지만 우종은 결국 안방을 차지했다.

우종은 시문을 근거리에서 수행하고 다니느라 여전히 바빴다. 무관들의 평일 소일거리는 활쏘기였다. 나라에서는 활쏘기를 무관의 실력과 법도를 기르는 수단으로 장려했다. 활쏘기는 무과 시험의 필수 과목이었고 도성과 관아 곳곳에 활터를 만들었다. 활은 이미 역동적인 전쟁을 위한 무기가 아니었다. 활쏘기는 무관과 문관 모두에게 심신을 단련하는 수단이자 무엇보다 내기 시합을 하기에 딱 좋은 무예였다.

우종의 총은 밤마다 우는 소리를 냈다. 녹이 스는 것이 서러워 발포를 꿈꾸고 있는 것인가. 방 안 윗목 구석에 거치해 둔 총열에 습기가 맺히면 꼭 눈물을 흘리는 것처럼 보였다. 총구가 벌어져 발포를 꿈꾸는 것이다. 발포를 꿈꾸는 자가 또 한 명 있었다. 이환은 기생 설리에게 한눈에 반한 눈치였다. 안에서 끓어오르는 연정 같은 것이 분출되지 못하자 불만이 점점 쌓여 갔다. 자신의 처지를 한탄했다.

"포수 어른, 저를 별동대에 넣어 주십시오. 사기꾼 향반 몇 놈을 죽이고 싶습니다."

"쉿. 이놈, 입을 조심해라. 배포가 큰 놈인 줄 알았는데 나를 실망하게 만드는구나."

"사람은 빈부귀천 없이 평등하다고 말하지 않으셨나요?"

"포수가 되어 비록 비루하게 살지언정 우리에게는 호랑이도 무서워하는 자유로운 영혼이 있다. 사사로운 감정으로 도적질이나 살인은 하지 말아야 한다. 세상을 바꾸려면 마음을 굳게 먹어야 한다. 마음을 잘못 먹으면 본인 신세만 망치는 게 아니라 여러 곳이 쑥밭이 되니 조심하거라. 알아먹겠느냐?"

"네, 포수 어른."

대답은 했으나 기분 상한 이환은 눈앞에서 재빨리 사라졌다.

바람은 찼지만 봄기운 가득한 햇빛 아래 아지랑이가 피어올랐다. 시문은 군관들 근무처인 군 관청에 가서 인사를 하고 안면을 텄다. 그러고는 봉남을 시켜 평소 쌀을 천 석씩이나 저장하는 청암 창고에 가서 달마다 급료로 주는 곡식을 받아 오도록 했다. 곡식들은 세금으로 거둬들인 농자들의 피와 땀이었다.

옛 전우 시문을 만나 기분이 좋은 부사가 술상을 차리고 큰 연회를 베풀었다. 우종은 누각 아래 말석에 따로 앉았다. 부사가 연회에 참석한 군관들의 기를 죽이느라 갑자기 시의 운을 떼었다. 시문 역시 얼떨결에 시를 지어 바쳤다.

적막한 북관 산에는 기러기도 오질 않아
편지로 나그네 소식 전하기도 어렵구나
넋이 흐릿하여 몸이 여기 있는지도 알지 못하는데
밤마다 부모님 뵈러 갔다가 다시 돌아오는구나!***

"시문은 문무를 모두 갖추었구나."

부사가 여러 부하 군관들 앞에서 보란 듯이 크게 칭찬했다. 부사 역시 시문처럼 한양에서 과거科擧를 준비했던 청년 시절이 있었다. 자신과 닮은 시문을 총애했다. 물론 시문이 약관의 나이에 참여한 쌍령 전투를 함께 치른 전우이기도 했다. 그때 시문의 뛰어난 활 솜씨를 눈여겨보았다. 나머지 신출 군관이나 토착 군관 중 어느 한 사람도 시를 제대로 짓지 못했다.

"이런 무식한 군관 놈들을 보았나. 공부들 좀 해라. 그런다고 하루아침에 토룡이 황룡이 될 리는 없지만."

부사는 보란 듯이 시문에게 상으로 좁쌀 한 석, 흰쌀 다섯 말, 콩과 귀리 다섯 석을 내주었다. 석 달 급료에 해당하는 엄청난 양의 곡식이었다. 또 창가를 부르게 했는데 시문이 역시 제일 잘 불렀다. 별도로 술 다섯 병을 주었다.

부사가 시문을 수행하는 우종을 불러 어깨에 멘 장총에 관심을 보이며 말했다. 우종도 부사를 쌍령 전투에서 만난 적이 있었다. 그러나 그는 우종과 이환을 기억하지 못했다.

"네가 육진에서 총을 제일 잘 쏜다는 김우종이라는 자가 맞느냐?"

"부사 어른, 아마 잘못 전해진 이야기인 듯합니다."

"네 나이가 백 살을 훨씬 넘었다는데 사실인가?"

"네, 그렇습니다. 어찌 거짓을 고하리까? 저도 제 나이를 정확히는 모르겠습니다. 나이는 장식에 불과합니다. 윤달 생이라 생일은 겨우 몇 번 정도만 찾아 먹었습니다."

주변에 늘어선 군관들이 모두 놀라서 탄식하는 소리가 들렸다.

"살아있는 신선인가? 너를 보건대 두 눈동자가 번쩍번쩍 샛별같아서 네 얼굴 솜털과 흰 머리털마저 빛나 보이는구나. 풍모는 그러한데 총 다루는 실력은 어떤지. 박시문 군관의 활 솜씨와 어디 한번 겨뤄 보겠느냐? 네가 이기면 후한 상을 내리겠다."

백 보 거리 과녁에 주먹 크기만 한 표적이 붙고 시문이 먼저 활 다섯 발을 쏘았다. 모두 명중이었다. 우종은 장총 심지에 불을 댕겨 발포했다. 우종이 발포한 장총은 왜놈 난리 때 삼도 수군통제사가 하사한 총이었다. 남만인이 만든 저격용 조총이라고 들었다. 조총 개머리판을 뺨에 붙이고 가늠자를 가늠쇠에 맞춰 과녁에 겨누고 노려보며 태산처럼 움직이지 않았다. 오른쪽 엄지와 식지로 긴 심지를 감아쥐고 뒤쪽 방아쇠를 당겨서 화약에 불을 붙이면 방포되었다. 천둥소리처럼 총소리가 성안을 울리자 모두 놀라 귀를 막았다. 화약과 탄환을 손이 보이지 않을 만큼 빠르게 재장전하여 연발로 쐈다.

"명중이요!"

깃발을 들며 외치는 소리를 네 번 듣고 난 후, 우종은 마지막 총부리를 틀어 일부러 과녁 아래로 쏘았다. 부사와 군관들 앞에서 총이 감히 활을 이기면 되겠는가. 뜻은 굳건히 마음에 담고 여러 작은 일은 지나치며 오직 큰일을 도모할 뿐이었다.

화약 냄새와 연기가 자욱했다. 먹먹한 귀를 만지며 부사가 말했다.

"총포는 전시에 유용한 무기요 활은 평시의 무기이다. 과연 김우종은 회령 포수 부대를 지도할 만큼 명포수로구나. 그러나 활의 민첩함을 따라갈 수 없음 또한 보았다."

부사는 우종에게 좁쌀 다섯 말을 상으로 내렸다. 이날 이후 우종은 관내를 자유롭게 출입하게 되었다. 나아가 포수 대장이 되어 군졸들에게 방포술을 가르치게 되었다.

도망자 이환

　이환이 경칠 일을 벌였다. 그가 면포, 염색한 면사, 후추, 종이와 말린 황대구 열 마리 등 값이 나가는 물건을 훔쳐 도망쳤다. 그렇지 않아도 우종이 주려고 했던 총 한 자루도 가져갔다. 언제 큰 사고를 칠지 불안했는데 결국 이놈은 죽기를 각오하고 줄행랑을 쳤단 말인가. 평생 상전이 부리는 개로 살 수는 없다는 이환의 말이 우종의 귓전을 울렸다. 우종은 이환이 총을 가져갔다는 이야기를 아무에게도 하지 않았다. 시문이 부사에게 알렸다. 부사가 이환을 잡아들이는 일로 병영 이인자인 우후 앞으로 편지를 써서 군관 한 명을 행영에 보냈으나 아무 소득 없이 돌아왔다.

　"그렇지 않아도 예전부터 미천한 제 분수를 모르고 날뛰더니. 그 죽일 놈이 결국 일을 저지르는구나."

　시문은 화가 나서 길길이 뛰었다. 아무리 부정해도 이환은 아버지와 천한 부엌데기 계집종 사이에서 낳은 이복동생이 아닌

94

가. 그러니 속이 이중으로 쓰리지 않겠는가.

'도망친 노비가 어디 한두 명뿐이더냐. 그 수가 수천수만을 헤아리니 그저 참고 기다리면 돌아오겠지.'

우종은 우후가 한 말을 전해 듣고 안도의 한숨을 내쉬었다.

이환을 잡아 오기 위해 시문이 우종을 행영에 보냈다. 우종 역시 주위에 수소문해서 이환을 찾았으나 아무 소득이 없었다. 시문은 머리를 싸매고 있었다. 도망친 이환도 재산이지만 사람보다 재물이 더 아까운 것일까. 참 딱한 일일세, 우종은 시문이 원망스러웠다. 밤에 행영에서 돌아오니 시문은 없었다. 부사가 사람을 보내어 시문을 불러들여 함께 이야기를 나누다가 밤이 깊어 돌아왔다. 부사와 판관은 모두 서인 붕당에 속한 사람들이었다. 시문에게 특별히 잘 대해 주었기에 이환을 찾는 일에 도움을 줄 것이다. 그러나 우종은 이환이 잡히기를 바라지 않았다. 행영에선 이환의 흔적을 아예 알 수 없고, 아마 경상도로 도망을 간 기미가 있다고 했다. 우종은 밤에 근처에 사는 포수 영길을 만났다. 만에 하나를 대비하고자 포계에 알려 도망친 이환이 오거든 잘 건사해 달라고 부탁했다.

길주 목에서 환곡 수탈을 자행하던 하급 관리 한 명이 머리에 총구멍이 난 채로 죽었다. 어린애와 죽은 사람에게까지 징세하고 수탈에 앞장섰던 향리였다. 이 일로 병사가 북쪽 지역 진보를 순찰하면서 회령에 도착했다. 시문은 갑옷을 갖추어 입고 십 리 앞에 마중을 나가서 예를 다해서 병사를 모시고 왔다. 우종은 조총을 등에 메고 시문을 따라갔다.

병사는 부대와 첩실을 함께 대동하여 회령성에 도착했다. 부사가 성문 밖까지 맞이하러 나왔다.

"먼 길 오시느라 고생하셨습니다."

부사가 노고를 위로하자 병사가 말했다.

"여기 박시문 군관이 좋은 길로 잘 안내해서 편하게 왔네. 초임이라 아직 군 생활의 쓴맛을 모를 터이지만. 차차 알아가겠지."

"길주 사건은 어찌 처리되었나요?"

"사고로 처리했어. 내 위수 지역에서 다시는 이런 불미스러운 사고가 없도록 부사께서도 신경을 바짝 써야겠어. 당장 내년에 한양으로 영전할 몸인데 내 앞날에 방해가 된다면 그 누구라도 모가지가 성하지 못할걸. 장차 길주 목사가 나와 사돈이 될 사람이라 내가 직접 나서서 조용히 처리했지."

부사는 병사 일행을 안내하여 성 안뜰로 들어왔다.

봄을 시샘하는 바람이 크게 불었다. 시문은 월이와 설리 등과 병사 앞에서 종일 쌍륙을 던지고 놀았다. 쌍륙은 여러 사람이 편을 갈라 차례로 두 개의 주사위를 던져서 나오는 숫자대로 말을 써서 먼저 궁에 들여보내는 놀이였다.

병사는 시문과 더불어 의향은 월이와 더불어 쌍륙을 던지고 놀았는데 남자들이 크게 졌다. 정작 병사는 놀이에는 관심이 없어 보였다.

"도대체 어디서 이런 미인을 만나게 되었는가? 회령에 천하절색이 많다더니."

병사가 쌍륙을 던지는 의향을 보더니 시문에게 부러운 듯 말했다. 그날 병사는 의향에게 자주 눈길을 주었다. 우종이 보기에도 노골적인 눈길은 민망할 지경이었다. 눈치 빠른 병사의 첩실이 마른기침을 하며 병사의 팔뚝을 자꾸 꼬집었다. 시문이 서둘러 의향을 집으로 보냈다. 병사는 서운한 눈치였다. 월이가 가야금을 타고 연합이라는 여자아이가 노래를 불렀다. 연합은 우종이 전에 바닷가에서 구했던 아이인데 앞날이 걱정되어 이환을 시켜 월이에게 보냈었다. 삐쩍 마른 얼굴에 살이 오르고 귀엽게 변해 있었다. 병사는 시문에게도 노래를 시켰다. 시문이 창가를 능숙하게 잘 부르자 병사가 말했다.

"자고로 잡기에 능한 자가 무예마저 출중한 경우는 본 적이 없다. 상을 걸고 활쏘기 시합을 준비해라."

그 자리에서 병사의 명령으로 활쏘기 경연을 했다. 과녁이 세워졌다. 군관 중에서 시문 홀로 정중앙인 관곡에 모두 명중시켰다. 시문은 일등상으로 행영 창고에서 곡식을 교환할 수 있는 첩지를 받았다. 병사 휘하 군관들이 모두 시문에게 패했다. 병사가 시문의 활 솜씨에 무척 놀란 눈치였다. 그러나 우종이 보기에 병사가 그보다 더 놀란 일은 의향의 미모였을 것이다. 의향을 처음 본 순간부터 병사는 벌어진 입을 다물 줄 몰랐다.

병사 일행이 풍산보와 고령진 군기를 검열하기 위해 출발했다. 병사는 남인 출신이라 서인에 속한 시문을 그리 탐탁지 않게 여겼다. 조정에서는 서인과 남인 계열 무인 사이에도 알게 모르게 파벌 싸움이 심하게 벌어졌다. 말단 군관들마저도 서로 끌어올리거나 끌어내리려는 계파 싸움에 휘말리곤 했다. 게다가 병사는 시문의 아버지와 악연이 있지 않은가.

그럴수록 시문은 인사권자인 병사에게 잘 보이려고 노력해야 했다. 오후에 남보다 앞서 병사에게 문안드리기 위해 쫓아갔다. 저녁나절에 풍산보에 겨우 도착하여 숙박하였으나 병사는 이미 떠나고 없었다. 그냥 회령으로 돌아갈까 고민했다. 시문과 우종은 새벽에 출발했다가 돌풍이 크게 불어 고령진에서 하루 머물렀다.

고령진 첨사는 한양 사람이었다. 시문이 한양에서 과거科擧를 보려고 남대문 안에 머무른 적이 있었는데 그곳이 첨사가 살던 옆 동네였다. 첨사는 그것도 인연이라고 시문을 찾았다. 또한 첨사는 시문만의 활쏘기 비법을 알고 싶어 했다. 첨사가 아끼는 군관 중에 활을 제일 잘 쏘는 군관 신류를 불렀다. 알고 보니 신류는 시문과 무과 동기생이었고 나이도 같았다. 신류를 시켜 시문이 가진 비법을 알아내려고 했다.

"부단한 연습과 집중 외에 딱히 비법이라는 게 있을까요."

신류는 성격이 온유하고 너그러운 사람이었다. 하지만 첨사는 모든 일에 지기 싫어하는 성격이었다. 시문에게 술을 많이 권했다. 건배! 소리치고는 앉은뱅이 술인 청주를 한 잔 가득 입안에 털어 넣고 빈 잔을 상투 머리에 털었다. 시문도 따라 했다. 술 마시기 시합은 밤이 늦어서야 파했다. 잔으로 마시다 종국엔 대접으로 마시자고 우기는 바람에 시문이 취한 척 손을 내저었다.

"제가 만난 무인 중에 최고로 술이 세니까 앞으로 주선으로 모시겠습니다."

"박시문 군관, 소문보다 술이 약하구먼. 자꾸 마시면 늘어. 다음에 날 잡아서 다시 붙어 보세. 딸꾹."

말이 끝나기 무섭게 첨사는 앉은 자리에서 길게 누워 버렸다. 시문과 신류는 서로 바라보며 어이없다는 듯 웃었다.

변경 지역 순행을 마친 병사가 행영에서 경성 병영으로 돌아갔다. 그동안 병사를 모시던 첩실이 무슨 이유인지 심통이 나서 먼저 경성으로 가 버렸기 때문이다.

병사가 순행하는 동안 따라다니며 권주가를 부르고 춤을 추느라 지친 행영 기생들이 시문의 신혼집에 와서 묵었다. 밤새 수다를 떨던 행영 기생들이 돌아갔다. 시문은 상으로 받은 물건을 월이와 설리에게 나누어 주려고 첩지를 우종에게 주었다. 우종은 첩지를 곡식으로 바꾸기 위해 봉남과 복마를 끌고 행영에 있는 창고로 갔다.

시문은 행영에서 받아 온 양곡들을 월이와 설리에게 나누어 보냈다. 우종이 직접 설리에게 가서 이환의 소식을 물으니 그녀는 두 손을 내저었다.

"큰일 날 소리 하지 말아요."

우종은 진심으로 말했다.

"이환은 내게 아들 같은 놈이오. 나한테는 얘기해도 되니 혹 만나거든 나를 찾으라 이르시오."

"저도 그가 무사히 살아남기를 바라는 간절한 마음입니다. 지금은 찾지 마세요."

강한 부정은 긍정이 아닌가? 우종은 설리 눈에서 진심을 보았다.

성문과 누각을 보수할 기와를 만들어 병영으로 올리라는 병사의 명령이 관문으로 내려왔다. 군관 박시문을 임시 감독관으로 임명하여 기와 일만 장을 한 달 기한으로 제작하라는 엄명이었다. 기일을 반드시 지켜야 한다는 조항 뒤에 어길 시 군법에 따라 엄벌한다는 내용이 따라붙었다.

시문의 발등에 불이 떨어졌다. 그 불이 다시 우종에게 옮겨붙었다. 부사가 기와 만드는 것을 시험하기 위해 병졸들을 시켜

질이 좋은 점토를 캐 오도록 했다. 제와장들이 흙 반죽을 발로 밟아 틀에 찍고 말린 기와를 가마에 굽는 과정을 시문이 우종에게 감독하도록 했다. 우종은 이런 일을 입으로 감독하는 체질이 아니라서 현장에 직접 뛰어들었다. 손이 턱없이 모자라자 뒷짐을 지고 섰던 시문도 결국 두 소매 걷어붙이고 도왔다. 양반 체면이 말이 아니어도 어쩌랴, 목숨이 걸린 일인데.

기와를 구울 때는 가마 안에 화약 만들 때 쓰는 염초를 뿌려서 땔나무가 불에 잘 타도록 했다. 염초에서 나오는 그을음이 기와를 더욱 검붉게 만들었다.

시문은 염초 반 근을 몰래 챙겨 우종에게 주었다. 화약은 밀거래가 금지된 품목이라 일반 시장에서 구하기 어려웠다. 우종은 화약 제조법을 장인에게 배워서 잘 알고 있었다. 염초 한 근에 석유황 한 냥 다섯 돈, 버드나무 목탄 한 냥 여덟 돈과 반묘 너덧 푼을 절구에 넣고 종일 천천히 물을 적시면서 빻고 잘 섞은 다음 말리는 과정을 몇 차례 반복하면 흑색 화약이 만들어졌다. 염초 양을 조절하여 발사용 화약과 점화용 화약을 따로 만들었다. 그러나 염초라 불리는 초석을 구하기 어려웠다. 병부에서 개인이 사사로이 화약을 만들어 팔지 못 하게 했기 때문이다. 아무리 엄벌에 처해도 재물에 눈먼 자들은 몰래 만들기 마련이었다. 더러는 국경을 넘어 청나라에 가서 화약을 밀수해 오는 자도 생겼다.

우종은 한때 초석을 만들 흙을 구하러 다니는 취토꾼으로 일한 적도 있었다. 남의 군역을 진 것까지 합하면 거의 오십 년을 군에서 보냈으니 모든 병과를 거쳤다. 집마다 돌면서 강제로 변소, 부엌과 마구간 흙을 파서 산더미처럼 모았다. 흙을 캐기 전에 혀끝으로 맛을 보았다. 그냥 맹맹한 흙은 실어 나를 양만 늘어나기에 모으지 않았다. 주로 맛이 짠 함토나 매운 엄토를 찾아다녔다. 삽과 곡괭이를 들고 온 집 안 땅바닥을 헤집으면 주인이 울상이 되어 술상을 내왔다. 만약 흙을 못 가져가게 하거나 방해하면 군법으로 엄하게 벌했기 때문이다. 어렵사리 구한 흙을 물과 양잿물을 섞어 녹인 뒤 숙성시켰다. 커다란 가마솥에 끓이고 식혀서 침전물을 따로 모았다. 그렇게 추출한 고운 흙물을 다시 끓이다가 물고기 부레로 만든 어교와 섞기를 반복하면 초석이 되었다. 대여섯 수레의 흙으로 염초 장인이 이런 과정을 통해 얻는 초석은 겨우 한 줌이었다. 하는 일이 너무 고되어서 죽을 지경이었다.

그런 염초를 얻었으니 화승총을 들고 오랑캐 땅 깊은 산으로 들어가서 사냥할 수 있다는 생각에 우종은 기분이 들떴다. 어쨌건 죽을 둥 살 둥 밤낮을 가리지 않고 기와를 반죽하고 구웠다. 겨우 기일에 맞춰 완성된 기와를 병영 창고로 옮기려고 말과 수레를 요청한 순간, 나중에 쓸 테니까 그냥 보관하라는 병사의 관문이 도착했다.

우라질 놈, 욕이 우종의 목구멍까지 치밀었다. 상관이 부하를 괴롭히는 방법도 참 가지가지였다.

기와 제작이 끝나자 우종은 잠깐 말미를 얻어 화약과 탄환을 챙겨 경성 고성산 산채로 달려갔다. 달마다 열리는 포계 모임에 참석했다. 중수와 상수 그리고 각 지역 포계에 속한 포수 지대장들을 만났다. 평안도 강계 포수도 교류차 왔다. 경성 지역은 비옥한 어랑천이 흐르는 동쪽 해안 평야가 남북으로 길게 뻗어 있다. 비옥한 평야에서 나는 쌀이 귀한지라 양반들이 흉년이 들면 토지를 헐값에 사들이는 곳이었다. 놀랍게도 천총이 포수로 변장하고 왔다.

"이 나라의 앞날은 우리 포수들 손에 달려 있습니다. 활을 쏘는 자가 아니라 총 든 자가 앞으로 나라와 백성을 지킬 것입니다. 여기 있는 산포수들이 반드시 그렇게 만들 것입니다."

천총이 열변을 토하자 박수 소리가 났다. 상수가 일어나서 분위기를 이끌었다.

"뇌물이나 처먹는 수령과 백성을 착취하는 양반의 권세가 하늘을 찌르고 그들의 토지와 재물이 돈벌이 수단이 되었습니다. 이를 막지 못한다면 채무에 시달리는 백성이 모두 유랑민이 될 것입니다. 민생이 믿고 기댈 곳이 없지요. 양민을 알거지로 만드는 춘궁기 환곡은 필요 없습니다. 밥 한 끼 얻기 위해 노동을 바치고 종래엔 피땀마저 바치게 만드는 놈들 심장에 총을 쏴서 응징해야 합니다."

"옳소."

"알겠소. 열기를 식히고 좀 더 냉정하게 준비합시다. 우선 이리처럼 탐욕을 부리는 토지 투기꾼 양반 하나를 응징합시다. 온 세상 양반이 이를 본받고 있어요. 수십만 금 은전을 풀어 땅을 매입하고 안 팔면 웃돈을 얹어 매입하므로 지가가 몇 배로 뛰었어요. 지금처럼 계속 흉년이 들면 이 양반놈들이 관아와 손잡고 아이 배꼽만 한 땅뙈기로 입에 풀칠하는 농자들을 골라 강제로 헐값에 속여 뺏습니다. 이들에게 경종을 울려야 합니다. 가장 악랄한 놈을 골라 혼을 내 주는 게 어떨까요?"

우종이 말하자 만장일치로 그리하기로 결정되었다.

"다만 일을 도모할 때 첫째도 둘째도 쥐도 새도 모르게 처리해야 합니다. 나는 끝까지 눈을 부릅뜨고 새 세상이 열리는 날을 똑똑히 볼 겁니다."

"이런 이유로 포수 대장께서는 좀 더 오래 사셔야 합니다."

중수가 농을 던졌다. 회합 끄트머리에 도망간 이환의 소식을 조용히 물었지만 아무도 알지 못했다. 이환은 도대체 혼자 어디로 사라진 것일까. 우종은 속이 탔다.

관찰사가 있는 함흥 감영으로부터 열 달 복무 기간을 채운 군관들을 고향으로 즉시 보내라는 공문서가 도착했다. 공문서를 읽은 시문은 집 생각에 서글픈 마음을 이기지 못했다. 기와를 만들고 나자 시문은 고뿔에 걸렸다. 부사의 하인이 한양으로 가는 편에 시문은 집에 보낼 편지를 부쳤다. 편지에는 월이를 만나 잘 보살피고 있노라고 썼다. 시문은 심성이 여린 인간이었다. 무인에게는 불필요한 문인 기질이 있었다. 문무를 갖춘다는 게 어디 말처럼 쉬운 일인가. 원래 상극은 서로 충돌하기 마련이었다. 의향이 이런 시문을 몹시 걱정했다. 시문이 향수병에 시달린다는 말을 듣고 녹주가 땔나무와 볏짚, 떡과 술을 수레에 가득 싣고 왔다. 그길로 시문은 집안 형님인 박의돈에게 가서 그간 병사에게 당한 신세를 하소연했다. 의향처럼 예쁜 여자와 사는 것으로 만족하라고 박의돈이 시문을 타박했다.

시문은 어떨지 모르지만 우종은 시문에게 정이 들었다. 가끔 세상 물정 모르는 아들을 대하는 아비처럼 시문을 타이르고 싶기도 했다. 우종에게 상하 신분이란 겉치레며 의례일 뿐이었다. 하지만 의례에 죽고 사는 세태인지라 우종은 조심스럽게 행동했다. 외유내강한 사람보다 겉이 강하고 속이 유한 자가 믿음직스러웠다. 시문은 우종을 아랫사람 부리듯 대하지 않았다. 둘이 있으면 존대를 하거나 공손하게 처신했다. 그렇다고 우종이 늘 마음이 편한 건 아니었다. 부드러웠던 인간도 양반인지라 언제 사나운 짐승으로 돌변할지 누가 알겠는가. 세상에 이 꼴 저 꼴

보기 싫으면 인적 끊긴 산골에 숨어 나무그림자처럼 사는 것이 오래 살아남는 비법이리라.

관아에 돌아오자 경성에 사는 대지주 양반이 누군가가 쏜 총에 맞았다는 소식이 들렸다. 다행히 총알이 넓적다리에 박혀 죽지는 않았다. 병사는 감영에 알리지 않고 우선 자체 조사를 벌이기로 했다.

우후와 첨사가 조사관으로 와서 회령 부사와 관아에 묵었다. 시문을 불러들였다. 사건이 어찌 돌아가나 궁금한 우종은 시문을 따라 동헌으로 들어가서 주고받는 말을 들었다.

"그래, 그 땅 부자 양반이라는 작자가 향교와 짜고 굶주린 토민 땅을 거의 헐값에 샀다면서요. 그런 후 지가를 팍팍 올려놓고 소작을 다시 주어 소작료를 곱절이나 받아서 원성이 자자했다는 소문이 있습니다."

"안 죽었으니 다행입니다. 병사께서 그자에게 작작 좀 해 먹으라고 미리 언질이라도 주던지. 일이 터진 후에야 바쁜 사람을 오가게 만드네."

"그런데 아직 도망간 종놈 소식을 못 들었는가?"

우후가 시문과 우종을 번갈아 보며 물었다.

"네, 아직 알아내지 못하였습니다."

"쯧쯧, 요즘 개들은 주인을 잘 물어요. 고약한 놈 같으니라고."

고령진 첨사가 혀를 끌끌 찼다.

"추노꾼을 풀어놓았으니 곧 소식이 있지 않겠는가."

부사가 시문을 위로했다. 모두 시문에게 위로주를 한 잔씩 주었다. 밤이 되어 촌가로 돌아왔다. 돌아오면서 우종은 잠깐 생각했다. 도망간 이환처럼 든든한 아들 녀석이 하나 있었으면 하고. 이환의 처지를 떠올리니 딱한 마음이 들었다.

다음 날 세 조사관과 회령 판관이 사건 조사차 함께 병영이 있는 경성을 향해 출발했다. 판관은 경성에 들렀다가 한양으로 가서 사건 내막을 의금부에 알리러 가야 했다. 이미 누군가 이 사건을 사찰하여 감영에 보고하였기 때문이다.

복무 일지

사월인데도 눈이 내렸다. 땅 위에 파릇한 잔풀이 돋아나고 있다. 사월이면 남쪽에서는 꽃 피는 봄날, 혈기가 끓어오르는 시문은 활터에 가서 활 백여 발을 쐈다. 진급의 명운이 걸린 활쏘기 시합이 예정되어 있었다. 활을 잘 쏘는 군관은 진급 점수가 높았고 포상을 받아 더 풍족한 생활을 누릴 수 있었다. 따라서 군관은 모두 활쏘기에 매진했다.

박계숙은 활에 대해서는 말보다 행동을 강조했다.

'활이 그것을 다루는 사람의 힘보다 강하거나 사람의 힘이 활보다 많이 넘치면 활을 뜻대로 다룰 수 없다. 백 근을 당길 수 있는 팔심이라면 오십 근 정도의 활이 적당하다. 강한 활에 속박당하기보다 다루기 좋은 연한 활을 써야 한다.'

그렇다고 활이 너무 약해서 만만하면 아니 된다고 박계숙은 자신만의 비법을 시문에게 가르쳤다. 시문이 쓰고 있는 활과 화살은 궁시장에게 특별히 주문해서 체형에 맞게 만들었다. 궁시장은 시문의 팔 길이와 어깨너비를 측정하고, 두 팔을 펴고 굽히는 올바른 자리에 이르도록 몇 번이고 수정한 끝에 시문이 밀고 당길 때 최적 길이에 맞춰 화살을 만들었다.

봄을 시샘하는 바람이 불었다. 바람을 맞으며 활을 쏜 탓일까. 우종이 의향 집으로 돌아왔더니 시문이 몸살을 앓기 시작해서 열이 나고 몹시 아팠다. 우종은 남아서 시문의 병세를 살폈다. 의향이 낭군의 기력을 회복시키려고 후추 서른 알을 가지고 어물전에 가서 큰 물고기 여러 마리로 바꿨다. 우종이 어탕을 끓이고 회를 떠서 많이 먹었다. 의향을 다시 보듬고 사랑할 만큼 시문의 기력도 좋아졌다.

우종은 서문 밖 어물전으로 다시 가서 작은 물고기들을 구해 집으로 갔다. 잡어회를 뜨고 해물탕을 끓이고 또 구워서 녹주와 서로 많이 먹었다. 녹주가 딸과 사위를 보살피느라 부쩍 늙어 보였기 때문이다. 우종은 시문을 따라다니느라 잘 돌보지 못한 녹주에게 측은지심이 들었다. 사람에게 측은지심마저 없다면 이미 죽은 인간일 것이다. 이 무렵 우종은 녹주와 죽는 날까지 평생 함께 살기로 약조했다. 그러나 우종이 쉽게 죽을 리 만무했다. 우종은 훗날 다시 홀로 살아남아 그녀를 그리워하게 될 것 같아 불안해했다.

우종은 시문의 병을 핑계로 일찍 퇴청하여 의향 집에 갔다.

해가 질 무렵에 녹주가 떡을 만들어 의향 집으로 오기로 했기 때문이다. 녹주는 의향의 앞날이 늘 걱정스러웠다. 의향의 살림 살이나 음식 솜씨가 서툰 것도 마음에 걸렸다. 그런 것이 걱정 될 뿐만 아니라 사위에게 잘하려고 녹주는 자주 딸 집에 와서 살림을 거들었다. 의향은 녹주가 손에 물 한 방울 안 묻히고 키운 외동딸이었다.

"사위 사랑은 장모라지 않던가? 올해 말 남쪽으로 귀향할 때 우리 의향이 꼭 부탁하네."

"장모, 남아일언은 중천금이라 했습니다. 무릇 저란 사내는 자기가 한 말을 꼭 지키는 사람이니 염려 폭 놓으세요."

이렇게 말은 했으나 시문의 고뇌는 깊어졌다. 초급 군관이 현지에서 얻은 방직기를 데리고 삼천 리 남행길을 가는 일은 보통 일이 아니었다. 불법이었다. 직속상관의 암묵적 허락을 받아야 하는 일은 둘째로 치더라도 수많은 눈총을 피해 엄동설한을 헤치고 가는 일이 문제였다. 울산에는 또한 정실부인이 기다리고 있지 않은가.

"나라도 데리고 갈 테니 걱정 붙들어 매어 두시게나."

우종이 끼어들었다.

시문은 국경에서 근무하는 친구의 안부 편지를 전달받았다. 병중에 열어 보니 반가움도 잠시, 곧 슬픔으로 바뀌었다. 청 조정이 금지한 무너진 요새의 성벽을 쌓다가 돌덩이에 깔려 발목이 부러졌다는 내용이었다. 아직도 겨울에는 야인 여진족들이 두만강을 넘어와 양민을 해치고 노략질을 했다. 야인과 싸우다 죽거나 도적을 방어하는 최전방 보에서 근무하는 친구의 고생 담에 비하면 시문은 지금 보직이 훨씬 수월한 편이라고 자신을 위로했다. 쌀 반 가마를 다친 친구에게 보내주라고 시문이 우종에게 부탁했다. 마침 요새에서 온 포수가 있어서 이환의 거취도 수소문할 겸, 그에게 쌀을 전해 달라고 부탁했다.

판관이 한양에서 돌아온 후 북관 관내 총기 관리를 더 엄격히 하고 군관들은 활쏘기를 게을리 말라는 엄명이 떨어졌다. 그러나 시중에는 이미 조총은 돈만 있으면 살 수 있었다. 민간이 총을 소유하지 말라는 법은 유명무실했다. 총포 장인과 대장장이들이 몰래 만들어 내다 팔았기 때문이다. 그렇게 만든 조총들은 품질이 좋지 않았다. 총열이 휘거나 금이 간 총을 사기 십상이었다. 조총마다 가진 성질머리를 잘 알아야 했다. 포수들은 총기를 고를 때 우종에게 의견을 구하기 일쑤였다. 되도록 총열이 일자로 곧은 조총을 선택하고 세 방을 쏘아 탄착점을 확인한 후 좌우 상하로 미세하게 총구 가늠자를 수정해서 쏘도록 가르쳤다.

조정에서는 산포수의 총기 소유를 금지하려고 했다. 하지만 포수의 조총 소유를 금지했다가 돌아올 반발이 민란으로 번지면 누가 막을 것인가. 호환은 누가 막을 것인가. 일만을 넘은 산포수들이 조총을 가지고 있고 유사시 의병으로 전투에 참여할 명분이 있다면 군이 그들의 심기를 건드릴 필요가 없었다. 화약을 아끼느라 정식 총포 훈련을 받은 지 너무 오래되었다. 우종은 포군 병졸들 총이 녹슬지 않도록 매일 닦도록 하고 틈나는 대로 방포술을 훈련했다.

부사가 객사에 나와 앉아 하인들을 시켜 활터 둘레에 배나무를 심었다. 다가오는 북 병영 활쏘기 시합을 준비하기 위해 습사를 시켰다.

아무래도 앓고 나서 이전보다 기운이 떨어진 시문은 마흔여덟 발을 명중시켰고, 병방 군관 허정도는 오십 발을 명중시켰다. 토착 군관에게 내려주는 상은 없었다.

"아무리 잘 쏴도 쌀 한 톨 아니 주니 내 다시 일등 하나 보기오."

허정도가 혼잣말로 구시렁거렸다. 토착 군관들이 매번 진 일을 마음에 두고 이를 갈고 활쏘기 훈련을 연마했는지 몰라도 출신 군관 편이 졌다. 꼴찌를 한 군관이 어릿광대 옷을 입고 동헌 뜰 아래 엎드려 두 번 큰절하고 춤을 추는 벌을 받았다.

습사 후 퇴청한 허정도가 천총을 모시고 시문에게 왔다.

"천하절색과 산다는 소문이 온 고을로 퍼져서 확인차 왔지."

허정도가 시문에게 농을 걸어왔다.

천총이 우종을 불러내어 문밖으로 나갔다.

"잠시 둘이서 걸으면서 얘기하세."

"그러시죠."

"지난 모임에서 자네의 뜻을 잘 알았네. 사실 나는 포수들 동태를 감찰하고 문제가 생기면 특별히 보고하라는 명을 받고 자네들 틈에 끼었네. 탐관오리를 은밀히 내사하고 보고하는 임무도 부여받았네. 그러나 먼저 그들이 손을 써서 오히려 감찰하여 보고한 자가 불이익을 당하는 세상이네. 내가 자네에게 이런 이야기를 털어놓는 건 자네나 나도 국가의 녹을 먹는 처지가 아닌가. 이괄이 난을 일으켜 파죽지세로 한양을 점령한 것도 포수들의 도움이 있었기 때문이었지."

"그때 저도 호랑이를 잡으러 간다 하여 포수대를 이끌고 갔습니다. 대호를 잡으러 간다고 하니 순순히 한양으로 길을 열어주었지요."

"그 여파로 포계가 타격을 받지 않았는가. 도내에서 학정을 펴는 관리와 재물로 사람을 괴롭히는 양반들을 찾아 벌을 주는 일은 좋네. 그것은 산포수가 아니라 나라에서 해야 할 일이지."

"저도 나라가 있어야 백성이 있다는 생각입니다."

"고맙네. 지금은 아무도 자네들을 무시할 수는 없어."

천총이 우종의 두 손을 부여잡고 말했다. 말뿐일지언정 천총이 고마웠다.

군관들은 부사를 모시고 아침 일찍 회령 동쪽 십오 리에 있는 운두성雲頭城을 시찰하러 올라갔다. 우종도 포수 대장으로 따라 나섰다. 산성 성곽을 따라 돌며 주변을 둘러보았다. 내려다보이는 두만강과 들판이 장관이었다. 북쪽으로는 천 개의 산이 펼쳐져 있고 구름 위에 거대한 성이 둥실 솟아 있었다. 성벽은 귀신의 힘을 빌려 쌓은 것 같았다. 인간의 눈이 닿지 못하도록 하늘이 숨겨 둔 성채를 보는 것 같았다. 신기한 광경을 처음 보는 아이처럼 시문은 얼굴이 맑게 펴졌다. 두만강 물을 끌어와서 해자를 만들고 깎아지른 절벽 위에 철옹성 같은 높은 성곽을 쌓았다.

절벽이 가팔라서 제아무리 원숭이라도 빨리 못 오르고 높은 성벽에 서면 밤하늘에 쏟아지는 은하수를 잡을 수 있을 것 같았다. 강물이 흘러서 성을 감싸고 휘돌며 누운 채 깊게 흐르고 있었다. 청나라가 국경 방어선인 진과 보의 성벽 보수를 금하고 있었기에 성곽이 일부 무너져 내리고 있었다. 부사가 감회에 젖어 말했다.

"박시문 군관, 하늘도 무심하게 청나라 세상으로 모두 변했으니 천혜 요새인 이 운두성이 정말 아깝구나."

"예, 부사 영감, 수백 군사로 수만의 적을 능히 물리칠 수 있는 천연 요새입니다."

"고려가 흉노와 전쟁하던 시절에도 오랑캐가 이 운두성을 피해 갔었네. 전쟁은 아무 때나 찾아드는 법. 호란 때 우리가 얼마나 극심한 고통을 겪었나. 함께 쌍령 전투를 치르지 않았는가? 이런 난공불락 성이 한양에 있었다면 전쟁의 양상이 많이 달랐을 것이야."

"지당하신 말씀입니다."

"그날 죄 없는 군사들이 아무런 방비조차 없이 끌려와 개죽음을 당했지. 죽은 병졸들 피가 계곡 언저리 눈밭을 붉게 흘렀지. 생각만 해도 치가 떨리지만 지휘관을 잘못 만난 죄로 제대로 싸워 보지도 못하고 수만 명이 궤멸당하니 항복을 안 할 수가 없었지. 대대로 우리의 원수는 되놈과 왜놈이야."

부사가 말고삐를 잡아당겨 성곽의 보루 앞에서 멈췄다. 고개를 돌려 수행 군관들을 향해 말을 이었다.

"자네들, 소현 세자께서 심양에서 한양으로 아홉 해 만에 돌아온 소식을 들었는가?"

시문을 비롯하여 수행한 모든 군관 입에서 탄식하는 소리가 흘러나왔다. 순간 요사스러운 기운이 성곽을 둘러싸고 싸늘한 바람이 불었다. 구름이 발아래로 밀려왔다. 이내 성채와 보루는 해자에서 피어오르는 물안개 속에 잠겼다.

"아름다운 이 땅에서 사납게 날뛰는 짐승보다 더 사악한 오랑캐들이 조선 백성을 노예로 부리니 참담한 마음 금할 길이 없다네."

부사가 한탄하자 토착 군관들이 맞장구쳤다.

"국경이 야인 소굴이 된 게 어느 때부터인가. 아이고 되놈 누런내가 여기까지 넘쳐흐르니."

"앞으로 조선이 강성하려면 북벌하여 만주 땅을 도로 찾아와야 한다."

토착 군관 중에는 조상이 여진족이었다가 귀화한 자들도 있었다. 토착 군관들이 청나라를 비토하는 목소리가 당연히 더 컸다.

"북벌이 성공하면 내 이곳 성채나 지키면서 살고 싶지. 종간나 오랑캐 새끼들 죽일 일도 무에 없을 거이고 지금처럼 풀이 무성해지면 말 먹이기 좋을 거 아니니. 여기서 날아다니는 참수리나 보고 살면 아니 좋은가 이 말입네."

병방 군관 허정도가 말하자 기분이 풀어져서 모두 웃었다.

부사가 망루에 올라 자리를 잡고 앉자 시문을 곁에 불러올렸다. 돗자리 위에 주안상이 차려졌다. 술이 몇 잔 오가자 부사는 시문의 귀에 대고 넌지시 말을 이었다.

"시문아, 너는 화의를 믿느냐 아니면 배척하는 게 옳다고 보느냐?"

무인이자 양반인 자신의 결기를 보이기 위해 시문은 힘을 주어 말했다.

"부사 영감, 삼전도에서 주상께서 굴욕을 당하신 이후 본관은 늘 복수의 그날을 기다리고 있습니다."

"어허 이 사람아, 명이든 청이든 간에 힘없는 이 나라 백성의 안위가 제일 우선 아닌가? 내 시 한 수 읊어 보겠네."

높은 곳 올라 크게 노래 부르며
옛날 일 생각하니 눈물 흐르네
저 멀리 누런 모래밭 아득한데
어깨에는 반백 머리 드리워졌구나

토착 군관과 기생들이 각기 남북으로 편을 나누고 하늘 높이 솟은 미인송 숲 사이로 말을 타고 달리는 시합을 했다. 빠른 기세에 놀란 출신 군관들은 차마 말을 달리지 못했다. 회령 기생들과 토착 군관들이 소리를 지르며 창검을 휘두르거나 활을 쏘며 돌진하는 모습이 장관이었다.

시문의 말에 설리가 올라타고 달렸다. 하필 그녀는 경혈 중이어서 말안장이 검붉은 피로 물들었다. 시문은 설리를 노려보았다.

우종은 설리의 철없는 행실이 매우 우스웠다. 여자의 마음은 갈대란 말인가. 시문이 회령으로 온다는 소식을 사촌 언니 월이에게 들은 설리는 남몰래 시문을 마음에 두었었다. 설리는 시문을 보면 어쩔 수 없이 마음이 설렜었다. 시문이 의향을 곁에 두자 걷잡을 수 없는 질투심에 사로잡혀 있었다.

그렇다면 설리가 시문의 말 등에 피를 묻힌 건 사내를 향한 여인의 도발이란 말인가. 이환은 그런 설리를 위해 목숨을 걸고 도망을 쳤다. 그렇다면 설리는 요부가 아닌가. 우종은 깊은 산속에서 설리를 위해 혼자 초막을 짓고 있을지 모를 이환이 불쌍하고 한편 걱정스러웠다.

의향은 시문의 철릭을 만들 옷감을 빨고 재단하기 위해 우종과 촌가로 갔다. 촌가로 가면서 의향이 우종에게 말했다.

"제 어머니를 보살펴 주셔서 정말 감사해요."

"모두 남쪽 끝으로 가면 네 어미와 서로 의지하고 잘 살 테니 너무 걱정하지 말아라."

"제 마음이 든든한 까닭은 다 아버지 덕분이에요."

아버지. 처음 의향이 그렇게 부르자 우종은 기분이 좋았다. 비로소 세상에 태어나 지금까지 살아온 기쁨이 생긴 것 같았다.

"고맙구나. 그리고 한 가지 주의할 것이 있다. 병사를 특히 조심하거라. 남의 여자라도 물불을 가리지 않고 덤빈다 들었다."

"네, 명심하고 조심할게요."

저녁에 떡을 만들어서 함께 돌아왔다.

군관 허정도가 시문을 찾아와서 함께 저녁을 먹었다. 허정도는 농담하기를 좋아하고 스스럼없이 사람을 대했다. 속에 구렁이가 들어앉았는지 의뭉스럽고 능글맞기도 했다.

"아따 제수씨, 못 본 사이에 더 이뻐지셨네. 금실이 좋은가 보오. 박 군관은 좋겠소. 처가에서 떡도 해 오고. 떡을 먹기 좋게 나눠 주기도 하니 말이오."

"허 군관 안사람은 더 곱다고 소문이 자자하던데."

"그래 봤자지. 변방에 우짖는 새보다 대접을 못 받는 게 북관 사람이오."

"이 나라 왕실의 태두가 함경도 출신인 것은 모르고 차별하는 것이니. 자 한 잔 받으세요."

우종이 술을 한 잔 따라 주자 금방 유쾌하게 웃었다.

허정도가 돌아간 후 우종은 시문과 사냥을 나갔다. 바람을 등지고 걸어서 숲으로 갔다. 낙엽 밟는 인기척에 놀란 꿩이 날아올랐다. 시문은 화살 다섯 대로 꿩 다섯 마리를 잡았다.

"쏘면 쏘는 대로 거침없이 잡으니 정말 대단하오."

우종이 칭찬하자 시문이 의기양양했다.

"포수 대장 실력도 보여주세요."

깊은 숲으로 조심스럽게 다가가니 사슴 떼가 보였다. 우종은 숨을 죽이고 자작나무 아래 엎드려 사슴을 향해 가늠자를 조준했다. 시문이 다가오면서 마른 나뭇가지를 건드리자 사슴이 놀라 뛰어올랐다. 찰나에 조총을 쏴서 성체 암컷 한 마리를 잡았다.

"최고요 최고. 조선 포수 중 으뜸."

시문이 엄지를 세워 들었다. 우종은 엄지를 거꾸로 내렸다.

"여색만 조심하면 천하 명궁인데 참으로 아쉽네."

우종이 웃으면서 말했다.

오랜만에 화약 냄새를 맡고 총을 쏘니 가슴이 후련했다. 우종이 지닌 조총은 총신이 길어서 삼백 보 비거리를 날아가 적중했다. 꿩의 깃털은 화살을 만드는 데 쓰고 사슴은 통째로 부사에게 보냈다. 부사가 사슴 다리 한 개와 대구 다섯 마리를 내려주었다. 성내에 들어가니 부사가 시문을 보자 친동생처럼 대했다. 글과 뜻이 통하는 문우가 없으니 시문을 좋아했다. 부사는 곧 벌어질 활쏘기 대회를 시문이 준비하도록 배려했다.

활쏘기와 더불어 관군 전투력 평가가 동시에 열릴 예정이었다. 병방 군관 허정도의 지휘 아래 부대 전투력을 배가시키기 위해 군졸들을 훈련했다. 시문은 허정도의 요청으로 활터 아래 마당에서 이루어진 습사 훈련을 지도했다.

"활쏘기 요령을 알려 주겠다. 마음과 몸이 하나이듯 활과 화살도 사람과 일체여야 한다. 각자 몸에 맞는 활과 화살을 골라야 곧고 멀리 나간다. 힘이 강한 자는 큰 활에 굵고 조금 무거운 화살이 몸에 맞고 팔심이 약한 자는 연한 활과 가늘고 가벼운 화살을 골라야 한다."

시문은 열을 맞춰 선 병졸들의 활과 화살집 속 활을 일일이 점검했다.

"화살이 길면 화살대가 굵어야 하고 짧은 화살은 대가 가늘어야 한다. 키나 체격이 크면 활과 화살도 긴 것을 쓰고 키나 몸이 작으면 짧은 것을 쓰도록 해라."

새로 전입한 병졸들에게 지급된 활과 화살을 서로 바꿔 주기도 했다. 시문의 활쏘기 시범이 있었다. 이어 교관이나 선임 병졸들이 조를 짜서 검술을 연마했다. 조별 훈련이 끝날 때마다 여기저기서 엎드려 팔 굽혀 펴기를 하거나 토끼뜀을 뛰거나 얼차려를 받는 곡소리가 들렸다.

전투력 향상을 위한 춘계 훈련은 야전 훈련을 겸해서 며칠씩 강도 높게 이어졌다.

군졸들은 야전 훈련을 나가면 쇠로 만든 피리와 나팔 소리에 아침 일찍 깨어났다. 우종이 군졸 생활할 때만 해도 일어나면 샛별을 보았는데 요즘 군대는 많이 좋아져서 해 뜨는 아침에 기상나팔을 불고 있질 않은가. 첫 번째 나팔 소리가 진영에 울리면 병졸들은 자리에서 일어나 잠자리를 개고 무기와 군장을 챙겨 점고했다. 화병은 밥 지을 준비를 하고 졸병은 물과 땔감을 구하러 진영 문밖으로 나갔다.

밥을 먹고 나면 쉴 틈 없이 전립을 쓰고 조총과 군장을 챙겼다. 소매가 좁은 동달이 위에 전복을 입었다. 귀약통과 환낭丸囊을 전대에 달고 약관통이 든 복대를 허리에 두르고 환도를 찼다.

포수들은 그나마 보직이 편한 축에 속했다. 창검을 든 병사는 방패와 병기를 들고 온종일 뛰어다녔다. 우종과 포수들도 오랜만에 방포 훈련을 했다. 일등 포수들이 후임 병졸 등 뒤에서 악을 썼다.

"총구를 옆으로 돌리지 말라고 했지. 이런 얼치기를 보겠나. 총기 사고 내면 평생 형틀에 묶여서 썩을 줄 알아라."

"발포 준비!"

우종은 포수들을 횡대로 길게 늘어서게 한 후 신호에 맞춰 발포 연습을 시켰다. 앞무릎에 총을 잡은 팔꿈치를 걸치고 한 손으로 방아쇠 뭉치를 부여잡고 다음 신호를 기다렸다. 우종은 방포 훈련 중인 하등 포수들 뒤에 서서 자세를 고쳐 주었다.

"조준!"

조총 손잡이 끝을 뺨에 대고 가늠쇠를 가늠자에 맞춰 불구멍을 열고 표적에 조준했다. 일등 포수가 소리를 질렀다.

"머리를 흔들거나 움직이지 말아라. 손을 떨지 말란 말이다. 들숨을 깊게 쉬고 미동 없이 오래 참는다. 쫄다구들이 군기가 빠져가지고. 발포!"

방아쇠를 밀어 당겨 화승에 붙은 불씨가 화약에 떨어지게 했다. 총소리가 울려 퍼지고 화염이 자욱하게 깔렸다. 새들이 놀라서 솔숲 위로 날아올랐다.

"다음 열 앞으로!"

화약을 아끼느라 모의 발포 훈련을 한 다음에 연환을 쏘았다.

발포 후 맨 뒤로 가서 화약과 탄환을 넣었다. 평소 조총 관리 상태가 엉망이거나 발포 후 표적에 못 맞히면 여기저기서 기합받느라 곡소리가 났다. 그렇다고 너무 심하게 굴리지는 못했다. 총기 사고가 날 수도 있기 때문이다. 포수는 그저 총만 잘 쏘면 만사형통이었다. 차례가 올 때까지 줄을 맞추고 앉아서 쉴 수 있었다.

사수 부대는 훈련이 끝나면 막사로 돌아가 식사를 하고 다시 훈련장으로 갔다. 날씨 탓에 훈련이 빨리 끝나면 야간 행군 훈련을 위해 비상식량을 만들어 전대에 넣고 다녀야 했다. 실제 전투가 벌어지면 밥할 시간이 없었다. 포수들은 오후에 쉬면서 총열과 불구멍 안 화약 찌꺼기를 말끔히 소지하거나 홍이포와 여러 화포를 다루는 훈련도 병행했다.

당파와 검을 든 군사들 창검 훈련과 기마병들 돌격 훈련은 구경거리였다. 두툼한 갑옷 안에 돌덩어리를 넣은 조끼를 입고 일부러 무거운 목검과 장창을 들고 병졸들의 근력을 키웠다. 지구력을 키우기 위하여 다리에 모래주머니를 차고 달렸다. 사람의 힘이라는 것은 쓰면 쓸수록 단단해지는 법이었다. 평소 근육과 관절을 고달프게 써야 실전에서 살아남는 병사가 될 수 있었다.

그래도 훈련 중 가장 으뜸은 포수 훈련이지 않겠는가. 우종은 포수임을 자랑스럽게 생각했다. 총이야말로 다가오는 미래를 지킬 최선의 방책임을 왜란과 호란을 겪으면서 뼈저리게 느끼지 않은 자는 없을 것이다. 그런데도 갑옷을 뚫고 적의 뼈를 부수고 관통하는 총의 위력을 얕보고 꺼리는 자들이 있다니 가소로울 따름이었다. 활은 삼백 보보다 더 멀리 있는 적을 살상할 수 없고 창검은 오직 근접전에서만 유리하기에 총이 나타나면서 관우나 장비처럼 뛰어난 명장이 필요 없게 된 것이다.

그런데도 방포술이 무과 시험에 없는 이유는 대다수 조정 관료들이 다루기 불편한 총보다 휴대하기 간편한 활을 선호했기 때문이다. 활쏘기에는 엄연한 법도가 있지만 사실 총 앞에는 아무런 법도 변명도 필요가 없었다. 총을 든 군대만이 이 땅을 오랑캐 도적놈들로부터 지킬 수 있을 것이라는 사실을 우종만 홀로 믿고 있는 것은 아니었다.

반란의 기운

병사가 의향에게 호박 가락지와 화장품이 담긴 도자기 용기를 선물로 보냈다. 벌써 세 번째였다. 규방 물품은 왜 보냈을까? 우종이 물었지만 시문은 아무 말도 하지 않았다. 의향이 이유 없이 주는 선물을 받을 수 없다며 매번 되돌려 보냈다.

"아무래도 병사가 노망이 들었단 말인가. 결혼한 여인네에게 무슨 선물 공세란 말인가."

우종이 투덜거려도 시문은 끝내 묵묵부답이었다.

판관이 시문에게 생대구 두 마리와 생태 여섯 마리를 내려 주었다. 반은 동생 월이에게 주고 반은 우종에게 주었다. 우종은 촌가로 가서 녹주와 둘이서 맛있게 먹었다. 늘 걱정이 많은 녹주가 안쓰러웠다. 우종은 혹여 녹주가 자신과 지낸다는 이유로 손가락질당할까 조심스러웠다. 비록 신분이 천민이지만 몰락한 양반이었고 과부의 재가 금지법이 있는지라 녹주도 자유롭지 못했다. 여럿이 모인 장소에서 서로 기대고 의지해야 할 사람과 내외해야 하는 우종의 심정은 비참했다. 사내가 이러할진대 여린 녹주의 마음은 오죽했을까 생각하니 슬픔이 밀려왔다. 그 슬픔을 달래 줄 가랑비가 겨우 먼지를 적실 정도로 내렸다.

회령에 사는 부민 중에서 각종 제사 준비, 형리, 봉수대 관리, 도로와 교량 보수 등 사역을 담당할 별감을 차출하라고 부사가 명령했다. 시문이 명령을 향교에 전달한 즉시 논쟁이 크게 일어났다. 그 누구도 공짜로 일하지 못하겠다고 버티며 향촌 원로 열다섯 명이 관아로 함께 와서 부당함을 말했다. 부사가 대로했다.

"감영의 명을 거역하는가? 향교에서 원래 집행하던 일인데 부당하다니. 저들 중 주동자를 색출하여 당장 하옥하라."

그중 주동자 다섯 명을 골라 목에 칼을 씌워 감옥에 가두었다. 말이 좋아 별감이지 거의 무보수로 복무하는 군역과 같았다. 사역은 당장 그들이 먹고사는 일과 무관했다. 향교 양반이 사재를 털어 막돼먹은 일이나 하라니 이게 말이 되는가. 특권의식에 사로잡혀 끝까지 오기를 부린 우두머리 격인 원로 한 명이 본보기로 곤장 스무 대를 맞았다. 나머지는 겁을 주고 그냥 풀어 주었다.

수소문 끝에 이환이 어디 숨어 있는지 마침내 알아냈다. 길주 부근에서 이환을 알아본 산채 우두머리 영길이가 우종이 은밀히 찾고 있는 것을 알고 알리러 왔다.

"잘 지내던가?"

"아이고, 처자를 데려와서 살 초막을 짓겠다고 해서 제가 말렸습니다. 호랑이와 늑대가 출몰하는 산중에 집이라니 제정신인가 해서요."

"쯧쯧. 그래도 포계가 숨겨 주면 좋을 텐데."

"아니 됩니다. 알다시피 도망친 그놈 주인이 서슬이 퍼런 군관이고 마침 물품도 훔친 죄인인지라 포계에 큰 불똥이 튈 겁니다. 삼남에서 도망쳐서 올라온 노비라면 몰라도 관내에서는 불가합니다."

"알겠네. 영길이 네가 환이 녀석의 뒤를 계속 살펴 굶지 않도록 도와주게. 무슨 일이 생기면 즉시 내게 알려 주고."

"포대장 어른. 당분간 제가 데리고 있겠습니다."

"고맙네."

산포수들은 사냥만을 주업으로 삼질 않았다. 먹고살기 위해 대다수 포수는 화전을 일구어 밭농사를 짓거나 약초를 캐고 나무를 해서 땔감을 장마당에 팔았다. 더러는 삼을 캐거나 바닷가에서 어부로 일하기도 했다. 이환이 익혀 살아갈 일이 많았다.

가물고 메말랐던 대지에 선 나무들이 비를 맞자 생기가 돌아 잔가지들을 흔들었다. 봄기운에 홀려 핀 산수유와 매화를 따라 개나리, 진달래와 철쭉꽃 들이 오월 산야에 연달아 만개했다.

복사꽃이 관아를 둘러싸고 피었다. 날씨가 따뜻하여 시문은 박의돈 집에 들러 차를 마셨다. 그리고 오후 늦게 우종과 강변으로 가서 그물을 치고 임연수어 수십 마리를 잡아 회를 떠서 먹었다. 봉남은 이환의 소재를 수소문할 겸 동해 어촌에 가서 말린 생선과 어물을 가득 싣고 돌아왔다. 우종이 봉남에게 다가 가 말했다.

"먼 포구까지 갔다가 오느라 수고가 정말 많았소."

"소인이 늘 하는 일인데요."

봉남은 머리를 긁적이며 굽신거렸다.

"내게는 이리 상전처럼 대하지 마시오. 이렇게 오래 살았는데 도 아무것도 제대로 알지 못하니 헛되게 산 사람일 뿐이오."

"포수 대장은 언제든지 바람이 부는 곳으로 새처럼 날아갈 수 있으니 얼마나 좋겠습니까?"

봉남이 먼 산을 바라보며 조용히 말했다.

"혹 환이 소식은 더 들었소?"

봉남은 고개를 가로저은 후 낮게 말했다.

"그놈이 비록 도망친 시간이 짧겠지만 행복할 겁니다."

"언젠가 모두 자유롭게 살날이 오겠지."

"어르신은 오래 살았으니 앞날이 보이십니까?"

"앞이 캄캄하네. 어둠 뒤에 올 서광을 믿을 뿐이지. 굳게 믿으 면 그날이 오지 않겠는가?"

봉남을 위로하고 시문에게 가니 설리가 좁쌀떡을 만들어 활 터로 와서 직접 시문에게 주었다. 설리는 은근히 유혹하는 눈길로 시문을 바라보았다. 봄바람에 살랑이는 치마가 속곳을 입지 않은 그녀의 엉덩이에 달라붙어 몸매가 드러났다. 시문은 요염한 설리의 눈길을 피했다. 설리가 시문에게 한 걸음 다가갔다. 둘이 거의 달라붙을 지경이었다. 설리를 주시하던 우종이 헛기침을 하였다. 설리가 멈칫하며 시문에게서 떨어졌다. 우종은 화가 치밀었다. 머리에서 김이 올랐다. 당장 뒤를 밟았다. 저절로 발걸음이 빨라졌다. 주먹을 쥐고 쫓아가서 설리를 요절낼 생각뿐이었다. 금방 따라잡아 앞길을 막았다.

"잠깐, 멈추시오."

"무슨 일이세요?"

이 요괴를 어떻게 죽일까, 몸이 떨렸다. 우종의 안광에서 불이 나자 그녀는 몸을 움츠렸다.

"시문에게 무슨 가당치도 않은 마음을 품었길래 붙여우도 아닌 것이 꼬리를 흔드는 것이냐? 죽기 전에 말해라. 나는 내 딸 의향과 이환을 지켜야겠다."

우종이 말하자 설리가 왈칵 울음을 쏟아냈다. 진정 요물이나 천년 묵은 여우인가.

"의향에게 질투심이 조금 남아 있었지만 지금은 전혀 없어요. 내가 마음을 준 사람은 이환뿐이에요. 그를 도망자로 만든 박군관을 파멸시키고 싶었어요."

"그래도 이건 너무 과하지 않느냐?"

"기생 신분도 따지고 보면 천민으로 사는 처지라 아무리 미화해도 양반들 노리개에 지나지 않아요. 양반이 개과천선하면 모를까. 그들이 물욕과 육욕을 버릴 수 있을까요."

"이해는 가지만 너의 방법이 너무 지나치다. 마치 자폭하는 포탄과 같구나."

"이환이 살아야 소녀가 삽니다."

"내가 환이를 어떻게든 도울 테니 나를 믿고 기다려 봐라."

설리는 말없이 고개를 떨구고 갔다.

설리는 한동안 나타나지 않았다. 이환이 나타났기 때문이다. 이환은 위기가 닥칠 때마다 우종이 가르쳐 준 위장술로 뒤를 밟는 추노꾼을 따돌렸다. 그동안 이환이 회령 가까운 마을에 머물며 설리를 만나고 있었다고 영길이 알려왔다. 등잔 밑이 어두웠다. 우종은 병가를 내고 말미를 얻어 이환을 만나러 깊은 산속 마을로 갔다. 대여섯 채 낡은 초가가 전부인 마을 입구에서 그가 나타나기를 기다렸으나 나타나지 않았다. 날은 어두워지고 산비둘기가 구슬피 울었다. 그간 이환을 숨겨 주었던 영길이 돌아왔다. 이환이 설리를 만나고 있다는 외딴집 소재를 영길이 알려 줘서 뒤를 밟았다. 그들은 후미진 계곡 초가에 머무르고 있었다. 둘이 오붓하게 방 안에 있었다. 인기척을 내서 방해하기도 뭐 해서 살금살금 다가갔다. 우종은 열린 들창 아래 나무에 붙어서 나무그림자가 되었다. 들창으로 설리의 목소리가 들렸다.

"훔친 물건으로 같이 살자니. 지금 제정신인가요? 제가 도둑년으로 몰릴 만큼 재물이 없나요? 난 떳떳하게 살고 싶어요. 훔친 물건 돌려줘도 시원치 않은데. 당신을 믿고 따라갈 수 있게 노력 좀 해 봐요."

"세월이 나를 기다리지 않아. 그냥 이대로 나를 따라오시오. 우선 두만강 연안 지역 재가승 마을로 가서 집을 얻고 지냅시다."

"내가 왜 슬퍼해야 하는지 까닭을 모르시네요. 흐르는 강물인 당신을 따라가면 지난 일들과 더욱 멀어지고 잊히겠지요. 지금 부는 이 바람에 내 마음이 부서져 곱디고운 모래로 남기를 바랄 뿐입니다."

"무슨 말인지 알아먹을 수 없으니 답답하군."

설리가 울음을 그치고 말했다.

"지금 당장이라도 당신과 살고 싶으니 절 믿어 주세요. 한동안 생각할 시간을 주세요."

"나는 그렇게 못하오. 당신을 지키러 올 것입니다."

우종은 딱한 연인들 사정을 듣고 고개를 저을 뿐이었다.

설리가 돌아가고, 우종은 어둠 속으로 도망치려는 이환을 붙들었다. 이환은 놀란 얼굴로 우종을 보고 안았다.

"추노꾼이 따라붙어서 영길이도 위험하니 강변 재가승 마을로 들어가 지내다가 잠잠해지거든 나를 찾아오너라."

"네, 중골 말입니까?"

"거기라면 너를 숨겨 줄 것이다. 총은 어디 있느냐?"

"도망 중에 잠시 맡겨 두었어요."

"자, 여기 이것을 지니고 가거라. 내가 사람을 보낼 때까지 숨어 지내거라."

우종은 아끼던 화승총을 이환에게 주었다.

"이번 포수들 회합에 꼭 오너라. 네 노비 신분 면천하는 방법을 알려 줄 테니."

"알겠습니다. 포수 어른."

총을 메고 자꾸 뒤를 돌아다보며 멀어지는 이환을 바라보는 우종의 마음이 착잡했다.

이환처럼 도망친 노비는 대개 화적 떼에 가담했다. 잡혀 온 도적과 죄인들로 감옥이 넘쳐났다. 그들을 묶고 두들겨 팰 형구와 매가 모자랐다. 관아에서 죄인을 문초할 때 쓸 나무를 구하기 위해 군관과 그들의 하인을 전부 불러서 산으로 보냈다. 우종과 시문도 할당된 가시나무와 버드나무를 구하러 갔다가 정오가 되기 전에 관아로 돌아왔다. 옥사를 다스리는 관리들은 위아래 할 것 없이 죄인을 가혹하게 다루었다. 매섭고 독하게 문초하면 누군들 없던 죄도 만들어 붙여 대지 않겠는가. 남의 물건을 훔친 도둑놈이 하루아침에 살인자가 되고, 도망친 노비가 졸지에 역모를 일으킨 수괴가 되었다 한들 누가 나서서 그들의 억울함을 풀어 줄 것인가. 몽둥이찜질을 피하려고 순순히 죄를 인정하든가 아니면 극렬히 부인하든가 결국엔 각본대로 죽어갈 뿐이었다. 사람이 혹독한 매질을 당하게 되면 무슨 죄를 뒤집어 씌운들 인정할 수밖에 없지 않은가. 우종은 이환이 잡혀 올 앞날이 걱정스러웠다.

청나라 관리들이 회령 개시를 위해 온다는 소식이 통지문으로 왔다. 회령에서 갑자기 소금이 동났다. 회령 개시 중에 청나라 상인들이 함경도 소금을 싹쓸이하기 때문이었다. 개시 후에 소금값이 천정부지로 올랐다. 미리 소금을 구하기 위해 시문은 봉남을 어촌으로 보냈지만 빈손으로 돌아왔다. 소금이 없으면 염장을 할 수 없을뿐더러 음식이 빨리 상하고 음식 맛이 없을 터였다. 우종도 발 벗고 나섰다. 시문이 소금을 구한다는 말을 들은 판관이 소금 세 말을 보내왔다. 부사가 또한 이를 듣고 소금 열 말을 주었다. 시문은 부사를 모시고 두만강에 나갔다. 시문은 편전을 쏴서 물고기를 잡았다. 우종은 그물 낚시로 고기를 많이 잡아 회를 떠서 먹고 저녁에 돌아왔다. 관내에 불길한 소문이 돌았다.

"세자가 죽었네. 독살 당했다는 소문이 돌고 있네."

"누가 세자를 죽였다는가?"

영장들이 모인 자리에서 심양에 볼모로 잡혀갔다 돌아온 소현 세자의 죽음을 전해 들었다. 이날 밤 당직인 시문은 박의돈과 군관 관사에서 묵었다. 우종 역시 당직이라 시문을 따라 옆방에서 잠을 설쳤는데, 두 군관이 서로 마음에 품은 바를 이야기하며 밤새도록 울분을 토했다.

두 군관이 떠드는 통에 잠이 모자라 부은 눈으로 우종은 전국 포수 모임에 갔다. 세상이 두루 어수선하여 백여 명이 넘는 산포수 모임에서도 격론이 벌어졌다. 이환도 와 있었다.

강원도 포계 중수가 입에 거품을 물었다.

"관동과 관북 산포수는 중앙 착호군과는 다릅니다. 우리 동쪽 산포수가 지나갈 때는 백성들이 먹을 것을 주고 환영했습니다. 포수 중 누군가 착호군 갑사 흉내를 내며 백성을 털어먹는데 이들을 찾아내서 혼쭐을 내야 합니다."

우종이 나서서 말했다.

"우리 산포수는 그 누구도 남의 물건을 함부로 빼앗거나 훔치지 않는다는 내부 강령을 가지고 있다. 범과 곰과 늑대와 사슴을 사냥하고 산삼이나 약초를 캐서 팔거나 장작을 패서 땔감을 만들거나 화전을 일구어 먹을지언정 함부로 그런 짓은 하지 않는다."

"그래, 차라리 옛날 옛적 우리 고구려 영토였던 강 건너 무주 공산 간도로 가서 사냥하거나 산삼을 캐 오면 되지 않는가."

"도대체 언제쯤 저 되놈들을 혼내 주고 원수를 갚는다는 말인가."

영길이 중얼거리자 상수가 말했다.

"세자도 죽었으니 멀고 멀었어. 사람과 소와 말을 잡아먹으며 날뛰는 호랑이나 잡아서 포상이나 받읍시다."

"고달픈 백성을 착취하는 탐관오리를 먼저 잡읍시다."

"생사람 고혈을 빼는 양반과 대지주 땅투기꾼을 몰아냅시다."

"이놈의 기울어진 세상 모두 일어나 상하를 한번 뒤집어야 합니다."

그때 천총이 일어서서 말했다.

"호랑이 사냥을 구실로 모반을 일으킨다면 포수들 모두 표적이 되어 살아남기 힘들 것이오. 지금은 병조의 허락 없이 도의 경계를 넘을 수 없으니 그대로 독 안에 든 쥐 신세요. 북관은 그렇지 않아도 불충한 반란의 땅으로 찍혀 있소. 포수들은 유사시 나라를 구할 사람들이니 헛되이 목숨을 버리면 아니 됩니다. 이괄이 난을 일으켜 겨우 도성에 입성했지만 결국 반란군 수하에게 잡혀 죽은 일을 잊었는가."

중수가 말을 끊으며 일어섰다.

"그래도 나는 모든 불의와 싸울 것이다. 더 참고 지낼 수 없다. 그냥 참고 지내는 것은 양반과 토호의 악행을 묵인하는 짓이다. 놈들이 죽지 않으면 결국 우리가 죽는다."

우종이 중수를 말렸다.

"여기에서 변란이 일어나면 되놈들에게 출병의 빌미를 주게 된다. 우리가 외세를 배격하고 스스로 무장하여 되놈과 왜놈이 노리는 이 나라를 지켜야 하지 않겠는가."

중수는 강경했다.

"삼 보 방포라 했소이다. 세 발걸음 안에 빠르게 장전하고 쏘는 우리 관동 포수가 앞장을 서겠으니 용기 있는 자만 따라오시오. 죽기 아니면 살기요. 불알 두 쪽 값도 못 하는 졸보 놈들은 집에나 가시오."

중수는 화를 내며 먼저 자리를 떴다.

모임이 끝나고 우종은 이환을 불렀다.

"네가 천역을 면하는 방법은 전쟁에 나가 적병의 머리를 베는 공을 세우거나 호랑이를 잡는 방법뿐이다. 사냥은 그 누구보다 용맹스럽고 출중한 실력을 갖춰야 하지. 담대하고 차분한 성격을 가져야 한다. 지금부터 저기 있는 일등 포수들과 산채에 들어가서 호랑이 세 마리를 사냥해라. 그리하면 내가 부사에게 상주하여 속량할 수 있다."

"네, 알겠습니다."

돌아서는 이환 등 뒤로 우종은 한마디를 더했다.

"그리고 제아무리 노력해도 오르지 못할 나무는 피해서 가야 한다."

"여자 하나 지키지 못하는 제가 비참합니다."

이환은 잠시 멈칫 서 있다가 무리와 사라졌다.

활쏘기 시합

아침부터 과녁이 선 활터의 잡초를 베고 땅을 골랐다. 과녁을
새로 만들었다. 각지에서 사수들이 회령에 도착했다. 화살이 명
중했는가를 알려 주기 위해 깃발을 드는 병졸이 숨어있는 방호
벽을 고쳤다. 고령진 첨사와 보을진 첨사가 활쏘기 시합에 참
여하기 위해 회령으로 왔다. 우후 역시 경성에서 회령으로 왔다.
우후 편에 고령진 첨사, 박의돈과 신류가 섰다. 시문은 신류가
명궁이라고 들었는데 활터에서는 처음 만났다. 부사 편에 보을
하진 첨사, 허정도와 시문으로 나누어 활쏘기 시합을 시작했다.
신류가 계속 만점으로 쏘는 바람에 부사 편이 한 발 차이로 패
했다. 승리를 맛본 고령진 첨사가 기분이 좋아서 재대결을 신청
했다.

"적중이오."

과녁을 확인한 군졸이 깃발을 올리면 기생들이 늘어서서 적
중을 칭송하는 노래를 불렀다. 마흔다섯 발만 적중한 박의돈은

누군가 저쪽 편으로 보내 버려야겠다는 말을 듣고 크게 노했다. 꼴찌를 해서 광대 옷을 입고 광대춤을 추어야 했다. 박의돈은 다시 꼴찌를 해서 죄인을 다룰 때 입는 군뢰복을 입고 병졸들과 화살을 주웠다. 상대편 군관 신류가 계속 명중시켰다. 서로 앞서 거니 뒤서거니 간발의 차이로 승패를 가르기 어려웠다. 시문과 허정도가 한 점 차이로 지고 있는 상황을 만회하고자 마지막으로 나서서 쏘았는데 모두 명중시켰다. 부사가 긴장했는지 한 발은 적중하지 못했다. 결국 부사 편이 한 발 차이로 졌다. 시합에서 지면 인사 고과 점수에 반영되는 불이익이 주어졌다.

부사가 자신이 쏜 마지막 화살이 과녁에 정말로 빗맞았는지 확인하고자 감적관을 보내어 검사했다. 감적관이 검사한 결과 살촉이 경계선에 겨우 걸쳐 있으므로 적중으로 간주하고 무승부를 선언했다.

"생떼를 써도 유분수지 이게 어떻게 무승부인가?"

고령진 첨사가 흥분하여 감적관 눈알을 빼 버리겠다고 소란을 피웠다.

이미 시합을 이겼지만 최종 승부를 가리기 위해 다시 활을 쏘자고 주장했다. 시문과 박의돈이 모두 명중시켜 십여 발 차이로 대승했다. 화가 난 고령진 첨사가 휘하 군관을 욕하며 나무랐다. 첨사가 크게 분해하며 돌아갔다.

부사가 활쏘기에 이어 열린 연회에 흥을 돋울 목적으로 우종을 불러 대금을 불게 했다.

김우종은 긴 세월을 살면서 여러 악기를 능숙하게 다룰 수 있었다. 그는 대금을 부는 연습을 게을리하지 않았다.

"소리가 참으로 절절하니 애간장을 태우는구나."

부사가 우종의 연주를 칭찬했다. 대금 산조를 몇 곡 더 불고 난 후 우종에게 상으로 화약 창고를 짓고 남은 목재를 내주었다. 녹주와 사는 촌가 대문을 수리할 수 있는 분량이었다. 대금 소리가 얼마나 심금을 울렸는지 부사가 멧돼지 고기 댓 근과 소주 두 병도 내려 주었다. 군관들의 사내종들과 유향소와 그 외 각 부서의 하인들이 연어를 잡는 그물을 만들고자 비파나무 내피를 구하는 일로 산에 올랐다.

소현세자가 죽고 나자 인조는 청나라 눈치를 살폈다. 속으로만 북벌의 의지를 불태웠다. 호란 때 국토와 백성을 유린당한 것도 모자라 오랑캐에게 머리를 조아리는 치욕을 당한 일이 인조의 가슴에 응어리로 새겨져 있었다. 그런 연유로 청인들 모르게 변방의 군사 훈련을 독려했다. 청의 감시를 피해 몰래 군비를 확장하고 진법을 학습하며 총포를 개량하고 방어진지를 견고히 하라는 병조의 지시가 은밀하게 내려왔다. 조총을 미천한 자들의 무기로 생각하는 문관 신료들은 오직 활만이 원거리 적을 제압할 수 있는 유용한 무기라 여겼다. 활쏘기를 군관의 진급에 반영하도록 조치했다. 그러니 하급 군관들이 시합에서 당연히 눈에 불을 켤 수밖에 없었다.

삼남에서 도망친 노비들이 수상한 기미를 보인다는 소식이 들렸다. 수상한 기미라니, 중수가 일을 꾸미는 모양이었다. 명사수 시문을 경성 병영으로 올려 보내라는 병사의 관문서가 도착했다. 병영 사수들을 훈련하고 공방을 맡는 일로 전출 명령을 내린 것이다.

우종도 시문도 마음이 심란했다. 병사가 문서를 통해 전출 명령을 하달한 연유가 이상했다. 경성에는 뛰어난 군관들이 많이 있었기 때문이다. 상급 부대로 영전하는 일이지만 시문은 병사의 의중을 의심했다. 그렇지 않아도 의향에게 선물을 보내 병사가 속마음을 전하기를 여러 번이었다. 비록 사가의 기생이었지만 의향이 이미 시문과 혼인했으므로 병사의 무례함은 예의범절에 어긋났다. 병사는 별실이 없는 틈을 타서 의향에게 편지를 보내왔다. 의향이 선물과 편지를 거부한 것이 병사를 화나게 했을 것이다. 급작스럽게 하달된 전출 명령서는 시문을 의향에게서 떼어놓으려는 병사의 계책이 아닐까 우종은 의심했다.

문서에는 군관으로서 시문의 감독 능력이 출중하고 활쏘기가 가히 병영에서 일인자라서 차출한다고 적혀 있었다. 이제 회령의 임지 생활에 완전히 적응하여 능력을 인정받고 군 생활의 묘미를 알아가는 시점이었다.

임지를 옮기는 일은 처음부터 군 생활을 다시 시작하는 것과 다름이 없었다. 무엇보다 사랑하는 의향과 헤어질 시간이 다가오는 것이기도 했다. 초급 군관들은 비록 현지에서 방직기를 얻어 살 수는 있지만, 임지를 벗어나면 서로 헤어져 다시 만나지 못했다. 하루아침에 의향은 시문이 지킬 수 있는 능력 밖으로 밀려날 뿐이었다.

　우종 또한 조총 장인으로 함께 병영으로 차출하라는 특명이 내려왔다. 그간 시문의 그림자처럼 지냈기에 처음에는 그를 따라가는 것이 당연하다고 생각했다. 긴긴 인생을 살아오면서 남의 군역을 대신 진 경우가 십여 차례 있었다. 주막집 주모와 살림을 차린 것도 두어 번. 그런데 녹주는 천민으로 신분이 하락했을지라도 전혀 흐트러짐이 없이 사리와 경우가 밝고 생활력도 강했다. 우종에게 있어 녹주는 남은 삶을 함께할 더없이 좋은 동반자였다. 남녀가 함께 살아가는 행복이 무언지 이제 겨우 깨달아가는 중이었다. 시문과 마찬가지로 우종 또한 잠을 못 이루는 날이 늘었다. 우종이 병영으로 가는 바람에 녹주와 헤어질 날이 다가오고 있었다.

　병영에 복무하는 전라도 출신 군관이 군복에 묻은 물기를 털며 관내로 들어왔다. 군율을 어긴 벌로 좌천되어 가는 중이었다. 그는 국경에서도 험지인 조산보의 무너진 성곽을 쌓으러 가는 길에 비가 와서 객사에 와서 묵었다. 시문이 그에게 경성 병영 생활에 대해 자세히 물었다. 군관은 콧김만 쐬고 앉아서 별말이 없었다. 경성 병영 정보를 자세히 알아내기 위해 우종은 저녁에 술을 사서 군관에게 갔다.

"벌부방은 어찌 가시게 되었소?"

우종이 묻자 전라도 군관이 머리를 절레절레 흔들었다.

"말도 마시오. 병사 어른 눈 밖에 나면 이명이라는 자에게 혼 찌검 당하기 일쑤요. 병영에 가거들랑 호위군관 이명을 조심하시오."

그는 오지로 떠나갔다. 명령이라면 무조건 받들고 따라야 하는 군인의 애환을 우종은 뼈저리게 느꼈다.

병사가 부친상을 당한 첩실을 고향인 전주로 몇 달간 내려보내고 혼자 지낸다는 소식을 들었다. 부사는 시문을 경성으로 보낼 기일을 정해서 병사에게 보고하는 공문서를 보내기로 했다. 더불어 병사께 문안을 드리는 일과 시문에 관한 일의 내막을 알아보려고 눈치 빠른 허정도를 경성으로 보냈다. 나중에 알았지만 허정도는 병사가 보낸 끄나풀이었다.

봄 날씨가 매우 추워지고 있었다. 본진에서 첨사가 와서 영장 회의를 시작했다. 청나라에 귀속되지 않은 야인들이 밤에 도강하여 마을을 약탈하고 급기야 인명을 살상하는 일이 벌어졌다. 또한 청나라 관헌과 상인의 횡포가 극심했기에 밤새 대책을 마련한 후 각자 새벽에 돌아갔다.

늦봄 추위가 백성에게는 한겨울과 다름이 없으니 매우 괴이했다. 춘궁기가 찾아왔다. 부사가 사창司倉에 나가서 굶주린 부민에게 곡식을 나누어 주었다. 부사는 진정 백성을 생각하는 마음이 어진 자였다. 다만 거두어들일 때 백성을 등쳐먹는 구실아치 농간이 있을 뿐이었지만 부사는 그런 자들을 일벌백계했다.

부대 훈련을 독려하기 위해 부사가 활터에 나와 앉았다. 군관들 모두 의무적으로 화살 이백 발씩을 쏘았다. 우종도 오랜만에 포수를 모아서 화승에 불을 댕겨 조총을 발포했다. 탄환은 충분했지만 지급된 화약이 겨우 한 냥뿐이라 더는 쏠 수 없었다.

허정도가 경성에서 돌아왔다. 병사가 두 가지 사항을 잘 지키라고 명했다. 첫째, 기와를 만들어 숨겨 둔 일은 내부 기밀로서 적에게 소문나지 않게 감독을 잘할 것. 둘째, 청나라 차사가 회령 개시를 마치고 강을 건너는 즉시 시문을 병영으로 보낼 것. 허정도가 부사에게 보고를 하는 도중에 고령진 첨사가 들어왔다.

남에게 지거나 비기는 것을 죽기보다 더 싫어하는 첨사는 우후를 모시고 와서 활쏘기 재시합을 요구했다. 회령 편은 회령 부사, 회령 판관, 허정도와 시문이었고, 상대편은 병마 우후, 경흥 부사, 고령진 첨사와 신류였다. 이번엔 재시합을 요청한 첨사의 코를 아주 납작하게 만들 계획이었다. 아니면 첨사는 계속 이길 때까지 달려들 기세였다. 꼴찌를 한 군관의 방직기를 매달아 발바닥을 때리는 벌을 주자고 엄포를 놓았다. 방직기는 겁에 질려 벌을 받는 대신 술 한 동이 내기를 원했다. 모두 흔쾌히 웃었다. 시문, 신류와 허정도 모두 오십 발을 명중시켰다. 첨사가 승부가 날 때까지 시합을 계속하자고 고집을 부렸지만 부사가 무승부를 선언하며 마무리했다. 고령진 첨사가 며칠 내로 활쏘기 시합을 다시 하자고 도전했다. 부사가 도전을 흔쾌히 받아들였다.

"고령진 첨사는 활쏘기가 지겹지도 않은가?"

시문이 묻자 신류가 미소를 지으며 말했다.

"변방에 어디 재미난 일이라도 있는가? 승패를 가르는 내기 시합이 최고의 유흥거리이자 훈련이지."

우종은 종일 몸과 마음이 따로따로 움직이며 이리저리 뛰었다. 몸은 두만강에 있으나 마음은 이환과 중수에게 가 있었다. 우종은 영길을 불러 이환에게 보냈다. 시문이 이번에 보낸 추노꾼들은 추적에 실패한 적이 없는 인간 사냥꾼이었다. 게다가 갑군 포수 출신이었다. 사냥감의 흔적을 쫓아가며 궁지에 몰아넣는 자였다. 이환은 더 멀리 깊숙한 산맥에 들어가서 호랑이를 잡아야 했다. 영길을 보내 이환에게 노련한 추노꾼이 붙었다는 기별을 주었다.

천총이 우종에게 인편을 보내어 반란을 일으키려는 중수를 말려 달라고 간곡히 부탁했다. 편지에는 다음과 같이 적혀 있었다.

'나는 함경 포수를 관리하라는 주어진 직분에 충실할 수밖에 없소. 이번 계획이 알려지면 강제로 진압할 수밖에 없으니 그 전에 빨리 손을 쓰시오.'

어쩌란 말인가. 일이 꼬이고 말았다. 이환을 잡으려고 아침에 추노꾼 두 명이 출발했다. 말미를 얻어 사태를 수습하려고 했지만 우선 주어진 일이 다급했다.

청 관리가 이미 두만강을 넘어 국경 초소에 도달했다는 기별이 왔다. 부사 일행은 즉시 말을 달려 회령으로 돌아왔다. 이어 고령진 첨사가 청나라 관리들을 접대하기 위해 말을 달려 도착했다. 청나라 관리 네 명이 먼저 조선 쪽 경계를 넘어왔다. 마치 노예를 대하는 상전처럼 거만한 청나라 차사는 안하무인이었다. 하긴 조선이 신하의 나라가 아닌가. 청인들은 접대를 받은 후 저녁 무렵에 일단 강을 월경하여 돌아갔다. 시문은 관리들에게 부사의 인사를 전하고 일행의 안내를 담당하는 전어장에 뽑혔다. 시문은 호위병 열 명과 총을 멘 우종을 데리고 말을 타고 해가 뜨기 전에 두만강을 건넜다. 청나라 강변에서 천막을 치고 기다리는 차사 일행을 맞이했다. 점심에 청나라 일행을 인도하여 강을 건너왔다. 고령진 첨사가 인솔하여 오후에 회령으로 들어왔다. 부사가 예의를 갖춰 몸소 맞이하러 나갔다. 그 바쁜 와중에도 울산에서 시문의 어머니가 보낸 편지를 우종이 받아서 시문에게 건네주었다.

'장손인 네가 서른 나이가 가깝도록 집안 대를 이을 자손이 없으니 슬프구나. 참한 규수라도 첩으로 얻어서 아버지 살아생전에 서둘러 아들을 보았으면 좋겠구나.'

편지를 읽은 시문이 시무룩해졌다.

"대부인께서 월이 모친 배종을 집 안에다 발 들이지 못하게 하시더니."

우종이 말하자 시문은 피식 웃었다.

시문이 의향에게 주려고 부채와 참빗 하나를 구하러 다녔다. 그 소리를 들은 판관 처소에서 흰 부채와 참빗을 내주었다. 시문은 경성으로 발령을 받고 떠나야 하는 일을 아직 의향에게 알리지 못했다.

"박 군관 혼자 오라는 명령이오. 원하면 말동무로 함께 지낼 군관 박의돈은 함께 올 수 있다 하였소."

허정도가 시문에게 말했다. 시문이 허정도에게 다시 물었다.

"정말 나 혼자 오라 했소?"

"방직기는 다시 뽑아 줄 테니 의향을 회령에 두고 혼자 오라는 병사의 말씀이었네."

이 말을 들은 시문은 허정도에게 부탁했다.

"당분간 이런 사실을 비밀로 해 주시게. 의향에게 아직 말하지 못하겠네."

우종도 녹주에게 한마디 언질도 못 하게 되었다. 착한 그녀들 마음에 상처를 줄까 염려하였기 때문이다. 녹주는 녹주대로 걱정거리가 생겼다. 녹주 시댁 큰집 어른이 회령에 온다는 편지가 왔다. 역모에 몰렸던 집안이 후에 소명하여 복권되었기 때문이다. 그렇다고 죽은 남편이 살아오거나 당장 신세가 풀리는 것도 아닌데 집안 단속을 하러 오는 것이다. 발 없는 말이 천 리를 간다더니 역시 소문이란 무서운 것이다. 녹주의 수절을 강요하러 오는 것은 아닐까, 우종은 염려했다.

시문은 이환이 도망친 이후 봉남 한 명만 있어도 충분하다고 여겼다. 훔쳐 간 물건 때문에 이를 바드득 갈아댈 뿐이었다. 세상에는 늘 상극에 선 두 인간이 있게 마련이었다. 말귀가 열려 뜻이 통하는 사람 같은 사람과 앞뒤가 닫혀 말 대신 위력으로 소통하려는 짐승 같은 인간이 있다. 전자는 그래도 소통할 수 있어 음지든 양지든 나아갈 길이 보였다. 우종이 살면서 겪은 경험으로 후자를 만나면 다툼이 늘 일어났다. 말 대신 폭력과 욕설이 먼저 날아왔다. 후자는 아주 오랜 시간 인간이 되는 세월이 필요할 뿐이었다. 시문과는 소통이 가능하니 변화가 가능할 거라 믿고 있었다. 적어도 양반의 탈을 쓴 짐승은 아니지 않은가. 재물을 떠나서 이것이 우종이 시문 곁에 붙어 있는 이유였다. 사람의 본질은 타고난 사주팔자를 떠나서 사악함의 유무

일 것이다.

　부사와 판관이 청 차사를 접대하는 술자리를 마련했다. 시문과 우종이 부사를 모시고 갔다. 술상을 차리고 서로 술 석 잔씩을 따라 마신 후에 부사는 차사에게 흰 부채 두 자루, 곶감 한 접, 곱게 썬 담뱃잎 서른 갑과 말린 연초 두 봉지를 선물로 주었다. 근엄했던 청 차사가 반색하며 말했다.

　"아, 이런 귀한 조선 담배를 주다니. 난 준비한 선물이 없는데."

　"먼 길 오시느라 노정에 어려움은 없었는지요."

　"그나저나 이번 개시 준비는 잘하는지 궁금해."

　"공정하게 준비하고 있습니다."

　"공정? 얼어 죽을 공정 따위는 집어치우고 우리 청나라 상인들이 한 해 동안 배불리 잘 먹고 잘살게 해 줘. 이문을 남기지 말고 원가에 넘기라 지시해라 해."

　"그건 장사꾼들이 알아서 할 일이니 관에서도 어쩔 도리가 없소이다."

　"내 말은 우리 청국에 너희가 신하 된 도리나 잘하라는 것이다. 그리고 내 상대는 귀국의 병사나 관찰사 정도는 되어야 하는데 이거 접대가 왜 이리 소홀한가."

　부사는 속이 부글부글 끓어올랐으나 참을 도리 외에는 달리

방도가 없었다. 조선은 패전국이었다. 항복 조건은 가혹했다. 청의 연호를 사용하고 군신 관계를 맺었으므로 신하 된 도리를 지켜야 했다. 수많은 백성이 포로가 되어 끌려가서 노예가 되고 여자들은 되놈의 노리개가 되었다. 인질을 보내고 조공을 바쳐야 했고 매년 세폐를 보냈다. 아직도 망한 명나라를 섬기고 청국을 평소 오랑캐라고 업신여기며 대항한 죄과를 단단히 치르고 있었다. 그러나 재물은 잠시 빼앗길 수 있어도 조선의 정신은 굴복시킬 수 없다는 부사의 충심이 옳았다. 우종이 보기에 자리다툼이나 하며 붕당에 정신이 팔린 조정 신료들보다 부사가 백배는 나아 보였다.

회령 개시

유월이 오고 춘궁기 보릿고개가 더욱 심해지자 부사가 다시 사창에 가서 환곡 나누어 주는 일을 감독했다. 구실아치가 곡식에 겨와 모래를 섞어 주는 야료를 부리지 못하게 되었다. 부사는 환곡의 폐해를 잘 알고 있었다. 가을에 곡식을 받을 때 이자를 받지 않고 부민이 꾸어간 양만큼만 거두도록 지시했다.

시문은 철릭을 새로 만들기 위해 옷감을 구해 의향에게 주었다. 청인들을 상대할 때 깨끗한 의복을 입으려고 만드는 철릭은 상의와 하의를 따로 구성하여 허리에 연결한 두루마기 형태의 겉옷이었다. 조선의 문무 관리들이 외국 사신으로 파견될 때, 국난을 당할 때와 임금이나 수령을 성 밖에서 호위할 때 주로 착용했다.

관노비와 병졸들은 들판에 나가서 되놈들이 몰고 올 말과 가축에게 먹일 풀을 베기 시작했다.

청인들이 연회를 열었다. 시문은 박의돈과 좁쌀 한 말로 청나라 백주를 사 와서 마셨는데, 맛이 찻물과 다름없이 무미건조하고 밋밋했다. 도수가 높은 백주에 취한 박의돈이 연회에서 청인의 수족처럼 움직이는 토착 군관을 농담 삼아 골려 주었다. 토착 군관들은 대부분 청나라 말을 할 줄 알았다. 박의돈이 토착 군관들 앞에서 말했다.

"너희들이 되놈들 접대하는 것이 마치 부모 형제를 대하는 것과 다름이 없구나."

시문이 옆에서 거들었다.

"그리 좋으면 오랑캐 나라로 월경을 해라."

가뜩이나 정시 무과 출신 군관들을 시기하던 토박이 군관들이었다. 그들이 크게 노하여 온종일 박의돈과 시문을 힐난했다. 토착 군관 우두머리가 어깨를 부딪치며 시비를 걸기 여러 차례. 시문이 여러 번 미안하다고 달래 보려 했으나 화를 풀기가 어려웠다. 토착 군관 중에는 여진족의 피가 섞인 집안 내력을 숨기고 있는 자도 있었다. 오랑캐라고 놀림을 받거나 차별을 받을 수 있기 때문이다. 수적으로 많은 토착 군관들과 서로 적대하는 험한 일이 생기려는 위기의 순간에 종성에서 복무하고 있는 황해도 출신 군관들이 도착하여 연회에 참석했다. 출신 군관 숫자가 많아지자 토착 군관들이 수그러들었다.

병사가 청 차사를 만나러 연회에 오기로 했지만 행차 도중에 방향을 틀었다.

골치 아픈 오랑캐 관리가 머무는 회령을 피해 청암과 수성을 거치는 지름길을 통해서 바로 행영으로 갔다. 시문은 부사를 모시고 청인들 몰래 전속력으로 말을 몰아 병사에게 갔다. 부사가 병사에게 인사를 하려고 하자 병사는 손을 내저었다.

"아, 그 차사놈 꼴도 보기 싫으니 부사 선에서 알아서 처리하십시오. 나도 관찰사도 병이 났다 하시오. 차사 주제에 놈이 황제처럼 으스댄다는 말인가."

부사는 회령 개시를 비롯한 여러 문제를 보고한 후 그날 즉시 되돌아왔다.

시문은 관아로 돌아가고 우종은 부사를 경호했다.

부사가 청 차사를 다시 만나 회령 개시에서 장차 벌어질 교역과 관련한 논의를 하다 서로 다툼이 생겼다. 청나라 관리들과 상인들과 그들이 데리고 온 식솔들이 체류하는 동안 숙식비 일체는 물론이고 그들이 몰고 온 말과 가축들의 사료까지 마련해야 했기 때문이다. 게다가 조선 상인들 물건값을 후려쳐서 거저 가져가려고 했다.

"차사께서도 이미 아시다시피 한 번 개시할 때마다 스무 날 동안 무려 오만 냥 거금이 소요되니 이는 우리 함경도 일 년 세입의 절반에 해당하는 거액이란 말입니다. 그러니 대국 상인들과 식솔들 체류비만이라도 귀국 상인이 부담해야 할 것입니다."

부사의 목소리가 크게 울렸고 통역관의 말을 들은 차사는 기분이 상한 듯 말했다.

"그것은 조선 측에서 부담하기로 이미 그대의 임금이 결정한 일이니 여기서 논할 문제가 아니다."

"그렇다면 이번 개시는 도를 넘는 불공정한 교역이니 중단해야 합니다. 대국의 체면을 생각하시오."

부사가 따지자 차사가 벌떡 일어섰다.

"체면이라고? 감히 대국의 황제 폐하를 모욕하려는 것인가. 부사는 대체 목숨이 몇 개인가."

"이 자들이 말로는 안 되겠구나."

병사가 몰래 보낸 부관 이명이 감찰하러 왔다가 갑자기 끼어들었다. 청 차사가 버럭 화를 냈다.

"너는 누군데 대표자 논의에 끼어들어서 시비를 가리느냐? 예절을 모르는 놈이로구나."

부사와 차사의 수행 무관들이 모두 칼을 빼 들고 서로 목을 겨누었다. 우종도 총을 겨누었다. 부사가 우종의 총을 내리며 나섰다. 이명을 가리키며 말했다.

"이 군관은 관찰사가 보낸 영장인데 무례를 범했다면 넓은 아량으로 용서해 주십시오. 변경 지방의 양민들이 개시에 부과된 과중한 세금 때문에 도망하고 이탈하니 부디 대국에 돌아가서 이 문제를 상달해 주십시오."

부사가 일부러 웃음을 짓고 말하자 차사가 누그러졌다.

"아, 알겠다. 칼을 거두어라. 부사가 그리 말을 하니 내가 힘을 써 보지. 돌아가서 조정에 상주하려면 뇌물이 많이 필요하다. 필요한 예단이나 알아서 준비해라."

작은 혹을 떼려다 더 큰 혹을 붙인 격이었다. 부사가 청 차사를 위해 술상을 차린 후에 개시를 선언했다.

군관 이명이 계속 함경도 감영의 영장 행세를 하며 청나라 사람들을 문안했다. 우종은 구면인 군관 이명에게 반갑게 인사를 했다. 그러나 이명은 우종을 거들떠보지도 않고 나가 버렸다.

시문은 부사를 모시고 남문 누상에 서서 활쏘기를 하며 무력을 과시했다. 청 차사 일행이 와서 구경했다. 시문과 허정도는 모두 과녁에 명중시켰다. 청 차사가 은근히 겁을 먹고 말했다.

"조선 군관들은 쏘는 것마다 과녁에 명중시키니 실로 재미가 없다. 이제부터는 정중앙 검은 관곡에 명중한 것만 점수로 계산해라. 주변에 맞은 것은 점수를 주지 않는 것으로 해서 다시 쏴라."

시문은 오십 발을 과녁에 명중시킨 가운데 정중앙인 관곡에 마흔여섯 발을 명중시켰다. 허정도는 관곡에 마흔네 발을 명중시켰고, 박의돈도 관곡에는 서른여섯 발을 명중시켰다. 그리고 김사룡이 관곡에 열 발을 명중시켜 꼴찌를 한 벌로 광대 복장을 하고 일어서서 춤을 추었다. 기생들이 장단을 치며 노래를 불렀다. 청인들이 박수를 치며 즐겁게 웃었다. 오랑캐 무관들도 스

무 발씩 쏘았으나 관곡에 명중시키는 자는 아무도 없었다. 허정
도와 시문을 가장 많이 맞힌 오늘의 명사수라고 하면서 각각 흰
부채 한 자루와 참빗 한 개를 주었다.

그나저나 우종의 코가 석 자나 늘어지게 생겼다. 병사 관하
지역인 길주에서 무슨 일이 벌어질지 몰랐다. 목사가 비리와 불
법을 밥 먹듯이 저지르고 윗사람 행동을 본받은 간사한 구실아
치가 아래에서 한술 더 뜨니 농민의 고통이 더욱 심해졌다. 흉
년이 오면 관아 창고에 쌓인 여문 알곡이 사라지고 어느새 잡곡
으로 바뀌었다. 그마저 나눠 준 잡곡을 거둘 때 배가 되었다. 흩
어놓은 곡식을 갚을 길이 없는 백성이 모두 유랑을 떠날 마음을
먹게 되었다. 더러는 노비로 팔리지 않으려고 가족이 뿔뿔이 흩
어지고 떠돌며 끼니를 얻어먹었다. 조정에서 나누어 주는 곡식
이 아니면 북관 백성은 우물 안 고기처럼 굶주릴 처지였다. 산
포수들 역시 개시에서 한몫을 챙기고자 했다. 그런데 이번에는
손가락이나 빨게 생겼다.

산포수 일부는 산삼을 캐어 먹고 살았다. 흉년이 들자 조정에
서 생업으로 허락한 일이었다. 그런데도 지역 수령이나 아전들
이 산삼이 팔리기를 기다렸다가 단속했다. 그냥 뺏을 수는 없으
니 값을 부풀려 농간을 부린다고 잡아다가 옥에 가두었다. 풀어
주는 대가로 삼을 뺏어 버리거나 곡식을 약간 주어 강매하니 들

고 일어날 만했다. 양인과 노비에게 세금을 불법 징세하고 어부와 오가는 상인에게 통행세를 비롯한 각종 세금을 걸었다.

"한번 뒤집어엎어야 합니다."

중수는 포계가 앞장서서 들고일어나자고 주장했다. 그렇지만 자칫 잘못하면 중수 때문에 산포수 전체의 운명이 장차 바뀔 중차대한 일이었다. 민란이나 변란으로 번지는 일은 막아야 했다. 우종은 말미를 얻어 말을 타고 상수와 중수를 만나기 위해 길주에 갔다.

말이 지쳐 비틀거리자 마방에 맡기고 축지법을 썼다. 인적이 드문 밤에 달려서 하루 안에 도착했다. 중수는 자신을 따르는 포수들을 이끌고 만탑산 어디론가 숨어 버렸다. 상수를 만나 그간의 일들을 되짚었다. 이미 천총이 상수를 만나서 설득한 모양이었다.

"잘됐구나. 상수야, 포계는 네 손에 달려 있다. 높으신 양반들은 우리가 끌어내기 어려우니 기다리면 저들끼리 싸워 밀어내기 마련이다. 망할 놈들끼리 싸우게 내버려 둬라. 우리 북관 포수는 그저 이 나라와 백성만을 지킬 것이야."

우종이 말하자 상수가 머리를 끄덕였다.

"그나저나 중수가 어디선가 일을 꾸미고 있을 겁니다. 우선 그놈 성질머리를 달래서 가라앉혀 놓겠습니다. 길주 만두산에서 모이기로 하였으니 곧 연통을 넣겠습니다."

"그리하면 정말 좋겠네."

대답 즉시 떠난 우종은 축지법을 써서 하루 안에 회령으로 돌아왔다.

김우종은 평소 가장 빠른 동작보다 수배나 빠른 속도로 달릴 수 있었다. 그러나 축지법은 남이 모르게 행해야 했다. 남의 눈길이 닿는 곳에서 그의 몸은 얼어붙었다. 몇 번인가 위험에 빠진 남을 구하려고 시도했지만 생존본능처럼 몸이 움츠러들고 발길이 떨어지질 않았다. 특별한 능력을 지닌 자라고 소문이 나면 이미 위험한 자로 찍혀 죽임을 당했을 것이다. 남이 모르니 다행스러운 일이었다. 사람들이 놀라서 어찌 이리 빨리 왔냐고 물으면 일찍 출발했다고 말하면 그만이었다.

시문이 병영으로 떠난다는 소문이 널리 퍼졌다. 의향이 묻자 시문은 소문이 사실이라고 말했다. 헤어질 날이 머지않았다. 일이 손에 잡힐 턱이 없는 의향이 철릭을 만들 옷감을 잘못 재단하여 쓸모없게 만들어 버렸다. 시문은 옆에서 누가 듣기 민망할 정도로 화를 냈다. 여인네가 당연히 할 일을 못 한다고 시문이 큰소리를 내자 의향은 고개를 떨어뜨리고 눈물을 흘렸다.

"서방님, 처음 제 손으로 해 보는 일이라 실수를 저질렀어요. 미안해요."

그렇지 않아도 이별을 앞두고 어떤 일인들 손에 잡힐 리가 있겠는가. 우종이 봐도 시문이 너무 하는 것 같았다. 그렇지만 시문인들 마음이 편하겠는가. 가지 말라 매달려도 무슨 뾰족한 수가 있는 것이 아니었다. 의향은 마음속으로 울었다. 이 모든 일이 의향 자신 때문에 벌어진 것 같았다. 사랑하는 남자와 곧 헤어질 날이 다가오는데 그 모든 슬픔을 혼자 끌어안는 의향의 모습을 보자 시문은 가슴이 아렸다. 시문은 의향에게 아무것도 해 줄 수 없는 무기력한 자신에게 오히려 화가 났다.

녹주가 와서 딸의 등을 손바닥으로 한차례 소리 나게 때렸다.

"아이고 이 답답한 것아. 이 비싼 옷감 어쩌려고. 어미에게 미리 부탁하지 그랬냐."

비가 내렸다. 의향을 사랑하는 시문의 마음도 젖어 들었다. 다시는 만날 수 없을지 모른다는 생각이 들자 시문은 의향을 힘껏 안았다.

시문은 무기와 병장기들을 만드는 군기 제작소에 가는 길에 발목을 접질렸다. 발목이 붓고 통증이 심했다. 우종은 시문을 부축하고 급히 청 차사의 처소로 가서 웅담을 얻고자 했다. 청인 무사가 웅담은 없다며 갑자기 차고 있던 큰 칼을 뽑아 들었다.

"여기가 어디라고 왔느냐? 건방진 조선놈 발목을 잘라 버리자."

청인 무사는 조선말을 하면서 칼등으로 시문의 발등을 내리쳤다. 우종이 재빨리 칼을 걷어찼다. 칼이 공중으로 솟구쳤다가 그대로 땅에 박혔다. 그런데 신기하게도 그 모습에 놀란 시문의 발 통증이 갑자기 사라졌다. 우종이 단검을 빼서 청인 무사의 목에 들이대자 그는 몸을 덜덜 떨었다. 소리라도 지르면 주위에서 순식간에 오랑캐 무사들이 몰려들 수도 있었다. 일촉즉발 위기였다. 시문이 청인 무사의 손을 잡으며 말했다.

"겁이 이리 많으니 진짜 사내가 맞는지 확인해 볼까?"

청인 무사와 시문은 서로 마주 보며 어색하게 웃다가 돌아왔다. 집으로 돌아오는 길에 긴장이 풀리자 시문은 잊었던 발목 통증이 살아났다. 우종이 쑥뜸을 떠 주니 발목에 차도가 있었다.

다음 날 시문은 우종을 데리고 회령 개시에 가서 청 차사를 뵈었다. 차사가 시문과 우종을 따로 불러서 자신의 처소까지 찾아온 대담한 용기를 칭찬하며 백주를 권했다. 한 잔 마시고 돌아서는 그때 청 조정에서 파견한 조선인 통역관이 어제 칼등으로 겁을 준 청인 무사 웃옷을 벗기고 변발을 잡아 끌어냈다. 청인 무사가 재빨리 달아났다.

"네 이놈, 거기 당장 서라."

통역관이 청인을 추격하였으나 어찌나 빠른지 손길이 미치지 못했다. 그는 청나라 차사를 수행한 통역관으로 호란 이후 심양으로 끌려간 조선인 포로였다. 머리가 비상하여 얼마 지나지 않아 청나라 말에 통달하여 조선과 관계된 통번역 사무를 도맡았다. 조선인을 업신여기던 청인을 본보기로 혼내 준 것이었다.

청인 무사를 쫓아 버렸다는 소문 덕에 시문이 저잣거리 치안을 담당하는 별금난장別禁亂將으로 임명되었다. 우종은 별금난장 휘하에서 치안을 유지하는 포수 대장이었다.

회령 시장에는 이익을 중시하는 청나라 상인들과 조선 상인들이 서로 한 치의 양보도 없이 물건을 교환하려는 실랑이가 벌어졌다. 벼슬아치 길이 막혀 돈벌이에 뛰어든 시골 선비와 팔도의 상인들이 관의 허가를 받고 모여들었다. 전국 각지에서 몰려든 뜨내기와 왈패와 건달들이 신상품을 사려는 중개상과 거간꾼과 섞여 있었다. 거지들이 부유한 양반들 뒤를 쫓아다녔다.

젊고 예쁜 회령 아가씨들과 마님들이 구경을 나와서 물건을 흥정하느라 정신이 팔려 있다. 소매치기가 그 뒤를 따르며 훔칠 기회를 엿보고 있다. 우종은 이런 껄렁패를 걸러내야 한다. 순찰 중에 소매치기가 마님 전대를 푸는 손등을 회초리로 후려치기 몇 차례. 누가 때렸는지도 모르게 훔치는 손등이 쓰리고 자꾸 퍼렇게 멍이 들었을 것이다. 둘러보니 날렵한 별금난장이 관운장처럼 수염 난 포수와 떡하니 버티고 있다. 아이구나, 걸음아 나 살려라. 저놈 잡아라. 삼십육계 줄행랑을 치는 도둑놈 바짓가랑이를 잡아챈 우종, 포수 대장 나가신다. 길을 비켜라.

잘 기른 암소와 그 소가 낳은 송아지를 파는 자가 있고 돼지

160

와 닭의 다리를 묶어서 사는 자가 있다. 각종 해물을 파는 점방에는 마른 멸치, 새우, 미역과 다시마를 파는가 하면 말린 대구, 청어 과메기 엮은 두릅, 말린 문어, 북어와 각종 해산물이 부리나케 팔리고 있다. 담배와 섶과 땔나무를 파는 자가 있고, 전라도에서 난 곡물을 파는 싸전, 질 좋은 한지를 파는 종이 점방, 개경에서 온 인삼과 각종 약재를 파는 한약방과 비단을 몰래 파는 왕 서방이 있다. 주막에서 대낮부터 술병을 나발 부는 자가 있고 이미 대취한 자가 갈지자로 걷다가 고꾸라지기도 한다. 머리에 짐을 얹고 등짐까지 메고 가는 남자가 있고 머리와 등에 짐을 이고 지고 아이까지 안은 여자가 있는가 하면 서로 언성을 높이고 욕을 하며 밀치는 자들이 있고 손을 잡았다 빼며 희롱하는 남녀가 있다. 비키라고 소리치며 물길 흐르듯 냅다 뛰어 도망가는 자가 사라지면 조바위 머리, 삿갓 머리, 올린 머리, 내린 머리, 패랭이 모자, 변발 머리, 중머리, 갓머리와 전립이 빈자리를 채운다. 오지게 왁자지껄하다.

영고탑을 비롯 만주 동부 청인들은 일상생활에 필요한 물건을 조선에 의지하고 있었다. 인삼 상인을 붙들고 협박하여 폭리를 취하려는 청인들이 있다는 신고가 들어왔다. 패거리 두목인자가 상인의 멱살을 잡고 있었다.

"헐값에 무조건 넘겨라."

조선 여자를 납치해서 본국에 팔아먹거나 미약을 파는 불량배들이었다. 별장들과 병졸들이 출동했다. 조총 휴대가 금지된 시장에서 치안을 유지해야 하는 우종은 물푸레나무 몽둥이를 챙겼다.

"멈춰라. 불법을 저지르면 너희 차사에게 고발하겠다."

"가서 일러 봐라. 내가 차사님의 부하다."

"이곳 장에서 난리를 치면 가만두지 않겠다."

"한번 해보자는 거냐?"

패거리들이 칼을 뽑았다.

회령 시장에 생활을 의지하며 사는 주제에 큰소리치며 말이 많은 청인 상인이 모여들었다. 구경꾼들도 모여들었다.

우종이 몽둥이를 들고 난장을 치려는 순간 총소리가 들렸다. 시끄럽고 부산한 시장이 일순 조용해졌다. 상인에게 행패를 부리던 청나라 패거리 두목이 쓰러졌다. 우종과 시문이 가서 살펴보니 종아리에 총알을 스치듯 맞아 피를 흘리고 있었다. 이렇게 절묘하게 총을 겨냥해서 맞출 수 있는 자는 산포계 일등 사수뿐이었다. 총기 소지를 금지했지만 조총을 어깨에 멘 청인과 포수들이 몰래 들락거렸다.

우종은 주변을 살폈다. 근처 야산 풀숲에 총을 든 중수가 머리를 들고 손을 흔들고 있었다. 우종은 하늘을 향해 감자를 먹였다. 속으로 쾌재를 외쳤지만 생판 모른 척할 수밖에. 간혹 시장에 조선 상인들끼리 치고받고 싸우는 난잡한 일이 있었으나 총질은 없었다. 우종이 생각하는 포수는 무릇 사람됨이 매우 용맹스럽고 성격이 침착하며 성정이 강인하여 입 밖에 나온 말을 다시 바꾸지 않는 자였다.

시문을 수행하며 회령 시장을 순찰하러 다닌 우종은 내심 이환의 안위가 걱정이었다. 설령 호랑이에게 물려 죽을 위험이 열 걸음 안으로 다가와도 침착해야 하는데 이환에겐 그것이 부족했다. 괄괄하고 급한 성질만 죽이면 최고의 포수가 될 도량이었기에 신경이 쓰였다.

이환에게 보냈던 산포수 영길이 돌아왔다. 이환은 은폐술을 써서 추노꾼 따돌리기는 식은 죽 먹기이고 이미 표범 한 마리를 잡았다고 했다. 그나저나 대호를 잡아야 하는데 그게 어디 말처럼 쉬운가. 호랑이도 추노꾼도 조심 또 조심해야 하는데 하여간 걱정거리였다. 우종은 여러 가지 걱정거리로 밤에 잠이 오질 않았다.

회령 시장에는 청나라 호부가 발행한 허가장을 가지고 한몫을 챙기려는 청나라 상인들이 들끓었다. 조선 각지에서 보부상과 깡패들도 모여들었다. 별금난장은 그들 사이 싸움을 말리고 필요하면 육모 방망이로 다스리고 옥에 가둘 수 있었다. 물론 청인에 대한 단속권은 허락하지 않았다. 심양에서 온 차사와 중앙 정부 통역관이 상인 무리와 무사 패거리를 이끌고 와서 이익을 직접 챙겼다.

시문은 남쪽 고향 땅 정이 넘치는 오일장이 생각난다고 했다. 요즘 시문의 감정 기복이 심했다. 툭하면 울상이었다. 모름지기 대범해야 할 사내가 눈물을 보이면 앞으로 이 험한 세상을 어찌 살려나 걱정스러웠다. 우종은 쇠심줄보다 질기게 살면서 오직 두 번 눈물을 흘렸다. 어릴 적 어미가 병들어 죽었을 때 어린 우종에게 스며든 외로움이 서러워서 한 번 울었다. 이후 아비가 그를 초주검으로 만들어 시구문 밖으로 버렸을 때 닥친 공포 때문에 울었다. 병치레가 잦은 우종을 키워 준 유모가 몰래 먹다 남은 음식을 주었기에 잠깐 연명했었다. 어리고 병약한 우종을 위해 한약을 먹고 그 독성을 가라앉힌 젖을 주었던 유모마저 매질에 죽었다. 그 후로 우종은 울지 않기로 작정했다.

시장에서 돌아오니 판관 처소 바느질을 도맡아 하는 침장이 시문의 철릭을 완성했다. 재단이 잘못된 옷감을 감쪽같이 살려서 제대로 만들었다. 새 철릭을 입은 시문은 한층 늠름해 보였다.

우종이 잠깐 쉬려는데 촌가에서 급한 전갈이 왔다. 녹주에게 무슨 일이 일어난 것이 분명했다. 촌가로 한걸음에 달려갔다.

녹주의 시댁 종가 어른이 근엄한 표정으로 뒷짐을 지고 촌가 마루에 앉은 녹주를 몰아세우고 있었다. 역모에 휩쓸려 쑥대밭이 되었던 집안이 겨우 사면을 받자 녹주에게 예절을 가르치러 온 것이었다. 갓과 의관을 바로 고쳐 쓴 노인이 녹주에게 엄하게 타일렀다.

"내가 죽은 자네 지아비의 팔촌 당숙이네. 종가를 대표해서 말하겠네. 여자가 혼자 살기 힘들겠으나 우리 집안에는 열녀비가 있는 명문가야. 소문이 돌지 않게 행실을 돌아보고 잘 처신하게"

녹주가 고개를 들고 말했다.

"지아비가 죄를 뒤집어쓰고 귀양 갈 적에 모른 척하시고 병들어 죽었을 때도 남의 일로 여기더니 이제 과부인 제게 재가 금지라니요. 종가 재산 반을 내게 주면 수절하겠어요."

"말도 안 되는 소리. 아무리 북쪽 풍속이 사납다지만 너라도 정절을 지켜서 집안 체면을 세워야 하지 않겠느냐."

노인 양반이 서슬이 퍼렇게 말하자 우종이 녹주 곁에 섰다.

"어르신 말씀은 백번 옳지 않습니다. 양반 남자는 처첩을 몇이나 거느릴 수 있는데 어찌 여자는 삼종지도로 옭아매려는 겁니까."

"어허, 고이한 놈. 너는 누군데 상놈이 양반을 가르치려 드느냐."

"이 양반, 정말 나쁜 양반이네. 난 녹주 외에 눈에 뵈는 게 없는 산포수요. 특기는 호랑이 양반 때려잡기. 직업은 곶감보다 무서운 포수 부대 갑사. 저런 양반이 살아서 저승보다 문턱이 낮다는 북관 문을 제 발로 나설 수나 있겠나."

노인이 왔던 길로 줄행랑을 쳤다. 우종은 녹주를 꼭 안아 주었다.

우종은 겨우 잠들고 깨었다. 노인이 관아에 고발하여 군졸이 들이닥치는 꿈자리가 사나웠다. 겨우 눈을 비비고 일어나니 아침 일찍 의향이 시장에 가서 깻잎 떡을 만들어 가지고 왔다. 녹주가 그동안 신세를 진 지인들과 그 식솔에게 나누어 주었다. 의향은 몹시 수척해졌다. 낯빛에 수심이 그득했다. 살이 빠진 얼굴이 더욱 희고 파리해 보였다. 늦게나마 의붓아비가 된 우종은 걱정스레 딸을 바라보았다. 안쓰러웠다. 무슨 일이 있어도 녹주와 의향을 끝까지 보살피리라 우종은 굳게 다짐했다.

드디어 회령 개시가 끝났다. 청나라 상인들이 짐을 꾸려 이틀 동안 강을 건넜다. 긴 행렬이 끝나자 우중충했던 날이 개었다. 관문서가 행영에서 왔다. 열 달 근무를 마친 자를 어서 집으로 보내라는 함흥 감영 관문서를 받은 군관들은 미친 듯이 환호했다. 꿈에 그리던 고향으로 돌아갈 수 있었다.

시문과 박의돈은 행영으로 가서 병사에게 문안 인사를 했다.

"병사 어른, 문안드립니다."

"그래그래. 이제야 하늘이 내린 신궁 박시문이 내게로 오는 것이냐. 지금부터 관북의 모든 활쏘기 시합에서 승리는 떼어 놓은 당상이다. 아니 조선 팔도 모든 활쏘기 도전을 기꺼이 받아들이겠다."

병사는 기분이 좋아서 큰소리쳤다. 마지막으로 병사를 만난 청나라 관리들도 강을 모두 건너자 앓던 이가 빠진 것처럼 시원해했다.

우종이 보기에 활은 심신을 수련하는 도구였다. 그렇게 오랫동안 활쏘기를 수련한 양반들이 하는 짓거리는 알다가도 모르겠다.

부사가 손에 들고 다니던 지휘봉을 잃어버려서 우종이 그것을 찾으러 간 사이 병사와 우후가 회령성으로 함께 왔다. 무슨 꿍꿍인지 병사가 우종을 불러 물었다.

"네가 왜란과 호란에서 싸웠으며 역도가 반란을 일으켰을 때도 포수로 참전하여 수괴를 사살한 적이 있느냐?"

"네, 사실입니다. 난이 평정된 후 공적을 기리는 승전보에 제 이름이 기록되어 있습니다."

"이순신 장군 휘하에서 조총을 개발한 적도 있었는가?"

"그러하옵니다."

"내가 앞으로 너를 조총을 만드는 일을 총괄할 총포 명장으로 쓸 예정인데 그리하겠는가? 보수는 넉넉히 주마."

"최선을 다하겠습니다."

"그리고 포수들이 너를 따른다 들었다. 내가 다스리는 지역에서 불미스러운 일이 생기지 않도록 단속해라. 이건 명령이 아니라 포수 우두머리인 네게 부탁하는 것이다. 내년이면 나도 집에 가는데 구설에 오르지 않고 이런 촌구석에서 무사히 벗어나야겠다."

병사의 명으로 우종은 조총 아홉 발을 쐈다. 오래간만에 쐈는데 모두 적중했다. 궁수들은 매일 활쏘기 훈련을 했지만 포수들은 화약이 귀해서 월례 훈련에 겨우 총을 쏠 수 있었다.

부사가 나서서 말했다.

"조총은 살벌하고 혹독한 무기이다. 능히 갑옷과 방패를 뚫고 들어가 목숨을 빼앗는다. 총구가 곧고 길어야만 총알이 멀리 나가는 힘이 생긴다. 날아가는 새도 모두 쏘아 떨어뜨릴 수 있다. 민첩함이 화살만 못하다 알려졌지만 사실 조총이 경이로운 병기인 것은 삼척동자도 다 안다."

우종이 조심스레 말했다.

"소인의 생각을 말씀드린다면 지금이라도 무과 시험에 조총 사격술이 포함된다면 총이 홀대를 받지 않을 것입니다."

"옳은 말이다. 다만 그것을 다루는 자가 역심을 품거나 총기가 반란군 수중에 들어갔을 때 나라가 위태로워진다. 앞으로 총포를 엄격히 관리하고 규제해야 하는 이유이다. 우종은 수많은 전투를 치렀으니 그 경험과 실력을 나라를 위해 쓰는 것이 합당하다."

병사가 말하자 우종이 엎드려 말했다.

"바라옵건대, 화약을 더 내려 주신다면 군졸들을 모두 일등 포수로 만들겠습니다."

"그래야지. 그런데 화약 비축이 너무 어렵구나."

부사가 우종에게 다가와서 조용히 말했다.

"이 나라에 위기가 언제든 다시 올 수 있으니 자네가 이끄는 포수들 책임이 막중하네."

부사를 모시고 유둣날 행사를 위해 서문 밖 강변으로 나갔다. 서문 밖 강은 동쪽으로 흘렀다. 강변에서 몸을 씻고 머리를 감으며 하루를 즐기면 상서롭지 못한 것을 쫓고 여름에 더위를 먹지 않는다고 했다. 반드시 동쪽으로 흐르는 강에서 머리를 감는 것은 동쪽이 맑은 태양의 기운이 가장 왕성한 곳이라 믿었기 때문이다. 술과 고기를 장만하여 계곡이나 물가에 찾아가서 노래를 부르며 하루를 즐기는 잔치를 열었다. 그물을 쳐서 임연수어와 농어를 많이 잡아 회를 떠서 먹었다.

포수들을 따로 불러 모아 잡은 고기를 나누었다. 중수도 왔다.

"되먹지 못한 청인 두목을 혼내 준 일 정말 통쾌했어."

우종은 중수의 등을 두드려 주었다. 중수는 자못 심각하게 말했다.

"함관령 이남 농민들 분위기가 심상치 않습니다. 포수들을 모으러 왔으니 힘을 실어 주십시오."

"알겠다. 다만 생명을 다투는 일이 아니면 총을 함부로 사용하지 말아야 한다. 이것을 지킬 수 있겠느냐?"

"네, 포수 대장."

천렵을 마치고 돌아오니 군관 청사 소속 토착 군관과 무과 출신 군관 등 수십 명이 시문의 처소 울타리 밖 길거리에 모여 있었다. 이때 김사룡의 젊은 사내종이 말을 타고 지나갔다.

"어디서 종놈이 감히 주인의 말을 타고 다닌단 말인가!"

군관 한 명이 하인을 시켜 사내종을 잡아다 때리려다가 모두 말리는 바람에 참았다. 이를 멀리서 본 김사룡이 다가와서 크게 성을 내며 분노했다.

"이런 썩을 놈들. 사람은 본시 한 하늘 아래 모두 평등하게 태어났는데 양반 상놈이 무슨 대수더냐. 내 아들 같은 아이에게 감히 손찌검하려 했느냐?"

나이가 많은 김사룡에게 누구도 한마디 대꾸조차 하지 않았다. 조금 지나서 젊은 종을 때리려 한 군관의 하인이 말 먹일 풀을 베어 오다가 김사룡에게 걸려 언어터지는 일이 벌어졌다. 김사룡이 물러간 후 여러 군관이 부사를 찾아가 함께 진정하였다. 모두 김사룡의 말과 행동을 본대로 이야기했다. 부사가 김사룡을 불러 문초하고 벌로 당장 험지인 조산보로 보내려고 하자 시문이 나섰다.

"김사룡이 비록 함부로 굴어 버릇이 없으나 같은 양반이고 더구나 삼천 리를 동무 삼아 동행해 온 동기생이니 벌부방은 받지 않게 해 주십시오."

시문이 호소하자 조산보에 보내지 않게 되었다.

"그럼 곤장 열 대를 때리도록 하겠다."

부사의 말이 떨어지자 다시 시문이 엎드려 간절하게 빌었다. 김사룡은 곤장 대신 열흘 동안 두만강에 나가 매복과 파수를 서도록 했다.

시문은 살던 셋집을 정리하고 의향을 친정으로 보냈다. 서로 헤어지려는데 차마 발길이 떨어지지 않았다. 몇 번이고 품에 안았다. 시문은 며칠간 군관 숙소에 머무르다 우종과 경성 병영으로 가기로 했다. 약속한 기일 안에 도착하지 않으면 병사가 책임을 물을 것이다. 이환을 잡아 오는 일로 우후가 급히 보자고 했다.

이환이 붙잡힌 것일까. 우종은 시문과 전속력으로 말을 달려 행영으로 갔다. 행영 성문이 반쯤 닫혀있어 겨우 들어가서 우후를 찾아뵈었다.

"도망친 자네 종놈을 이 근방에서 보았다는 제보를 들었네. 제 앞길이 염라대왕에게 열린 줄 모르는 놈이 호랑이를 사냥하러 다닌다고 하니 곧 잡힐 걸세. 박 군관 자네가 경성 병영으로 가기 전에 얼굴이나 한번 보려고 불렀네."

시문이 고개를 숙였다.

"이런 하찮은 일에 신경을 쓰시게 해서 송구스럽습니다."

"하찮은 일이라니? 자네 피붙이라는 소문이 들리던데 그러면 큰일이 아닌가."

시문의 안색이 하얗게 변했다. 시문이 엎드려 말했다.

"헛소문이니 장군께서는 괘념치 마십시오."

"그렇다면야 별일 아니지만 병영에는 자넬 호시탐탐 노리는 자들이 많으니 조심하게."

다행히 이환은 아직 잡히지 않았다. 우종은 안도의 숨을 내쉬었다. 시문은 기운이 빠진 모양이었다. 자정까지 우후에게 술을 따르고 하직 인사를 올렸다. 우종은 관사 문밖에서 기다리다 벽에 기대어 잠깐 눈을 붙이고 일어났다. 보고를 안 하고 나왔으니 아침 전에 회령으로 돌아가야 했다.

닭이 울 무렵에 말을 타고 나서니 갑자기 비가 물 붓듯이 퍼부었다. 성문이 열리기 전까지 비를 피할 도리가 없어서 도저히 돌아갈 방법이 없었다. 종일토록 비를 피해 남의 집 처마 밑에 숨어있는 처지가 되었다. 우종이 술기운이 오른 채 처마 아래 앉아있는 시문에게 물었다.

"경성에 가기 전에 이환이 안 잡히면 어쩔 텐가?"

"그놈은 가만둘 수 없어요."

"만약 이환이 돌아와서 가져간 물건을 도로 제자리에 놓으면 넓은 아량으로 받아줄 수는 없는가?"

"나와 내 집안을 욕되게 하는 놈이라 지옥까지 쫓아가더라도 꼭 잡아서 죽도록 패야지요."

시문은 단호히 말했다.

"그렇다고 함부로 죽일 수도 없지 않은가. 인명은 재천일세. 앞날을 내다보고 신중히 생각하게."

"포수 대장이 그렇게 말하니 내 그놈을 어찌 처리할지 곰곰이 생각해 보겠어요."

새벽 내내 내린 비가 아침에 개었다. 이른 아침 성문이 열리길 학수고대하다가 말을 달려 나갔다. 동문 밖 십 리 거리에 있는 박의돈에게 가서 아침밥을 먹은 후에 함께 관아에 들어갔다. 군관 청사에서 술과 안주를 차리고 출신 군관들을 모두 불러 시문의 송별식을 열었다. 시문은 그동안 정들었던 군관들과 가서 취하도록 마시고 밤이 되어 돌아왔다.

숙소로 돌아오는 길에 시문은 설리를 찾아가서 만났다. 우종이 아무리 말려도 소용 없었다. 달밤에 남녀가 성문 앞에서 올라가니 못 가니 실랑이를 벌였다. 시문은 거의 강제로 설리를 동문 누각 상층으로 데리고 갔다. 다투는 소리가 들렸다. 시문이 설리를 오해한 것일까. 우종은 누각 아래에서 불 켜진 상층 방을 올려보다가 멈췄다. 은하수가 흐르는 누각 건너 언덕 숲에서 인기척이 느껴졌다. 누군가 풀숲에 엎드려 총을 겨누고 있었다. 눈에 불을 켜고 보니 분명 이환이었다. 금방이라도 시문을 향해 발포할 태세였다. 다급했다. 순간 우종은 괴력을 발휘해 총알 같은 속도로 이환에게 다가갔다. 발포되는 총을 살짝 밀어놓고 제자리로 돌아왔다. 이환은 영문도 모르게 총열이 살짝 흔들리는 것을 느꼈을 것이다. 총소리가 울리고 총알은 빗겨나갔다.

"누구냐?"

시문이 소리치자 이환은 서둘러 산으로 달아났다.

"호랑이를 사냥하는 포수들입니다. 호랑이가 마을에 있으니 조심하십시오."

우종이 누각을 향해 소리를 질렀다. 설리는 놀라서 집으로 갔다.

촌가로 돌아가면서 우종은 생각했다. 만약 시문의 나이로 돌아간다면 어떻게 했을까. 역시 마음이 성급하거나 양심을 감추거나 눈이 멀지는 않았을까. 하늘이 굽어 내려다보고 있다고 생각한다면 어찌 감히 그럴 수가 있는가. 모든 일은 사필귀정이 아닌가.

우종은 영길을 불러서 이환이 갑자기 나타난 연유를 물었다. 설리를 만나러 왔는데 시문과 있는 것을 보고 일을 저질렀다고 했다. 목숨을 걸 정도로 설리를 사랑한다는 말인가? 아무리 그렇다고 총을 쏘다니. 과연 생각이 있는 놈인가. 추노꾼이 바로 턱밑까지 왔는데 버젓이 돌아다니는 이환이 안타까웠다. 우종은 영길에게 부탁했다.

"대호 한 마리만 더 잡으면 면천할 기회가 생기는데 일이 이 지경에 이르렀단 말인가. 우선 쫓기는 처지에 잘 숨어있으라 하게. 내가 곧 병영으로 떠나야 하네. 지금 내 코가 석 자야. 내 한 몸 앞가림도 제대로 못 할 판이야."

"그놈의 사랑이 애절해서 두 눈 뜨고 못 봐주겠습니다. 게다가 한번 마음먹으면 고집이 쇠심줄처럼 질겨서."

영길이 한숨을 쉬었다.

"이번에 무사하다면 후일 크게 쓰일 자이니 잘 돌봐 주게. 자이 쇠고기로 그 아이와 국이라도 끓여 먹게."

우종은 시문이 준 소고기를 이환과 먹으라고 영길에게 주었다.

시문과 박의돈을 전령이 도착하는 즉시 보내라는 병영 관문이 도착했다. 병사의 명령으로 조총 제작을 감독하기 위해 우종도 드디어 떠날 날이 온 것이다. 표면적으로는 병사가 활을 잘 쏘는 시문을 휘하에 두고 싶어 부른 것이다. 그러나 병사의 속마음은 시문을 의향과 갈라놓고 무슨 일을 도모하려는 게 아닌가 의심이 들었다.

병영으로 떠나는 날 아침, 부사, 판관, 고령진 첨사와 그동안 정들었던 여러 군관이 동헌 뜨락에 모여 전별식을 열었다. 영장과 군관들이 근무지로 돌아가는데 시문이 엎드려 절하고 작별한 후 행장을 꾸렸다. 시문은 그길로 즉시 촌가로 갔다. 우종도 녹주를 만나서 훗날을 기약했다. 남이 손가락질해도 우종을 믿고 사랑해 준 여자였다. 우종은 사랑하는 녹주를 위해 무슨 일이 있어도 반드시 살아남아야 했다. 녹주의 신분이 사천에서 다시 양반으로 돌아왔다. 하지만 행실과 생각이 변함없는 그녀를 위해 우종은 목숨을 바칠 수 있었다.

시문은 오랫동안 지켜보았던 경성 양반 최원에게 편지를 써서 동생 월이를 소개했다. 월이 앞날을 위해 중매를 선 것이다. 이미 떠날 준비는 했지만 병사의 명이 워낙 다급해서 주변 정리는 급한 불을 끄는 식이었다.

보름달이 뜬 늦은 밤이 되어 시문은 의향과 작은 술상을 앞에 두고 마주 앉았다. 의향은 가벼운 속곳 차림이었다.

"자네가 나와 떨어져 지내야 하니 정말 안타깝고 한편 불안하오. 마음이 무겁더라도 다시 볼 수 있다고 생각하면 슬픔을 이겨 낼 것이오. 스스로 거취를 정하지 못하는 하급 군관 신세가 원망스럽소. 경성에 가서 자리를 잡는 즉시 안부를 알려 주겠소."

"서방님, 저의 일편단심을 받아주세요."

섬섬옥수로 자수를 놓은 남자 속옷을 내밀었다. 옷을 펼치자 지조와 절개를 그린 홍매화, 백매화, 청매화가 흩뿌려져 있고 꽃

들은 금실 은실 색실로 수를 놓은 가지마다 새겨져 있었다. 의향이 술상을 방구석으로 치웠다. 불을 끄자 단속곳 치마폭에서 흐르는 사향이 남풍을 타고 오는 뭉클한 그리움처럼 다가왔다. 잘록한 허리에서 엉덩이를 타고 흐르는 숨결을 고르는 그녀에게 시문이 다가갔다. 긴 목선이 이어지는 둥근 어깨 아래 봉긋하게 솟은 젖가슴 위로 검고 풍성한 머리카락이 흘러내렸다. 시문은 하얀 젖무덤에 솟아오른 붉은 앵두를 부드럽게 물고 아기살이 붙은 허리를 끌어안았다. 달빛 내리는 창가에 비친 의향의 얼굴을 시문은 오랫동안 바라보았다. 시문은 의향이 벗은 단속곳에 붓을 들고 시 한 수를 적어 주었다.

너를 보면 금은화가 생각난다
모진 겨울에도 잎 하나 떨어뜨리지 않고
견디어내는 아픈 사랑
하얗게 피었다가 금빛 은빛 옷 갈아입고
향기로운 맵시에 벌 나비 모여들지만
인고의 세월 지나서
피어나는 아름다운 꽃이여
너로 인해 여름이 오는 것을
너로 인해 해와 달이 차오르는 것을

이별

시문과 우종은 돌아오는 길에 여러 지인을 만나서 의향과 녹주의 신변을 부탁했다. 마방에서 편자를 갈아 끼운 시문의 말이 오른쪽 앞발을 절룩거려서 부득이하게 회령에서 하루 더 머물렀다. 기다려도 말의 발굽이 낫질 않자 시문은 말을 바꾸어 탔다. 부사와 판관도 그냥 보내기가 섭섭하다면서 다시 잔치를 베풀어 주었다. 시문이 취하여 대낮부터 자리에 누웠다. 관아 안채에서도 주찬으로 해장국을 보내왔다. 경성에서 온 최원이 허정도와 전별연에 참석했다. 최원은 날을 잡아 월이와 혼인을 치르기로 약속했다. 헤어질 때 부사와 판관이 시문에게 준 곡식 절반은 월이를 주고 나머지 절반은 의향에게 주었다.

칠월 초하루 아침, 부사에게 하직하고 더불어 판관에게도 작별 인사를 했다. 식후에 곧장 출발하여 비석이 줄지어 선 길모퉁이에 도착했다. 고령진 첨사가 전별하러 먼저 와서 기다리고 있었다. 시문은 서인 무반들이 공들여 키우는 동량처럼 보였다.

전별하는 음식을 정자에 차려놓고 백여 명이 모였다. 박의돈을 전송하러 온 방직기 설화와 친사촌인 설리와 월이 등이 모두 모였다. 의향도 왔다. 설리는 시문을 뚫어지도록 노려보았다. 그러나 시문은 설리에게 눈길조차 주지 않았다. 모두 말 위에서 이별가를 부르며 시문과 박의돈을 환송했다. 시문이 술 때문에 피곤하다고 늦장을 부리다 출발하여 저녁에 부령에 이르렀다. 우종은 병사의 명령 때문에 마음이 급하지만 시문은 되도록 갖은 핑계와 이유를 만들며 시간을 지체했다.

시문은 부령 관아 안으로 들어갔고 속이 출출한 우종은 장터로 가서 함경산맥과 백두산에서 산짐승을 사냥하며 지내는 포수들을 만났다. 호랑이를 사냥하다 내려온 상수, 중수, 영길 그리고 이환이 인사를 하러 우종에게 왔다.

"포수 대장 어른. 내려 주신 은혜 잊지 않고 꼭 갚겠습니다."

"진성 포수가 다 되었구나. 그래 호랑이를 두 마리나 잡았다고? 추노꾼은?"

"이제 은폐술에 도가 터서 쫓아오는 추노꾼 놈들도 매번 따돌렸어요."

"환아, 그자들은 그리 만만한 놈들이 아니야. 자나 깨나 늘 조심해라. 그나저나 대호를 잡아야 한다. 그래야 내가 수령들을 설득해 볼 수 있다. 저번처럼 시문에게 총을 들이대면 너는 살길이 없다. 미련하고 어리석은 놈 같으니라고."

우종은 저번에 이환이 시문을 저격하려고 한 일을 지적했다. 이환이 목소리를 높였다.

"제가 미련하나 어리석지는 않습니다. 남의 여자나 뺏으려는 양반이 짐승이지 사람입니까. 양반놈들 동서남북 한통속인 줄은 알았는데 돌아서면 손가락질, 패거리끼리 척을 지고 서로 끌어내리고 패가망신시키려는 속물들일 뿐입니다. 그런 놈들이 권세와 재물을 깔고 앉아 흡혈박쥐처럼 헐벗고 선량한 백성의 피를 빠는데, 언제까지 참고 살아야 합니까?"

이환이 구구절절 옳은 소리를 하니 할 말이 없었다.

"날 잡아서 한번 같이 가시죠. 대장 옛날 실력이 죽지 않았다면 그까짓 종이호랑이쯤이야."

상수가 제안하자 중수가 끼어들었다.

"마침 향리를 시켜 토민의 피를 빠는 흡혈귀 수령이 있습니다. 그 고을 사람들이 참다못해 들고일어날 기미가 있습니다. 먼저 암행하여 수령의 혼을 빼야 합니다."

"그 수령이 누구인가?"

"길주 목사입니다. 백성들이 진짜 호환보다 두려워하는 자입니다."

"진짜 호랑이가 따로 있었구먼."

"알겠네. 서로 연통하세."

우종은 포수들과 훗날을 기약했다. 우종은 숙소로 돌아오면서 생각했다.

'자기 잘못을 알고도 스스로 고치지 아니하면 표적에 적중할 수 없다'.

이 말은 총을 쏠 적에 명심해야 했다. 사람 사이에도 마찬가지였다. 길주 목사가 자신의 악행을 고칠 리 만무했다. 목민들이 목사의 잘못을 알고도 적당히 눈감아 준다면 정의롭다 할 수 없지 않은가. 무엇을 위해 싸우는가. 싸움에는 실리가 있어야 하는데 무엇을 얻을 것인가.

우종은 밤에 호랑이를 타고 돌연 산 중턱에 도착하여 절벽에서 추락하는 꿈을 꾸었다. 개꿈이라지만 깨어나니 무척 허전했다.

치료한 말을 끌고 봉남이 따라오기를 기다렸다. 시문은 어두운 얼굴로 종일 말이 없었다. 바쁘다는 이유로 며칠 잠깐 녹주와 지내고 헤어진 우종도 기분이 우울했다. 우종은 시문이 우울해 보일 때 전해 주라고 부탁한 의향의 편지를 건넸다. 예상대로 시문의 얼굴이 밝아졌다.

'서방님께서 나를 감싸 주고 변함없이 사랑한다 말해 주어 고마워요. 내 사랑, 죽어도 변함없는 천년 나무같이 나를 지켜 주시겠지요. 바보같이 조바심을 내는 나를 부디 너그럽게 용서하세요. 당신을 사랑하는 의향.'

병영이 있는 경성에 도착했다.

갑옷을 입고 투구를 쓴 완전 군장 차림으로 병사에게 예를 갖추어 전입 신고를 했다.

"오느라고 수고했다. 그동안 네 활 솜씨가 녹이 슬었는지 한 번 봐야겠다."

시문은 병사 앞에서 활 오십 발을 쏘아 사십구 발을 명중시켰다. 관청에 가서 이름을 올리고 군관들과 안면을 텄다. 다시 병사가 불러서 시문이 활을 쏘았는데 이번엔 모두 명중시켰다.

"너를 뽑은 내 안목이야말로 하늘이 칭찬해야 마땅하다."

병사가 스스로 만족해하며 웃었다.

시문은 병영 군관 이석노를 오랜만에 만나 함께 이야기를 나누었다. 비록 믿는 구석은 달라도 이석노는 시문에게 솔직한 편이었다. 부관 이명이 병사에게 적극적으로 추천하는 바람에 시문이 경성 병영에 오게 된 것임을 알았다. 병사도 시문을 원했지만 이명은 시문이 잘 지낸다는 소식에 배가 아팠을 것이다. 시문은 화가 많이 났지만 이미 엎질러진 물이었다. 회령에서의 군 생활이 순조로웠는데 처음부터 다시 개고생이 시작된 것이다.

공방에서 조총과 탄환을 만드는 일은 무척이나 고된 일이었다. 실패하면 어명을 어긴 죄로 용서받지 못하기에 누구도 감히 맡으려고 하지 않았다. 그 힘든 일에 이명이 시문과 우종의 이름을 들먹였다니. 이명은 병곡에서 역리와 한량들에게 치도곤을 당할 때부터 시문이 일부러 수수방관했다고 믿었다. 이명과의 악연은 처음부터 꼬여있었다. 몸에 감기 기운이 일고 열이 오른 시문은 병영 밖에 마련한 임시 거처로 가서 누웠다. 오한이 나서 몸을 떨며 식은땀을 흘렸다. 밤에 의향을 부르며 헛손질을 했다. 우종이 돌보며 미음을 끓여 주었으나 먹지 않았다.

하루 쉬었더니 시문의 병에 차도가 있었다. 열이 내렸다. 우종과 시문을 만나러 녹주가 회령에서 왔다. 우종은 기뻐서 성 밖으로 마중을 나갔다.

"보고 싶었소."

"저도요. 그간 고생이 많았죠?"

우종은 녹주의 두 손을 꼭 잡았다 놓았다. 바리바리 싸서 들고 온 마른반찬과 옷가지를 여종에게서 받아 어깨에 짊어졌다. 병사의 금족령으로 의향은 경성에 올 수 없었다. 의향은 시문이 임무를 마치고 회령으로 무사히 돌아올 날을 기다리는 수 외에 다른 방법이 없었다. 시문이 그냥 무심하게 울산으로 귀향해도 어쩔 도리가 없었다. 의향의 앞날은 시문에게 달렸다. 우종은 녹주의 소중한 딸이 시문에게 버림받는 일을 상상조차 하기 싫었다.

"장모님, 오시느라고 수고했소. 그간 별일 없으시죠?"

"우리 걱정하지 말고 얼른 안정을 찾게나."

수척해진 사위를 보자 녹주는 마음이 아팠다.

병영에 온 이후로 시문은 매일 의향을 무척 그리워했다. 당장 모든 일을 집어던지고 의향에게 달려가고 싶어 했다. 탈영해서라도 의향을 데리고 울산으로 도망가고 싶다고 녹주에게 말했다. 녹주는 단호한 목소리로 말했다.

"그런 나약한 소리 들으러 여기 온 게 아니네. 우리 의향이가 의지할 사람은 자네뿐이야. 마음을 굳게 먹고 의연하게 헤쳐 나가게."

녹주가 훗날을 기약하며 돌아가자 시문과 우종은 우울했다.

병사가 첩실이 없는 틈을 타서 의향에게 고급 무명과 화장품 등 귀한 물건을 보냈다. 진급에 사활을 건 허정도가 중간에 껴서 온갖 심부름을 맡았다. 의향은 선물 공세를 받는 즉시 돌려보냈다. 의향을 눈앞에 볼 수 없고 지켜 주지 못하는 시문의 심정이야 오죽 답답하겠는가.

시문은 최원을 비롯한 병영 친구와 모여 고향 풍속을 자랑하며 이야기를 나누었다. 여러 벗님네 중 고향에 늙은 부모가 있는 자 모두 서글퍼했다. 본부 별감인 최우정과 최원이 시문을 집으로 청하여 우종도 함께 갔다. 최원이 오면 마치 그의 아비처럼 최우정이 같이 왔다. 최우정은 최원의 작은 삼촌이었다. 최원의 아버지는 오래전 숙환으로 돌아가셨다.

"모든 것이 부족한 내가 월이 낭자를 아내로 맞이해도 되겠나?"

"나는 자네를 믿네. 내 여동생을 맡겨도 될 정도로 듬직하게 생각하네."

사법射法에 이르기를 상대를 이기고자 하는 마음이 심하면 적중할 수 없다고 했다. 복수심에 사로잡히면 정신과 기력을 집중할 수가 없기 때문이다.

시문은 평상심으로 돌아가려고 활을 쏘았다. 무거운 육량전 열 발을 쏘아 모두 적중시켰다. 병영 군관 이석노 역시 모두 명중시켰다. 우열을 가리고자 병사가 백 보 밖으로 물러나서 쏘라고 했다. 이석노가 졌다. 병사의 아우 김여래도 백 보 밖에서 쏘았으나 반도 못 맞추니 시문의 상대가 아니었다. 김여래는 그저 똥배 두드리고 놀고먹기 좋아하는 한량이었다. 거기다가 시문만 보면 술 마시자고 꼬시는 타고난 술고래였다. 물론 술값은 한 푼도 내질 않았다. 병사의 활쏘기 실력도 출중했으나 초반부터 매번 시문에게 기선을 제압당했다. 은근히 부아가 치민 병사는 다음 날도 활쏘기 시합을 시켰다. 시문만이 출중하게 이겼다.

병사는 활쏘기에서 밀리자 이번에는 술 시합을 시켰다. 술 잘 못 마시는 병영 군관을 뽑아 시문 편에 들게 하고 기생들과 술 마시는 시합을 시켰다. 누가 보아도 시문의 기를 꺾을 속셈이었다. 시문을 포함한 군관 다섯 명과 경성에서 술깨나 마시는 기생 넷과 최원을 만나기 위해 회령에서 온 월이, 이렇게 다섯 여인과 술 마시기 시합을 벌였다. 군관들과 여인들이 서로 마주 보고 앉아서 대접에 따르는 소주를 마셨다.

"저런 저런 어찌 사내놈이 여인보다 못하단 말이냐. 계급을 강등시키고 불알을 까야겠구나."

군관 네 명은 한두 대접도 제대로 못 마시고 병사의 핀잔을 들었다. 월이 역시 배탈을 핑계로 물러났다.

"자, 병사 영감의 건강을 위하여!"

"오늘따라 술맛이 풍류를 해치니 노래로 흥을 대신할까 합니다."

다섯 대접째 마신 기생 넷은 병사의 눈치를 보다가 그중 나이가 많은 한 명이 말했다. 술로 망신을 주려던 병사는 일이 틀어지자 술상을 물렸다. 병사가 시문을 따로 불러 위엄을 한껏 부리며 말했다.

"이곳 북쪽 열 고을은 조정과 함흥 순영에서 멀어 내가 다스리는 영지와 마찬가지다. 내 말이 곧 국법이요 진실이다. 옛일을 생각하면 아직도 화가 치민다. 그러니 내가 시키는 일은 네 목숨을 걸고 기일 안에 완수해야 한다. 알겠느냐? 이제 가 봐라."

시문이 대답할 여유도 없이 병사가 일어섰다.

병사가 막 나가려는 그때 길주에서 온 파발이 급히 와서 병사에게 관문을 올렸다. 관문을 읽은 병사의 얼굴이 일그러지더니 풍악을 멈추라 했다.

"길주 목사가 방금 보낸 보고에 의하면 그곳 민생이 심상치 않다고 한다. 지난해에 이어 올해도 흉년이지 않은가. 내가 병사

업무도 바쁜데 관하 수령들 감독까지 해야 하니 실로 짜증이 나는구나. 본래 마천령 이북 토민은 내놓은 자식이라 나라에서 버린 것과 마찬가지인데, 이 독 안에 든 쥐새끼들이 모여서 자기들 수령을 탓하는구나. 원래 여진족 피가 흐르는 관북은 반역의 땅이었다. 내가 이 역적놈들을 박멸해야겠다."

"길주의 일은 우선 그곳을 다스리는 목사에게 맡겨 토인을 잘 타이르고 곡식을 약간 풀어 나누면 잠잠해질 것입니다."

부관 이명이 말하자 병사가 수그러들었다.

"으흠, 길주 목사가 곧 나와 사돈이 될 양반이라서 내가 잠시 흥분했구나."

임시 거처에 돌아온 시문은 밤에 꿈을 꾸었다. 꿈에 떨어지는 별똥별을 보고 깨어나서는 아버지의 노환을 걱정하며 잠을 못 이루었다.

우종도 밤새 잠이 달아나서 더불어 살아온 기나긴 날들을 곱씹어 보았다. 어릴 적 죽은 어미 대신 우종을 길러 준 유모 얼굴을 떠올렸으나 녹주가 생시인 듯 보였다. 이내 녹주는 지워지고 자신을 죽도록 내버린 아비의 차가운 얼굴만 생생하게 생각났다. 사람들은 우종의 나이를 몰랐다. 아비가 문밖으로 내친 열여섯 살 이후 그는 성장이 멈춰버린 걸 알았다. 타인의 십 년 살기가 그에게는 일 년이었다. 잘 늙지 않고 너무 천천히 나이를 먹으니 상대적으로 수많은 사건이 찰나에 사라져 버렸다. 너무 많은 사건이 눈앞에서 지나갔다. 누군가의 하루치 생은 그에게는 사나흘처럼 흘러갔다. 그에게 하루치 괴로움이나 즐거움은 누군가에게 열흘 동안의 고통이거나 쾌락이었을 것이다. 걱정거리 하나 없고 늘 즐겁게 산다면 누구나 신선이 되어 있지 않을까.

그가 시문의 아버지와 할아버지를 모시고 전쟁터를 누비고 다녔던 지난 일이 어렴풋이 떠올랐다. 아무리 몸서리치는 기억도 전쟁의 비참한 상흔만 하겠는가. 남쪽 왜놈과 북쪽 되놈이 호시탐탐 노리는 이 땅의 민생을 스스로 지켜야 하지 않겠는가. 이리 상념에 들자 바쁘게 병영으로 와서 자릴 잡느라 잠시 잊고 있었던 산포계 모임이 생각났다. 며칠 안에 길주 만두산 산채로 가야 했다. 그곳에 가서 목사의 탐욕에 저항하는 목민들 형세를 살필 계획을 세웠다.

그동안 보이지 않았던 이명이 시문에게 왔다.

군관 청사에 들른 이명은 서류를 작성하느라 바쁜 시문을 보자마자 빈정거렸다.

"이게 누구야. 아직 멀쩡하게 살아있는 걸 보니 네 명운이 질긴가 보다. 요즘도 활을 쏴서 먹고사시는가?"

"이참에 활쏘기 대결 한번 할까? 목숨 걸고."

시문이 말하자 이명은 웃으며 말했다.

"군기가 제대로 빠졌군. 병사의 부관인 상관을 보면 일어나 인사를 올릴 줄도 모르고 말이야."

시문은 이명을 힐끗 쳐다보고 하던 일을 계속했다.

병사의 별실이 초정 온천에 목욕하러 갈 때 호위군관으로 시문을 지목했다. 시문과 우종은 별실을 호위하여 말을 타고 온천으로 갔다. 늠름하고 준수한 시문의 외모가 돋보였다. 별실이 시문을 보며 은근히 말했다.

"병사가 의향이라는 여자를 좋아하니 나 역시 박 군관을 가까이 보고 싶었어요."

시문은 별실이 목욕하는 우물에서 떨어져 주변을 경계하고 있었다.

"내가 무서움을 잘 견디지 못하니 좀 더 가까이 와서 나를 지키세요."

마상에서 들판을 내려다보던 시문이 돌아서자 별실은 일어섰다. 요염한 알몸이 그대로 드러났다. 별실은 가슴을 가린 두 손을 들어 젖은 머리카락을 틀어 올렸다. 별실의 풍만한 가슴을 보자 시문은 서둘러 얼굴을 돌렸다. 잠깐 의향을 만난 듯한 착각에 빠졌다. 별실의 얼굴이 붉게 물드는 순간, 여종이 얼른 별실의 몸을 속곳 치마로 가렸다.

온천에서 돌아오자 병사가 시문에게 방직기를 즉시 얻어 주겠다고 손수 나섰다.

"내 별실이 이르기를 여인을 훔쳐보는 네 눈이 굶주린 늑대와 같다 하였다. 회령에서 네가 얻은 의향이라는 아이는 미색이 뛰어나고 정절이 깊다고 들었다. 비록 사사롭게 만났으나 너는 병영에 근무하는 군관임을 명심하라. 내 허락 없이 그 아이를 만나지 말아라. 오늘부터 너의 새로운 방직기를 맺어 주겠으니 이후 허락 없이 회령으로 가거나 다시 의향을 만난다면 명령 불복종으로 엄히 다스리겠다."

병사가 직접 자신의 휘하 군관의 방직기를 얻어 준 적이 없었기에 육방 관속과 병영 군관 모두 의아해했다. 시문은 관북 최고 사령관인 병마절도사의 명령인지라 거절할 수가 없었다. 그러나 마음은 의향에게 가 있었기에 병사의 처분이 가혹하기만 했다.

병사가 기다리고 있던 사노비 태양을 시문 앞으로 불러 말했다. 태양은 다 큰 아이가 둘이나 딸린 몸이 통통하고 후덕하게 생긴 중년 과부였다.

"네가 죽은 지아비를 위하여 수년 동안 수절하고 있다 들었다. 그 마음이 실로 가상하다만 여기 있는 신임 군관 박시문은 병영에 얼마 전 부임해 온지라 아직 방직기를 얻지 못하였다. 오늘 저녁 네 집으로 모시고 가거라. 오늘 당장, 알겠느냐?"

시문을 당장 신랑으로 맞이하라고 병사는 태양에게 여러 번

호령하고 다짐을 받았다. 마지못해 대답은 했으나 태양은 하루를 넘기고도 시문에게 가지 않았다. 그러나 병사의 욱한 성질을 익히 알고 있는 태양은 이튿째 저녁에 시문에게 청하러 왔다.

"병사의 명을 어기면 살아남기 힘듭니다."

태양의 지아비도 병영에 끌려가서 문초를 당하고 화병을 얻어 죽었다.

"나는 이미 혼인한 몸이라 네 집으로 갈 수가 없구나."

시문은 두고 온 의향을 핑계 삼아 태양을 거절했다. 그러자 병사가 태양의 어미와 오라비를 잡아 대령하라고 명령했다.

"네 이 연놈들, 엊그제 내가 분부한 바가 있었는데, 오늘 듣자니 태양 그것이 내 휘하 군관을 우습게 여기고 물러갔다고 했겠다."

모자에게 한차례 곤장을 때렸다. 모자가 오늘 저녁에는 꼭 모신다 약속하고 두 손으로 비는 바람에 풀어 주었다. 관내 웃음거리가 되었다.

"무관 나리, 제발 제 목숨을 살려 주세요."

그날 저녁 태양이 머리를 수그리고 다시 청하러 왔으므로 시문이 이번에는 거절하지 못했다. 거절하면 이번에는 태양이 끌려가서 고초를 겪을 차례였다. 마지못해 시문은 여러 무관에게 둘러싸여서 태양의 집으로 갔다. 각자 방을 따로 쓰고 태양을 멀리했다. 시문은 오로지 숙식만 해결할 생각이었다. 졸지에 오갈 데 없는 우종도 문간방에 기거하는 신세가 되었다.

　시문은 공방 감독관으로 임명되었다. 마음이 어둡고 착잡해 보였다. 시문은 야밤에 홀로 문루에 올라 달을 향해 활을 쏘아 마음을 달랬다. 겁을 먹고 나약한 마음이 생기면 적중할 수 없는 법이었다. 시문은 이번에는 문루 아래 과녁을 향해 활을 겨눴다. 마음을 가다듬고 몸의 정기를 바르게 한 후 활을 끝까지 당겨 태산처럼 숨을 멈추고, 굳히고 또 굳히고, 바르고 또 바르게 쏴야 적중할 수 있었다.

　병사가 의향을 살살 구슬리는 편지와 선물을 보내는가 싶더니 시문을 병영으로 불러들인 후에는 대놓고 수청 들기를 요구했다. 요구를 거절하면 녹주를 비롯한 주변 친지들 안녕을 들먹였다. 의향은 두려워서 몸이 떨렸다. 의향이 허정도의 전언을 듣지 않자 병사는 호위 무사 유극견을 보내서 겁박을 주었다. 시문은 물론 한양에 남아있는 집안 친척들을 모두 역적으로 몰아 해를 입히겠다고 협박했다. 의향이 몸져눕고 말았다. 하긴 관북에 사는 어느 여자가 감히 병사의 청을 거절할 수 있겠는가. 이 소식을 들은 시문도 열이 나고 아프기 시작했다. 밤새 상사병이 걸린 것처럼 의향을 부르는 시문의 몸은 불덩이가 되어 타올랐다.

　회령으로 언제 돌아갈지 기약이 없자 촌가에 맡겨 둔 시문의 사물을 가져오기 위해 우종이 말미를 얻어 회령으로 갔다. 의향과 녹주의 안위도 살필 겸 우종은 시문이 써 준 편지를 품에 넣고 회령으로 출발했다. 병사의 호위 무사가 우종의 뒤를 밟았지만 빠른 움직임으로 순식간에 따돌렸다. 나무의 그림자가 되는 변신술을 쓰거나 축지법을 썼다.

시문을 옥칠 절호의 기회를 놓친 부관 이명은 호위 무사에게 치도곤을 안겼을 것이다. 우종은 의향과 녹주를 만나고 시문이 입던 의복을 비롯한 개인 물품 일부를 역마에 싣고 돌아왔다. 우종이 녹주에게 맡겨 둔 여분의 조총과 장총도 가져왔다. 시문이 잘 지내고 있는지 미치도록 보고 싶어 하는 의향이 쓴 편지를 시문에게 전하려고 품속에 잘 간직했다. 돌아오는 길에 시간을 내어 길주로 갔다. 우종은 말보다 더 빨리 오래 달릴 수 있었다. 말과 짐은 역참에 맡기고 쏜살처럼 내달렸다.

목사의 학정에 견디다 못한 길주 민생들이 모여 소요를 일으켰다. 처음에는 환곡에 불만을 품은 양민 십여 명이 성문 앞에 모였다. 겉겨 뒤섞인 잡곡을 박하게 꿔주고 낟알 깨끗한 양곡으로 과하게 거둬가는 관아를 규탄하는 정도였다. 심한 흉년이 들어 인심이 살벌했다. 도적이 들끓었고 고을마다 굶어 죽은 양민들이 까마귀밥이 되도록 북문 밖에 버려졌다. 군졸이 창과 무기를 들고 나타나서 겁박하자 주위에 구경하던 향민이 모여들었다. 상수가 무리를 이끌고 있었다. 세폐에 시달리던 향민과 흉년으로 전주에게 빚을 져서 살길이 막막한 외거 노비와 유민이 모여들었다.

"적게 주고 많이 빼앗는 관아의 죄를 캐물어 아전과 서리를 파직하라!"

각지에서 온 산포수들도 대열에 동참하여 궐기했다.

"나라에서 포수에게 허락한 인삼 생업을 보호하라. 탈취해 간 산삼과 녹용을 돌려줘라!"

"군역을 탕감하고 살인 징세 감면하라!"

"춘궁기에 헐값으로 사들인 토지를 원상 복귀하라!"

"선량한 농민을 짓밟고 가두며 개돼지 취급하지 마라!"

"지역 인재 차별 말고 공평하게 등용하라!"

눈에 들어오는 얼굴이 있었다. 경성 선비 최원이었다. 양인 차림으로 대열에 섞여 있었다. 우종은 시문의 친구인 최원을 일부러 모른 척했다. 토호의 아들로 태어나 무엇이 부족하다고 여기에 왔을까. 과거科擧의 폐단을 호소하러 온 것일까. 궁금했다.

군역을 대신하고 군수품을 보충한다는 핑계로 포목을 뺏긴 양인 장정들도 모였다. 삼남에서 죄를 짓고 도망친 무리와 유리걸식하며 떠도는 유랑민도 합세했다.

성내 관아를 둘러싸고 무리가 소리쳤다.

"수령이 직접 나와서 해명하라!"

길주 목사는 코빼기도 안 보이고 벌써 숨어 버렸다. 목사 대신 관군 지휘관인 천총이 성문 누각에 섰다. 우종은 천총 곁으로 갔다. 길주 병방 군관 장도민이 소부대를 이끌고 성문을 나와 진을 쳤다. 장도민이 나서서 말했다.

"흩어져라! 각자 집으로 당장 돌아가라! 너희 요구를 상부에 전할 것이다."

겁이 없는 중수가 진압하러 온 군관의 멱살을 잡고 흔들었다. 장도민이 불시에 칼을 뽑아 휘둘렀으나 중수가 민첩한 행동으로 피했다. 칼은 중수의 전립을 치고 이마에 상처를 입혔다. 긁힌 상처에서 피가 흘렀다.

"이런 죽일 놈들. 비무장 상태인 우리 형님을 죽이려 들다니."

참나무 몽둥이를 든 이환이 앞으로 치고 나섰다. 함성을 지르며 무리가 쳐들어갔다. 성문 앞에 진을 친 군사들과 밀치고 치받는 싸움이 일어났다. 장도민이 소리쳤다.

"명령에 불복종하는 자는 모두 효수될 것이다."

성루에 나타난 목사는 강 건너 불구경만 할 뿐 병장기로 진압하라는 명령을 내리지 않았다. 관북에서 변란이 일어나면 민심을 달래기 위해 해당 수령이 우선 파직당하고 귀양을 갔기 때문이다.

"어찌합니까? 자칫 공격 명령을 잘못 내리면 난폭하고 사나운 도민들이 가담하는 민란으로 번질 수 있습니다."

천총이 묻자 목사가 말했다.

"난들 어쩌겠나? 저들이 비무장이니 몇 놈 본보기로 죽도록 패 주고 해산시켜라."

장도민이 끼어들었다.

"이참에 다시는 기어오르지 못하게끔 모조리 잡아 죽이는 게 상책입니다."

목사가 고개를 끄떡이면서 말했다.

"이번 변고가 끝나고 보자. 병방이 할 일이 많을 것이다."

북이 울리자 관군이 방패를 들고 육모 방망이를 휘두르며 선두에 선 무리를 진압했다. 이환이 선두에서 방망이를 빼앗고 빨래를 하듯 마구 휘둘렀다. 관군이 이환을 잡기 위해 둘러싸자 유랑민들이 돌을 던졌다. 함성과 비명이 섞인 가운데 선혈이 낭자했다. 이환이 머리에서 피를 흘리며 쓰러졌다. 관군이 뒤로 밀리자 북을 울려 관군을 불러들이고 성문을 닫아걸었다.

날이 흐려지며 먹구름이 순식간에 몰려왔다. 우종은 성문이 닫히기 전에 재빨리 빠져나왔다. 강한 비바람이 불자 황토가 날리고 시야가 흐려졌다. 눈을 뜨기 어려웠다. 우종은 세찬 바람을 가르고 이환에게 다가가서 그를 일으켜 세웠다. 잠시 기절한 모양이었다.

"거두어 가서 치료해 주어라."

포수들에게 이환을 데려다주고 보살피게 했다.

성벽 위에 궁수가 늘어서 있었다. 성안에는 총수들이 대기하

196

고 있었다. 우종은 만일의 사태를 대비해서 화약을 재운 조총 화승 심지에 불을 붙여 놓았다. 쏴라, 명령이라도 내리면 화살과 총알이 쏟아져 내려 모여든 무리가 몰살될 위급한 순간. 병방 군관이 깃발을 흔들기 전에 우종은 빛의 속도로 움직였다.

시간이 귓가를 스치며 지나갔다. 우종은 가벼운 그림자가 되어 쏜살같이 성루에 기어올랐다. 목사의 머리를 한 바퀴 돌려서라도 쏘라는 명령이 하달되는 낭패를 막아야 했다. 돌가루와 먼지를 몰고 온 바람이 가라앉았다. 마치 그곳에 오래전부터 서 있었던 것처럼 우종은 성루 아래를 내려다보았다. 목사와 귓속말을 나누던 천총이 우종을 불렀다. 우종은 서둘러 천총 곁으로 갔다.

"이 싸움을 말려야 할 텐데. 무슨 묘수라도 있겠소?"

우종은 천총에게 화승총을 내주었다. 천총은 허공에 총을 쏘았다. 발포 소리에 놀라 모두 한 발 뒤로 물러섰다. 천총이 소리쳤다.

"여기에 궁수와 총수가 대기하고 있다. 너희들이 관아를 습격하면 이것은 반역이다. 각 고을의 관군이 몰려올 것이다. 너희 역도들에게 반란죄를 물을 것이다. 그러면 모두 형장에서 개죽음을 면치 못할 것이다."

무리가 우왕좌왕하는 사이에 목사가 나섰다.

"너희들이 여기 모인 연유와 요구 사항을 알아들었으니 내가 잘잘못을 따져서 헤아려 준다 약속하겠다. 지금 즉시 집으로 돌아가거라."

"알았소, 우선 돌아가겠소. 수일 내로 눈에 보이는 조치가 없다면 우리도 무장하고 다시 모일 것이오."

상수가 말하자 웅성거리던 목민들이 흩어지기 시작했다.

목사가 거친 날숨을 내쉬었다.

"에고, 십년감수했네."

"이 정도로 끝났으니 천만다행입니다."

"이번 변고는 위에 보고하지 말게. 역도들 수괴나 잡아들여 치죄할 것이네."

우종은 이환의 상태를 살피러 장터 골목 주막으로 갔다. 중수와 이환은 상처를 입어 머리에 흰 면포를 둘렀다.

"포수 대장, 유사 이래 맨손으로 승리를 얻은 자는 없습니다."

상수 말을 이어 중수가 끼어들었다.

"비무장하라는 말씀 때문에 황천길로 갈 뻔했습니다."

"알겠네. 내가 잘못 생각했네."

"저들이 몽둥이와 칼로 우릴 다스리니 우리도 창검과 총을 들고 맞서야 합니다."

중수가 말하자 우종이 고개를 끄덕였다. 어쩌려고 세상이 이리 살벌하게 돌아간다는 말이냐.

"상처는 아프지 않으냐? 이리 대놓고 돌아다니면 어쩌려고."

우종은 이환을 붙들고 말했다.

"도망친 노비는 속량이 불가하다 합니다. 이놈의 신세로는 남 밑에서 죽어지내는 거 외엔 아무 일도 할 수 없지요. 좋아하는 여자와 살림을 차릴 수도 없고. 내 신세가 처량합니다."

울분을 삼키며 이환이 말했다.

"설리를 오해하지 말아라. 그 아이는 너를 믿고 기다릴 것이 다. 기생 일도 당분간 그만두었다고 들었다."

"알고 있어요. 약한 여인이 힘센 무반을 어찌 이길 수 있을까 요? 제 노비 신분이 없어져야 저희 앞길이 열립니다. 어려운 부 탁이지만 시문을 설득해 주십시오."

"너를 재산이 아닌 사람으로 볼 날이 올 것이야. 핏줄은 속일 수 없느니라. 관가의 눈에 띄지 않게 움직여라. 그래야 내가 너 를 도울 수 있다. 알겠느냐?"

이환을 안아 주고 등을 두드리는 사이 낯선 사내 둘이 다가왔 다. 사내 하나는 볼에 칼 맞은 자국이 있고 다른 사내는 애꾸눈 이었다. 둘 다 험상궂었다. 막아서는 영길이를 밀어내면서 애꾸 가 노려보았다.

"이 길로 명천으로 가서 와지촌에 숨어라."

우종이 눈치를 주며 조용히 힘주어 말하자 이환이 애꾸를 밀 쳐 쓰러뜨리고 달아났다.

"저놈 잡아라."

애꾸가 칼을 뽑으며 소리쳤다.

우종은 뒤를 쫓는 애꾸 다리를 걸어 넘어뜨렸다. 일어나는 그 놈의 급소를 눌러 기절시켰다. 다른 놈이 칼을 뽑고 대들었으나 상수와 중수가 주먹으로 때려눕혔다.

"상수는 이 길로 산채에 돌아가서 당분간 숨어 있거라. 중수 는 백두산에 호랑이가 출몰하니 어서 그리로 가거라. 관군들이 너희를 쫓을 것이다."

호랑이 사냥

아침 일찍 우종은 병사를 모시고 사냥을 나갔다. 사냥에 쓸 매는 호위 무사가 팔에 들고 스무 명 남짓 군관들이 모두 말을 타고 갔다. 공방 일이 바쁜 시문은 빠졌다. 총을 멘 우종은 몰이 하는 병사와 포수들을 이끌고 앞장을 섰다. 버드나무 숲 정자를 지나서 깊은 산골짜기를 따라 반나절 거리를 걸어서 산정으로 올라갔다. 최근까지 호랑이가 출몰한다는 소문이 있었다. 소문 이 아니라 실제로 약초꾼이 서넛 물려 죽었다. 급기야 급한 관 문서를 전달하는 파발마가 습격을 받았다. 관에서 호랑이가 있 는지 없는지 알아보려고 민가에서 기르는 개를 먹이로 써서 유 인했다. 사냥감이 물려간 흔적 주변에 호랑이 발자국이 남아있 었다.

포수 부대 뒤로 몰이꾼 백성 수백여 명이 따라오고 있었다. 무너진 성곽을 쌓는 사역에 동원되었던 사람들이 며칠 쉴 사이 도 없이 이번 사냥에 강제로 동원되었다. 울창한 계곡 아래를 아무리 둘러봐도 사냥할 만한 짐승이 보이질 않았다. 호랑이는 커녕 사슴조차 구경하지 못했다. 오전 내내 뛰어다니다가 겨우 토끼 한 마리를 사냥했다. 우종은 총 한 방 제대로 쏘아 보지 못했다.

오후에는 산을 넘어 더 깊은 계곡으로 들어가서 매복했다. 호랑이 흔적을 발견했기 때문이다. 몰이꾼이 산정에서 숲을 에워싸고 징과 북을 치며 내려오고 있었다. 멀리 풍산개들이 짓는 소리가 들렸다. 짐승이 지나갈 만한 길목에 엎드려 화승에 불을 붙이고 기다렸다. 사냥개 짖어대는 소리가 가까워지더니 둔덕 숲에서 시커먼 멧돼지가 달려 내려왔다. 숨을 멈추고 총구를 겨냥해서 머리통을 맞춰 즉사시켰다.

"움직이지 말아라. 그대로 있어라."

포수들이 움직이려 하자 우종이 소리쳤다. 징과 북소리가 고함에 섞여 어지럽게 들리고 풍산개들이 사납게 짖었다. 스산한 바람이 불었고 숲이 흔들렸다. 숲에서 나온 커다란 호랑이가 죽은 멧돼지 곁으로 와서 피 냄새를 맡고는 매복한 우종을 노려보았다. 병사와 몰이꾼들이 호랑이를 둘러싸며 내려왔다. 병사와 군관들이 활을 쏘았지만 역부족. 날쌘 호랑이는 몰이꾼 사이를 뚫고 도망가면서 사람의 팔을 물고 흔들었다. 일촉즉발, 우종은 심호흡하고 침착하게 방아쇠를 당겼다. 총성이 울리고 호랑이가 쓰러졌다. 심장 근처에 명중시켰다. 병사가 다가가서 아직 꿈틀거리는 호랑이 목덜미에 활을 쏘았다. 호랑이 굴에서 제법 큰 새끼 호랑이 두 마리를 찾아내어 활을 쏘아 잡았다.

"봐라. 호랑이는 이렇게 잡는 것이다."

활을 치켜들며 병사가 외치자 징과 북이 울렸다.

저녁 무렵 병영으로 돌아오는 길에 병사가 우종을 불렀다.

"포수 대장."

"네, 병사 영감."

뒤에 처져 있던 우종은 말을 몰아 병사 곁으로 갔다. 다짜고 짜 물었다.

"오늘 친구가 내일 적이 되는 세상이네. 만일에 내가 곤경에 처하면 자네는 나를 도와줄 수 있겠는가?"

"네? 당연히 곤경에서 구해드릴 수만 있다면 목숨이라도 바 치겠습니다."

우종은 당황해서 대답했다.

"혹시 길주에 갔었는가? 내가 만약 포수 대장이 주동자라고 꿈에라도 생각하면 난 병사자릴 내놓고 낙향하겠네. 거긴 왜 갔 는가?"

"포계 모임이 있었습니다. 포수가 총을 들고 변방을 지키는 일 말고 무슨 일이 있겠습니까?"

"모두 포수 대장의 충심 어린 말을 들었는가? 앞으로 일구이 언하면 사내가 아니지."

병사가 주위를 둘러보며 말했다. 호위 부관 이명과 무관들이 큰 소리로 웃었다. 사냥에서 돌아온 병사는 호랑이 세 마리를 잡은 치적을 기록하는 글을 지었다. 임금에게 충성을 맹세하고자 궁궐을 향해 절을 하는 의식을 치렀다. 자신이 다스리는 북관이 시끄러워지니 병사는 없던 충심도 짜내야 할 판이었다.

동문 밖에 거주하며 공방에서 일하는 한 사내가 태양의 친척이라 자신을 소개하며 술과 안주를 가져왔다. 의향과 헤어지고 시름시름 아팠던 몸을 추스른 시문은 친구들을 불러서 음식을 나누어 먹고 마시니 몸이 회복되었다. 시문이 회복되자 이번엔 태양이 몸져누웠다. 이름이 복생이라는 그 사내가 다녀간 뒤였다. 복생은 가죽을 다루는 피혁공이었다. 시문은 그를 알아보았다. 수많은 공방 장인 중에 유독 말이 없고 과묵했으나 손놀림이 세밀하여 세공 솜씨가 좋은 자였다. 시문이 태양을 위로해주었다. 우종이 알아보니 복생은 태양을 흠모하는 남자였다.

우후가 한양으로 업무차 가는 길에 병영에 도착했다. 병사가 그동안 행영에 주둔한 부대를 지휘 통솔하느라 노고가 많았던 우후를 위로하는 연회를 베풀었다. 시문은 향시에서 치를 예상 시제를 푸느라 연회에 참석하지 못했다. 과거科擧를 감독하는 일을 대비하여 제술 공부를 강화하라는 관찰사 명령이 하달되었기 때문이다. 우종이 군관 청사에 가서 한양으로 출발하는 우후를 전송했다.

　명색이 포수인 우종이 총을 쏠 기회가 없으니 온몸이 근질거렸다. 너무 덥고 따분해진 우종은 어린 대나무를 엮어 고기를 잡는 통발 어구인 방전을 만들었다. 방전을 들고 물고기가 많이 잡히는 얕은 강으로 나갔다. 돌을 쌓고 나뭇가지로 만든 그물 방전을 설치했다.

　강가로 찾아온 영길을 만나 길주 소식을 들었다. 상수와 중수는 백두산으로 갔고 이환은 명천으로 도망쳤으나 행방이 묘연했다. 그나저나 중수가 주모자로 몰려 잡혀가지 않을까 걱정이 되었다. 하지만 저들이 포계를 건드리면 말벌집을 들쑤시는 일이라는 걸 설마 모르겠는가. 우종은 한가로이 강가에 앉아서 낚시하다가 저녁에 돌아왔다. 살아있는 물고기를 많이 잡아서 태양에게 주었다. 태양은 매운탕을 끓였다. 시문은 먹는 둥 마는 둥 예상 시제에 맞춰 글 짓는 연습을 계속했다.

과거科擧

시문은 매일 아침 활을 쏘고, 식사 후에 이석노와 군관 청사에 들어가 시와 문장을 지었다. 매일 활을 쏘고 나서 시제에 맞춰 시와 문장을 짓는 지루한 일상이 열흘 넘게 계속되었다.

함경도 내 모든 역참과 문서를 관리하는 도사가 과거科擧를 감독하러 함흥에서 왔다. 문과 출신인 도사는 무과 출신들을 우습게 여겼다. 저녁에 군관들이 함께 모여 문장 짓는 연습을 했다. 도사가 시와 산문을 지을 제목을 주었다. 모두 종이에 붓으로 시와 문장을 지어서 도사에게 주었다.

"오늘 여기 모인 사람들이 진정 글을 아는 무반들인가? 문무를 갖춘 군관이 되기 위해서는 글짓기가 제일 기본인데 이리도 무식해서야. 명색이 양반이거늘 부끄러운 줄 알아야지. 쯧쯧쯧."

도사는 혀를 차며 대놓고 면박을 주었다.

"그중 박시문이 쓴 시가 그나마 낫군."

병사가 시험 감독관인 도사와 종성 부사를 위한 연회를 열었다. 도사는 이번 소과 시제를 정하고 시험지를 채점하고 당락을 결정하는 일을 맡고 있었기에 지방 수령들은 잘 보여야 했다. 도사는 의금부에서 함경도 감영으로 내려보낸 종오품 관직이었다. 지방 관리들의 불의를 처단하고 상부에 보고하여 응징할 수 있었다. 도사나 판관은 병사나 부사보다 직급이 낮았으나 그들을 규찰하는 법을 집행하였기에 모든 수령이 두려워하는 직책이었다. 병사도 예외가 아니었다. 관찰사가 병중인 관계로 그를 보필하는 도사가 이인자이지만 실권자였다.

과꾼들이 몰려왔다. 수험 번호에 따라 오와 열을 맞춰 자리를 배정했다. 소과를 보는 향시가 열렸다. 소과에 합격해야 대과를 치르러 한양으로 갈 수 있었다. 징이 울리고 시제와 부제가 펼쳐졌다. 시제는 '망자의 관이 돌아오지 못했으니 원망을 머금고 통절함을 참는다.'라는 주자가 쓴 구절이었다. 부제는 '하나의 화살로 포위망을 푼다.'였다. 시문은 원래 시험 감독관을 도와 시험 부정행위를 감시하기로 되어 있었다. 그러나 정작 시험 감독관인 도사와 부사는 병사와 시험장이 내려다보이는 후원 별당에서 휴식을 취하고 있었다. 병사가 시문을 따로 불렀다.

"제술 공부는 많이 하였느냐?"

"네, 성심껏 준비했습니다."

병사가 귓속말로 속삭였다.

"내가 잘 아는 서생이 둘 있는데 아직 소과에 합격을 못 했네.

자네라면 좋은 답안을 쓸 수 있을 거야. 박 군관 자네 이름도 시문이 아닌가?"

시문은 병사가 시키는 대로 다른 사람을 위한 대리 시험을 치렀다. 일필휘지로 답안을 써서 백 씨 성을 가진 선비와 김 씨 성을 가진 선비에게 갖다주었다.

병사는 도사를 위해 연회를 베풀어 극진히 대접했었다. 기생을 붙여 주고 금품을 갖다 바쳤을 것이다. 그렇지 않고서야 대낮에 치르는 생원 진사과 시험에 부정행위가 가능하단 말인가.

부정행위를 감독해야 할 시문은 자존심이 상했지만 병사의 명령은 절대적이었다. 시문은 재빨리 시 두 편을 지어 그중 대충 운을 맞춘 하나를 백 선비라는 자에게 주어 자신의 글씨체로 정서하도록 했다. 백 선비는 병사의 문서관으로 얼굴이 예쁘장하게 생겨서 남자라도 총애할 만했다. 병사가 젊은 남자를 좋아한다는 소문이 있었다. 그는 원래 문서나 베껴 쓰는 일을 맡은 말단 관리인데 병사가 애지중지하며 수행 군관처럼 끼고 다니는 자였다. 젊은 여자처럼 가냘픈 백 선비는 날이 어둑어둑해져서야 겨우 답안을 제출했다. 무슨 일인지 시문이 준 답안을 베끼지 않고 운과 대구도 안 맞는 시를 써서 냈다.

백 선비는 시험에 떨어졌고 시문의 답안을 그대로 베껴 쓴 김 선비가 초시에 합격했다. 김 선비도 병사가 부사로 있던 시절에 곁에 두고 극히 아꼈던 사람이었다. 이미 위로부터 합격자가 정해진 까닭에 수많은 응시생이 떨어졌다.

우종은 총을 메고 시험장을 삼엄하게 경비하는 임무를 맡았다. 가난한 선비가 풀뿌리와 나물을 씹으며 배고픔을 참고 밤낮 공부하여 과거科擧를 준비했을 텐데 안타까웠다. 놀고먹는 한량들이 과거科擧 때마다 세를 받고 과장에 들어가서 대신 써 주거나 불러 주는 일을 업으로 삼았다. 과거 급제만이 궁색한 향촌 선비의 출셋길이기에 과장은 언제나 인산인해였다. 부정이 만연하고 무질서하기 이를 데가 없었다. 급기야 시험장에 들어갈 때 서로 먼저 앞자리로 가려다 밟혀 죽는 일이 생겼다. 이러하니 우종처럼 멀쩡한 사람도 몽둥이를 아니 들 수가 없었다.

남순

우종은 병사를 모시고 병영 남쪽 지역 순행을 갔다. 남쪽 진과 보를 돌면서 무기와 군기를 검열하는 일이었지만 우선 길주에 가서 사태를 파악하는 게 우선이었다. 우종은 조총 두 정을 등에 시옷 자로 가로질러 메고 부대를 따라나섰다. 매년 여름마다 병사는 경성 남쪽에 있는 담당 지역 군영을 순찰하고 군기를 검열했다. 말이 순행이지 일행에게는 유람이요 백성에게는 일종의 무력시위였다. 길주로 가는 길에 먼저 명천에 도착했다. 명천 포수들이 우종을 반갑게 맞아 주었다. 우종은 영길을 불러 이환의 안부를 물었다.

"이리저리 왔다 갔다 합니다. 그런데 요즘 도통 눈에 띄질 않네요."

"혹 붙잡힌 건 아닌가?"

"온갖 도적놈과 사기꾼들이 우글거리는 와지촌에 잘 숨어있는 건지 어디 가서 무얼 하는 것인지 하여간 모르겠습니다."

"참 처지가 딱하게 되었구나. 와지촌에 가서 수소문하고 내게 알려 주게."

병사는 명천 관군의 군기와 전투태세를 검열한 후 길주에 도착했다. 목사가 성문 밖까지 나와서 병사를 환대했다.

"어서 오십시오. 무탈하시군요."

"대부대를 이끌고 왔는데 무슨 일이 있겠습니까? 이번 변고는 잘 무마되었나요?"

"집집이 백미 한 되씩 나누어 주니 잠잠해졌습니다."

"잠잠해졌다? 아마도 숨을 고르는 중일지 모릅니다. 우두머리 몇 놈을 잡아서 본때를 보여야 할 거요. 민란으로 번졌으면 목사와 내 목이 한꺼번에 날아갈 뻔했어요. 염탐해서 주모자를 잡아 투옥하고 민심을 진정시키는 방도를 마련합시다."

길주 군영의 군기와 병장기를 대충 점고하고 머물렀다. 여러 군관과 목민이 지켜보는 활터에서 시문은 혼자 백오십 발을 쏴서 모두 명중시켰다. 병사의 지시로 길주 백성에게 보여 주는 일종의 무력시위였다. 포수들도 대열을 갖추고 총을 쏘게 하여 구경꾼들 간담을 서늘하게 만들었다.

길주 목사는 병사와 사돈지간이었다. 병사와 첩실 사이에서 난 딸의 남편감이 목사의 아들이었다. 목사의 아들 나이가 아직 어려서 혼례를 차일피일 미루다 드디어 올해가 가기 전에 치르기로 했다. 병사와 길주 목사가 상을 걸고 활을 쏘았다. 병사가 시문의 활 솜씨를 믿고 상금을 크게 걸어서 모두 땄다.

다시 순행 길에 올랐다. 길주 목사가 동행했다. 강에서 연어를 많이 잡아 회를 떠서 먹었다. 새벽부터 비가 와서 병사와 목사는 종일 잔치를 열었다.

병사가 잔치를 파하고 쉬는 사이 우종은 시문을 따라나섰다. 병사의 명으로 이른 새벽부터 일어나 여러 진보를 검열하러 갔다. 병기 상태를 우선 검열했다. 어느 보에서는 활 백여 개, 화살 삼천 발과 창검은 모두 잘 관리되어 있는가 하면 조총 마흔 자루는 총열에 녹이 슬거나 방아쇠가 고장 나고 대부분 사용할 수가 없었다. 그곳을 지키는 영장을 불러 총을 고치도록 했다. 지시를 어길 시엔 상부에 보고하여 즉시 벌로 최전방으로 보내거나 진급에서 누락시켰다. 보루의 성곽도 일부가 허물어져 내린 진지도 있었다. 오랑캐가 무너진 성곽의 보수를 금지했지만 눈치껏 잘 고치라고 지시했다. 밤에 잠을 자지 않고 출발했다. 새벽녘 말먹이를 줄 때 포수인 역리가 술을 가지고 왔다. 배가 고프니 거친 술마저 꿀맛이었다. 우종과 시문은 보루 하나를 더 점고한 후 늦은 저녁에 길주에 떨어졌다. 병사도 목사와 늘어지게 먹고 놀다가 부대를 이끌고 저녁 만찬에 맞춰 도착했다.

아침 먹기 전에 길주 동헌에서 활쏘기 내기 시합 재대결을 했다. 병사와 목사 사이에 백미 스무 섬이 걸린 내기였다. 시문은 장기판 위의 말이 된 기분이었다. 지면 장기판 졸이 되고 이겨 봤자 개털이었다. 노름판에 억지로 등 떠밀린 심정이랄까. 시문이 날린 마지막 화살 한 발이 날아가는 새를 스치며 떨어지는 바람에 과녁에 빗맞았다. 길주 목사는 서둘러 말했다.

"이 한 발은 명중이 아닙니다."

그러자 병사는 흥분해서 소리쳤다.

"비록 적중은 못 시켰으나 과녁 바로 앞으로 날아가는 새를 맞췄으니 명중한 것과 진배없지."

우기면서 서로 다투었다. 시문의 활 상대인 장도민은 명중시키지 못한 것이 두 발이었고, 시문은 한 발만 새를 맞추었다. 비록 한 발을 명중시키지 않는 거로 치더라도 승리가 확실했다. 결국 병사가 통 큰 양반 행세를 하며 겨우 양보하여 명중시키지 못한 것으로 처리했는데 결국 내기에서 진 길주 목사가 더욱 분해했다.

천총이 우종에게 와서 함께 성문을 나섰다.

"지난번 민심이 동요할 때 포수 대장이 도와줘서 고마웠소."

"글쎄요. 그 일로 각 고을 수령들이 백성을 다스릴 적에 두려운 마음이라도 생겨야 할 텐데요."

"달걀로 바위를 때린다고 바위가 깨지겠소? 약간 더럽혀질 뿐이오. 그마저 빗물에 씻으면 그뿐이고. 본래 지위와 위세가 과

욕을 부른다 하였소. 세금을 많이 거두면 유능한 수령이 되고 영전할 기회가 생기는 것이오."

"그럴 리가요?"

"조만간 은밀히 주모자를 찾아 잡아들일 거요. 포수 대장도 몸조심하고 당분간 모임을 멀리하시오."

"늙은 몸뚱어리는 때가 되면 버릴 수 있으나 제 피붙이와 같은 포수들은 멀리하기 곤란합니다. 앞으로 자중시킬 테니 잘 살펴 주십시오."

"알겠네. 언제 위기가 닥칠지 모르니 포수들이 꼭 필요하지."

포수들의 얼굴이 스쳐 지나갔다. 이름과 명예도 없이 사라진 산포수들. 어느 위정자보다 더 나라를 위해 목숨을 걸고 살았던 무명용사들이 아닌가.

무기를 점고한 후에 깊은 밤이 되어서야 보루에 도착했다. 보루는 길주에서 팔십 리 떨어진 장백산 아래에 있었기에 우종은 시문을 따라 전속력으로 말을 달렸다. 무더위가 이어졌다. 말을 탄 엉덩이에 땀띠가 나도록 검열 지역을 누비고 달렸다. 그것도 이틀이나 걸리는 여정을 하루에 끝내야 했다. 우종은 이력이나 있지만 시문은 처음 겪는 이번 여정이 무척 힘에 부쳤다. 반면에 병사는 산천 유람을 다니듯 천천히 움직였다. 다른 군관들모두 풍류를 즐기며 다니는데 시문은 매일 밤 물에 젖은 솜이불처럼 잠자리에 고꾸라지듯 쓰러졌다. 어디에 하소연할 데도 없

었다. 시문은 밤마다 회령에 도착하여 의향을 만나는 꿈을 꾸곤
했다.

큰 고개를 넘기 전 애꾸가 급하게 시문을 만나러 왔다. 애꾸
는 시력이 안 좋은지 우종을 알아보지 못했다. 시문이 애꾸에게
물었다.

"이환이 놈을 잡았는가?"

"거의 잡았다 놓쳤습니다만 어디 있는지 알고 있습니다. 노자
가 부족하여 더는 나아가기 곤란하니 조금 살펴 주시면 감사하
겠습니다."

몸값을 더 뜯으러 온 것이었다.

"알겠다. 광목 두 필을 더 얹어 줄 테니 어서 잡아 오너라."

애꾸를 보내고 반나절이나 걸리는 고개를 넘어 명천에 예정
된 날보다 하루 일찍 도착했다. 기생과 눈 비비고 일어난 병사
에게 이제까지 검열 결과를 보고했다. 병영에 머물고 있던 비장
과 기생 몇이 와서 병사의 순행 중 노고를 위로하고 알현했다.
이번 순행에서 음주 가무 빼고 과연 병사가 무슨 일을 했는가
생각하니 한심했다. 여러 군관과 온정 온천에서 그간의 피로를
푸는 목욕을 했다. 경성 병영에 드디어 도착했다. 십삼 일간의
강행군이 끝난 것이다. 얼마나 힘들었는지 시문은 몸무게가 여
덟 근이나 줄었다. 우종도 갈빗대가 드러날 지경이었다.

병사가 전투태세 강화를 위해 활쏘기 훈련을 거듭 강조했다.

남쪽 순행에서 돌아온 첫날부터 병사의 명령으로 군관 중에 시문만 매일 삼백 발을 쏘았다. 병사는 시문을 신궁으로 만들어 떼돈이라도 벌 심사인지 몰랐다. 그것뿐만이 아니었다. 의향이 수청을 들지 않고 완강히 버틸수록 시문에게 불호령이 떨어졌고 업무량이 늘어났다. 시문의 몸은 점점 단련되어 활을 쏘는 최적의 병기가 되었다.

도사와 판관

"어째 관북의 관리나 향교 양반이라는 위인들은 한결같이 무식합니까. 아직도 공맹의 뜻을 못 헤아리고 공부할 준비가 전혀 없습니다. 그리고 주상의 은혜를 입고 부임한 나, 도절제사 알기를 너무 우습게 생각한단 말입니다."

유생들에게 강론하기 위해 도사가 함흥 감영에서 경성 병영으로 오자마자 관아의 대접이 너무 소홀하다고 병사에게 불평을 늘어놓았다. 도사가 트집을 잡는 것이었다. 그 때문에 애꿎은 병영 하인이 한차례 곤장을 맞는 처벌을 받았다. 무뚝뚝한 북관 말투가 귀에 거슬렸기 때문이다. 곤장으로 끝날 일이 아닐 터였다. 병사는 이번에도 알아서 뇌물을 준비시켰다. 도사는 가는 지방마다 유생들이 예법에 어긋나고 제술 실력이 형편없다고 트집을 잡았다.

지방 수령들이 준비한 식사와 잠자리가 형편없다고 불평하는 이유가 있었다. 도사는 지방관의 불법을 규찰하는 관직이므로 누구라도 엮어서 의금부에 보고하는 날이면 관직이 날아가고 목숨까지 위태로울 수 있었다. 그만큼 청렴해야 하지만 그 자리가 어떤 자리인가. 임금 대신 권력을 휘두르고 뒷배 봐주는 파당으로부터 한몫 챙기는 자리가 아닌가. 민심은 안중에도 없었다. 과거科擧에 합격하여 관직에 나간 후 오직 줄을 잘 서서 출세에만 눈이 먼 자들이었다.

도사가 경성 판관과 찰방을 이끌고 연어를 잡기 위해 먼저 회령천이 만나는 강 입구로 갔다. 시문은 병사를 모시고 늦게 합류했다. 연어들이 물살을 헤치고 올라왔다. 시문이 깃을 크게 댄 동개살로 쏘니 화살을 맞은 연어가 얕은 여울 아래위로 퍼덕였다. 강변 위로부터 아래로 수많은 사람이 강가에 서서 연어잡이를 구경했다. 병사 또한 직접 화살을 쏘았다. 배행한 군관 중 화살집을 등에 진 수십 명이 모두 앞을 다투어 활을 쏘아 댔다. 화살이 빗발처럼 날아가 얕은 강물 위로 쏟아졌다. 연어 수십 마리가 몸을 펄떡이며 떠올랐다. 잡은 연어는 회를 뜨고 구웠다.

"어이, 거기 너."

도사가 어깨에 총을 멘 우종을 손가락질하며 말했다.

"어깨에 걸친 그 쇳덩어리 그거 제대로 맞긴 하는가?"

"네, 특별히 총신을 길게 만든 화승총입니다."

우종은 최대한 공손히 머리를 숙이고 말했다. 경성 판관이 끼어들었다.

"총이나 활을 쏘는 것은 종이 한 장 차이임에도 서로 비교가 안 되지요."

총이 우위란 건지 활이 우수하다는 건지 알 수 없었다. 병사가 말했다.

"단지 조총을 본 적이 있다고 그것을 안다고 생각하면 오산입니다."

도사가 비꼬듯이 말했다.

"한밤중에 들리는 총성은 사람을 놀라게 하는 재주가 있긴 합니다. 꼭 뭔가 큰 변고가 일어난 것 같은 불안이 엄습한단 말이에요."

"총알은 한 방에 나무 방패나 갑옷을 뚫어 버리니 죽기 겁내서 두려운 자들은 무서워할 만합니다."

병사가 말하자 이어 도사가 아는 척했다.

"충의를 마음에 품었다면 도대체 무엇이 두려운가요? 그리고 제대로 싸워 보지도 못하고 총을 맞고 다 죽어 나자빠지는 게 무슨 전투입니까? 무릇 군인이라면 칼에 피가 튀고 살이 찢기는 육박전으로 적을 제압해야 제대로 된 전투지요. 우리 양반들은 그나마 풍류를 아니까 저렇게 연어를 잘 잡는 활을 쏘는 것 아닙니까?"

도사의 말끝마다 고개를 주억거리던 판관이 우종에게 명령을 내렸다.

"그럼 어디 총을 쏴서 연어를 잡아 봐라."

우종은 병사를 올려다보았다. 병사가 고개를 끄덕였다. 총죽으로 화약과 탄환을 총구에 밀어 넣고 화문을 열어 점화약을 넣고 닫았다. 불이 붙은 화승줄을 용두에 걸고 화문을 열어 점화하고 방아쇠를 당겨 연어를 겨냥하여 발사했다. 섬광이 일고 방포 소리가 요란했다. 연기가 피어오르고 화약 냄새가 났다. 병사가 얕은 강물로 뛰어가서 머리가 부서지고 몸통의 반이 날아간 연어를 들고 왔다.

"저런 걸 어떻게 먹을 수가 있나? 아직도 총소리만 들으면 정신이 아득해지고 가슴이 벌렁거리며 간이 덜컥 떨어지는 것 같구나."

도사가 말하자 판관이 맞장구를 쳤다.

"조총은 양반의 성정에 전혀 맞지 않는 병장기임이 틀림없습니다. 무릇 양반은 두 손에 책과 붓을 들어야지 피나 묻히는 일은 저런 자의 일이지요."

"저런 자가 총구를 함부로 돌리면 위험하니 엄하게 잘 훈련해야 할 것입니다. 저런 놈은 원래 타고난 천성이 개돼지와 다를 바 없으니까."

도사가 우종을 가리키며 말했다. 우종은 방아쇠를 잡은 손가락이 부르르 떨렸다.

병영으로 돌아온 판관이 도사에게 예절을 갖춰 응대하는 일이 불공하였다는 죄목으로 유향소 좌수와 관아 이방, 호방과 형방을 잡아 왔다. 알아서 재물을 바치는 예절이 부족하다는 말이었다. 좌수는 양반이라 용서하고, 중인인 삼공형은 각 세 대씩 곤장을 때렸다. 그들이 서둘러 질 좋은 무명을 보내오자 이에 만족한 도사는 다음 경연이 열리는 부령을 향해 갔다. 오고 가는 길목 고을마다 머무르며 예를 모른다고 객기를 부렸다. 그러면서 그가 말하는 예절 물품을 바치면 어느새 웃음 가득한 얼굴로 늘 같은 말을 반복했다.

"아, 이거 나를 위해 이러는 게 아니야. 나랏일에 워낙 고생 많은 윗분에게 드리고 아랫사람에게도 흩어놓는 것이지."

도사가 사사건건 트집을 잡는 것은 알고 보면 무관들을 엄하게 다루어 문관 아래 두려는 수작이었다. 도사가 문신이라 입김과 위세가 당당했다.

해도 해도 너무하니 병사는 은근히 화가 났다. 그 불똥은 도사와 같은 문관 출신인 경성 판관에게 튀었다. 병사의 힐난을 들은 판관이 사표를 냈다. 판관이 시문을 비롯한 군관들을 일렬로 세워 놓고 정강이를 발로 걷어차며 화풀이했다. 시문은 정강이를 까인 일을 생각할수록 화가 났다. 급체를 핑계 삼아 이틀간 병영에 나가지 않았다.

그러는 사이 도사 일행이 산길을 가다가 복면을 쓰고 총을 든 무리를 만났다. 후일 우종이 이환에게 들은 무용담은 다음과 같았다.

"참 많이도 처먹었구나. 백성들 피눈물 어린 재물들이니 맡아 놓겠다."

각 고을을 돌며 수령들에게 챙긴 물건이 수레에 그득하고 말 다섯 필 짐이 넘었다. 도사가 행패를 부려 고을 수령들이 알아서 갖다 바친 뇌물이었다. 물품 일부는 경성 판관에게 맡겨 놓거나 함흥으로 보냈는데도 양이 많았다.

"인민의 고혈을 빨아먹는 네 이놈. 당장 죽여 마땅하나 너를 죽이지 않는 걸 미륵불께 감사드려라. 다음에 만나면 이보다 더 많이 모아서 모두 우리에게 바치도록 해라."

도사는 목숨만이라도 건진 게 다행이었다. 모은 재물은 원래 장부에 없던 것이었기에 그 뒤를 쫓아 찾은들 무슨 소용이 있단 말인가. 뇌물을 받은 사실이 세상에 널리 알려지는 일이기에 도사는 서두르지 않았다. 그러는 사이 물건은 무리를 따라 첩첩산중으로 들어갔다.

병사와 경성 판관이 충돌하는 사건이 다시 일어났다. 판관이 관아 근처를 말 타고 왕래하는 일이 많았다. 시문이 세 들어 사는 집주인을 비롯하여 여러 집 담장을 높게 쌓으라고 명하였다. 말을 타고 지나치는 판관의 얼굴을 미천한 상것과 종놈들이 보지 못하게 담을 더 쌓으라는 것이다. 양반인 집주인들이 이런 일의 부당함을 여러 번 관아에 알렸다. 그러자 병사가 이방과 죄수를 불러 내막을 자세히 들었다. 일이 무산되자 판관이 대로하여 양반인 주인 대신 사내종들을 잡아다 옥에 가두었다. 판관의 얼굴을 본 죄로 봉남도 붙들려 갔다. 판관이 사내종을 옥에 가두었다는 것을 병사에게 보고한 이방과 죄수를 불러들였다. 죄수는 양반이므로 용서해 주고 이방은 곤장 열 대를 맞았다. 봉남도 곤장을 맞으며 소리쳤다.

"억울합니다. 다만 고개를 숙인 죄밖에 없습니다."

"죄가 없다고? 이놈아, 죄라는 것은 원래 뒤집어씌우기 마련이다. 코에 걸면 코걸이 귀에 걸면 귀걸이가 죄다. 종놈 주제에 감히 양반을 노려보다니. 매우 쳐라."

이 일이 문제가 되자 판관이 병사에게 다시 사표를 냈다. 그러나 병사가 나라에서 임명한 판관 관직을 물릴 수는 없었다. 병사는 문관 임명권이 없는 무관일 뿐이었다. 병사가 객사에 나와 앉아 업무를 봤으나 판관은 보란 듯이 관아의 남쪽 성루에서 기생들과 저녁 늦게까지 잔치판을 벌였다. 우종은 곤욕을 치른 봉남을 업고 와서 치료해 주었다.

향시

중수가 잡혔다. 길주에서 병영으로 이송되어 옥에 갇혔다. 길주에서 일어난 사건의 주모자가 여럿 잡혀 올 때 중수도 끼어 있었다. 잡혀 온 자들은 옥에 갇혀서 형리에게 갖은 고문을 받았다. 민생을 호도하고 지방관을 능멸한 죄였다. 군관 이명이 직접 심문에 참여해서 혹독하게 고문했다. 과중한 부역의 고통을 호소했던 노비 한 명이 주모자로 몰려 자백을 강요받았다. 형틀에 묶여 주리를 틀고 난장을 당해 죽어 나갔다. 우종은 중수를 보러 옥사에 갔다. 불로 달군 인두로 발바닥 한쪽을 지지는 낙형을 받은 중수는 잘 걷질 못했다. 눈물이 앞을 가렸다. 중수는 담담하게 말했다.

"나는 괜찮아요. 굶주린 사람들이 쌀 몇 줌이라도 받질 않았습니까?"

"내가 너를 이대로 둘 수는 없다. 너 혼자 감당할 일이 아니다."

중수를 만나고 사태가 심각함을 깨달았다. 자칫하면 역모로 몰려 죽임을 당할 수 있었다. 우종은 함경 각 지역 포수 대표들에게 모이라는 통문을 넣고 시문에게 중수를 구원할 방도를 물었으나 도울 길이 없다며 고개를 저었다.

우종은 즉시 길주로 달려가서 천총을 만나 따졌다.

"천총 나리를 믿고 따랐는데 어쩌다가 일이 이 지경에 처했습니까? 중수는 포계 핵심 지대장입니다. 아시다시피 이 일은 수천 함길도 포수들 분노를 살 일입니다. 그러니 꼭 풀어 주십시오."

"나서지 말라고 내가 경고하지 않았소. 충분히 알아들었으니 포수들 의견을 위에 상주하여 선처를 요구하겠으나 혹여 허튼 짓은 삼가시오."

"중수 목숨이 달린 일이라 한시가 급하니 서둘러 주십시오."

천총은 근심 어린 얼굴로 고개를 끄덕일 따름이었다.

군관 중에 시와 글을 잘 짓는 자가 없어서 시문이 임시 과거 科擧인 별시를 준비하는 차비관에 임명되었다. 이번에도 우종은 과장의 경비를 맡았다. 경성에서 치른 초시 합격자를 회령에서 발표하고 온성으로 가서 별시를 치르라는 명이 떨어졌다. 그간 그림자가 드리웠던 시문 얼굴이 간만에 생기가 돌았다. 시문은 내심 뛸 듯이 기뻤을 것이다. 드디어 의향을 만날 수도 있다는 기대가 현실이 되었기 때문이다. 시문은 경성을 출발하여 꿈에 그리던 회령에 도착했다. 우종은 회령에 가서 의향을 만나지 말라는 병사의 엄명이 마음에 걸렸다. 더욱이 과거科擧를 진행하는 공무가 아닌 사사로운 일로 무단이탈할 수가 없었다. 병사가 보낸 감시자의 눈길도 삼엄했다.

이것을 알아차린 회령 판관이 시문을 불렀다. 밤에 회령 판관이 시문과 차를 마시며 그간 못다 한 이야기를 하는 척했다. 병사가 보낸 호위 무사를 우종이 따돌리는 사이 시문은 판관 집 뒷문으로 몰래 빠져나갔다. 우종은 호위 무사를 유인해 십 리나 떨어진 산길에 버려두고 왔다. 판관이 준비한 말을 타고 시문과 달려 의향 집으로 갔다. 시문은 꿈같은 하룻밤을 보내며 의향과 머물렀다. 우종도 오랜만에 녹주와 만났다. 그간 밀린 이야기를 나누는 꿈결 같은 시간이었다.

병사가 매번 선물을 보내오는 일로 시문과 의향은 서로 말다툼을 했다.

"난 왜 이렇게 늘 불안한지 모르겠어요."

의향이 몸을 떨며 말하자 시문이 말했다.

"옆에서 지켜 주질 못해서 미안해. 다만 병사의 어떠한 유혹에도 흔들리지 마라."

"절 못 믿으시나요? 당신이 내 곁에 없는 하루하루 고통이 이리도 가슴 아픈데. 내게 당신 말고 무슨 희망이라도 남아 있나요? 당신이 그림자조차 남기지 않고 떠나면 공허한 슬픔이 내게 남아 살아갈 의욕을 앗아가요. 이러다 낙엽을 휩쓰는 바람처럼 어느 날 당신이 내게서 사라지는 건 아닌가요?"

"의향, 네가 없는 세상은 이제 필요가 없어. 날 믿고 끝까지 따라와 주오."

시문이 말하자 의향은 고개를 끄덕였다. 시문은 새벽에 헤어질 때 의향을 꼭 끌어안았다. 우종은 말에 싣고 온 무명과 쌀을 녹주에게 주었다. 짧은 해후를 뒤로하고 헤어지기 싫어서 우는 의향이 안타까웠다. 우종은 뒤를 밟는 호위 무사의 검은 그림자에 온 신경을 썼다. 지난밤 등 뒤로 몰래 가서 혈과 급소를 몇 군데 눌러 잠을 재우고 왔다. 급소를 건드리는 귀신같은 자가 두려운 호위 무사는 이후로 선뜻 따라붙지 못했다.

시월 초에 부는 북풍이 찬 공기를 몰고 왔다. 온성에서 별시가 열릴 예정이었다. 병영 군관 이석노가 뒤늦게 따라왔다. 과거科擧를 매번 보러 오는 북관 선비들이 많이 모여들었다. 매번 과거科擧에 떨어져도 하라는 공부는 안 하고 축제를 즐기듯 떼를 지어 몰려오는 과꾼들이었다.

병사의 동생 김여래는 이미 도착해 있었다. 한량인 김여래는 병사의 문서 담당관이 되었다. 전에 병사가 애지중지하던 젊은 문서관은 초시에 떨어지고 난 후 무슨 이유인지 모르지만 해임되었다.

시험 전반을 감독할 상시관인 우후와 부시관인 길주 목사와 명천 부사가 모두 도착했다. 원래 상시관인 도사는 이번에는 지병을 핑계로 오지 않았다. 산포수들이 도사에게 한 번 더 눈에 띄면 바로 황천길로 보내겠다고 엄포를 놓았기 때문이다.

별시를 개장하여 온종일 시험을 쳤다. 우종은 몽둥이를 들고 과장을 돌아다녔다. 앞자리를 맡아서 팔아먹는 놈, 시험지를 바꾸거나 대리로 치르는 놈과 남을 짓밟고 밀치며 치고 때리는 놈들을 몽둥이로 다스려야 했다. 오후에 시험을 마친 즉시 채점을 하고 방을 붙였다. 장원은 병사의 동생 김여래였고, 차석은 길주 목사 친조카이자 명천 부사 사돈뻘인 자였다.

시문이 부당하다고 생각되어 용기를 내서 우후에게 고했다.

"병사의 아우가 장원하고 목사의 조카가 차석을 하였으니 다른 사람들의 입에 오르내릴까 심히 두렵습니다. 별시 취지대로 이 지역 유생에게 장원을 주는 것이 마땅하다고 생각합니다."

그 말을 들은 온성 부사가 맞장구를 쳤다.

"박시문의 말이 삼가 이치에 맞습니다. 향시이므로 이 지역 유생에게 줘야 옳지요."

"이미 정식으로 채점이 끝난 상태라 나도 어쩔 수 없다."

우후가 그리 말하자 시문은 뒤로 물러섰다.

상시관과 부시관은 서둘러 합격자를 발표했다. 파장을 알리는 풍악을 울리고 이어 장원한 김여래를 위해 잔치를 열었다. 주색잡기 능한 것 외에 젬병인 병영 문서관 김여래를 손가락질하며 유생들이 가슴을 쳤다. 억울하겠지만 누굴 붙들고 하소연한단 말인가. 궁핍한 서생으로 돌아가서 다시 정진하는 수밖에.

파장연을 여는 문밖이 시끄러웠다. 포수 수백 명이 총을 메고 와서 소란을 피웠다. 그들이 외치는 소리가 들렸다.

"무고하게 옥에 갇힌 포수 이중수를 석방하라!"

"석방하라! 석방하라! 석방하라!"

"이게 무슨 일인가? 어서 포수 대장 김우종은 냉큼 달려와서 내막을 설명하라."

우종은 성문 밖에 서 있던 포수 영길이를 데리고 우후에게 갔다. 우후가 자초지종을 영길에게 물었다.

"신성한 과장에서 포수들이 모여 세력을 과시하고 감히 무례를 범하는데 이게 무슨 난리인가?"

"저희 포수들은 나라가 위기에 처하면 만사 제쳐 놓고 달려가 몸을 던졌습니다. 근래 길주에서 변고가 있었는데, 포수 한 명이 주모자로 잡혀가 고초를 겪고 있으니 저희가 모여 억울함을 하소연하는 것입니다."

"나라 법에 따라 처분될 것이니 그리 알고 당장 모두 물러가라."

우후가 명령을 내렸으나 영길이 죽기를 각오하고 말했다.

"저희는 이미 흩어질 수가 없습니다. 모두 총을 들고 흥분하여 북관 각지에서 모였으니 그 수가 곧 수천에 다다를 것입니다. 억울한 포수를 풀어 준다는 약조를 해야 돌아갈 것입니다."

"지금 나를 겁박하는 것이냐? 이 자들이 반란을 획책하고 있구나. 저놈을 당장 포박하라."

우후가 소리치자 칼을 뽑아 든 이석노가 나섰다.

"병방 군관인 제가 역도들을 모두 도륙할 테니 명령을 내려 주십시오."

"잠깐 기다려라. 무슨 오해가 있는 모양이다."

우후가 잠시 생각하는 사이 우종이 무릎을 꿇고 우후에게 읍소했다.

"지금 옥사에 갇힌 중수는 제 친형제와 마찬가지입니다. 불의를 참지 못하고 성격이 바르고 곧은 자이며 포수 중에서도 명포수입니다. 변경이 위태로울 때 크게 쓰일 자입니다. 선처를 바랍니다."

이번에는 시문이 다가와 무릎 꿇고 말했다.

"제가 포수 대장과 중수라는 자를 오래전부터 아는데 그런 일을 도모할 자가 아닙니다. 너그럽게 용서해 주십시오."

우종과 시문이 번갈아 간곡히 말하자 우후가 누그러졌다.

"알겠다. 내가 병사에게 그 포수의 무고함을 알리겠다. 길주 목사는 내막을 상세히 알고 있을 테니 이 일을 어찌 처리하면 좋겠소?"

우후가 뒷일을 목사에게 넘겼다.

"이곳 북관은 예로부터 난폭하고 사나운 기운이 넘치는 땅이지만 만약 반란이 일어나면 우리 수령들 모두 혹독한 문책을 당할 것입니다. 장군께서도 그리 생각하니 나도 병사께 잡혀간 포수의 억울함을 알리겠소이다."

"들었느냐? 이제 해산하거라."

문밖에 이 사실을 알리자 포수들이 쏘는 수백 발 총성이 하늘에 울려 퍼지고 화약 연기가 가득했다. 축포로 과거科擧가 마무리된 후 시문을 쳐다보는 이석노의 표정이 싸늘했다.

시문이 돌아오니 이미 과거科擧 합격자 명단이 책자로 만들어져 병영으로 왔다. 병사가 별시의 결과에 대한 소문이 두려워서 시문을 불러들였다.

"내 아우와 길주 목사의 조카가 일등과 이등을 하니 네가 심히 부당하다 할 만하다. 네 말이 어쩌면 옳기에 감영으로 보내는 합격자 명부를 내가 직접 고치고자 하였으나 바빠서 못했다. 그런데 오늘 보니 문서관인 내 아우가 실수로 어제 발송해 버렸다. 이제 나도 어쩔 수가 없으니 더 논란이 되어서는 곤란하다. 그리고 네 말대로 실수로 가둔 포수는 방면할 것이다."

병사는 이 일이 상부에 보고되어 논란을 일으킬 수도 있기에 서둘러 마무리를 지었다. 이놈이 한번 해보자는 건가, 병사는 내심 시문이 매우 괘씸하였으나 대놓고 말할 수는 없었다. 더욱이 병사는 사위를 맞이하는 일로 정신이 팔려있었다. 딸을 시집보내는 기쁜 잔칫날에 초를 치는 시문이 눈엣가시처럼 보였다.

국경 지역 순행을 가기 직전에 중수가 풀려났다.

"과거科擧 때문에 중수가 풀려난 거요"

시문이 우종에게 말하며 웃었다.

"중수야, 고생 많이 했다. 미안하구나."

"포수 대장 덕분에 풀려났으니 고맙습니다. 돌아가서 포수들을 모으고 계원들을 체계적으로 훈련하겠습니다. 말과 식량은 물론 조총과 병기들을 더 확보해야 합니다."

비록 몸이 많이 상했을지언정 중수는 생각이 여전히 침착하고 강인했다.

"우선 상한 몸이나 잘 추스르게."

중수를 데리고 갈 영길을 불러 이환의 행방을 물었다.

"환이를 만났느냐?"

"요즘 그 녀석이 회령에 숨어들어서 설리를 만나는 것 같습니다."

"그래? 순행 중에 만나겠구나."

중수를 산채로 데리고 가서 병구완하도록 부탁했다.

북순

병사는 겨울 동안 최전방 행영에서 지냈다. 북쪽 변방 순행을 준비하기 위해 향사당에 나아가 숙박했다. 겨울철 동안 두만강이 얼어붙으면 여진족 부족들이 국경을 넘어와서 마을을 약탈하는 일이 잦았다. 청나라가 안정을 찾으면서 국경 침범은 뜸했지만 얼음이 얼면 오랑캐 부족들이 강을 건너서 국경을 넘어오기도 해서 쌍방이 강 건너로 포를 쏘는 사건이 발생하기도 했다.

병사는 북쪽 국경 지역을 순행하기 위해 부대가 서둘러 군장을 꾸리게 했다. 우종은 포수 부대를 집합시키고 군장과 총기를 점고한 후 지휘 군관에게 전원 이상 없음을 보고했다. 기마대와 보병이 대열을 갖추고 출발했다. 필수 인력만 남기고 병영 전체가 출발하니 그 대열이 장관이었다. 마병 부대가 앞장서고 포수와 궁수 부대가 이어졌다. 관속과 노비 행렬이 맨 뒤를 따랐다.

병사의 지시에 따라 시문과 우종은 무산과 회령 진보에 주둔하는 부대를 점검하기 위해 첫닭이 울 때 먼저 출발했다. 부대를 사열하고 초저녁에서야 회령에 이르렀다. 병사가 먼저 회령에 여유 있게 도착했기 때문에 시문은 의향에게 몰래 갈 시간을 벌지 못했다. 먼저 도착한 병사는 관기를 물리고 사기인 설리를 불렀다. 웬일인지 설리는 병사의 부름에 순순히 응하고 처소에 들었다. 병사는 기가 센 설리와 제대로 된 잠자리를 치르지도 못했다. 돌부처를 안고 있는 듯 동하지 않고 시들어 버렸다.

무슨 꿍꿍이속인가. 여자의 마음이 진정 흔들리는 갈대란 말인가. 우종은 설리의 마음을 도무지 헤아릴 수 없었다. 회령에서 알던 사람들이 술을 가지고 와서 대접했기 때문에 우종은 취해서 객사에서 잠시 잠이 들었다 깨어났다. 우종이 평소 코를 천둥처럼 골면서 자는 까닭에 시문은 객사에서 조금 떨어진 상서헌에서 혼자 잤다. 늦은 밤 홀로 깨어난 우종은 회령성 밖으로 빠져나갈 궁리를 했다. 녹주를 만나고 올 기회를 찾기 위해 밖을 엿보았다.

우종이 밤길에 나섰을 때 주위를 살피며 상서헌으로 가는 여인이 있었다. 은하수가 흐르는 깊은 밤이었다. 수상쩍은 것은 여자 뒤를 따르는 사내의 그림자였다. 놀란 우종은 그들 뒤를 밟았다. 우종은 관사에 숨어들었다. 벽에 붙었다가 기둥의 그림자가 되었다.

시문은 한밤중에 눈을 떴다. 문밖에 검은 그림자가 어른거리더니 누군가 문을 열고 내실로 조심스럽게 들어왔다. 시문은 단도를 가슴에 품고 자는 척했다. 등 뒤에 인기척을 느끼는 순간 적의 목에 칼을 겨누고 쓰러뜨렸다. 여인은 설리였다.

그녀는 강제로 수청을 요구한 병사가 깊이 잠든 틈을 타서 몰래 빠져나와 시문이 잠든 처소로 온 것이다. 시문은 문밖 누군가가 듣도록 큰 소리로 설리를 꾸짖었다.

"제정신이 아니로구나. 어쩌려고 이러는 것이냐. 병사가 이 일을 알면 나는 치도곤을 당할 것이다."

시문은 당장 이 일을 병사가 알게 될까 두려웠다.

"군관 나리, 부탁이 있습니다."

"무슨 부탁이냐? 어서 말하고 가거라."

"저는 한 사내만을 사랑하는 여자로 살고 싶어요."

"그래, 그 사내가 누구냐? 설마 나는 아니겠지."

"아닙니다. 나리를 모셨던 이환입니다."

"썩 물러가거라. 네가 감히 그 도적놈 이름을 들먹거리느냐."

"제발 그를 풀어 주세요. 제가 모은 재산을 전부 드리겠어요."

"알았으니 오늘은 물러가라."

시문은 설리를 달래서 병사 처소로 돌려보냈다. 시문은 머리를 감싸 쥐었다. 시문은 설리의 말과 행동을 보고 진실로 마음 한구석이 아팠다. 그동안 그가 함부로 굴었던 그녀에게 죄를 지은 기분이었다.

이때 사내 그림자가 우뚝 나타났다. 이환이었다. 시문이 설리와 방 안에 있는 모습을 보고 치를 떨었다. 이환이 완력으로 방문을 밀치고 들어가자 이내 격투가 벌어졌다. 두 사내가 주먹을 주고받았다.

"네놈이 죽으려고 환장을 했구나."

"그동안 설리를 가지고 놀았구나. 내 너를 오늘 갈아 마시고 말겠다."

활쏘기는 몰라도 육탄전은 이환이 강했다. 이환이 시문의 몸에 올라타서 내리누르고 목을 졸라 시문이 혼절했다. 이대로 놔두면 시문이 죽을 판이었다. 우종은 재빨리 움직여서 이환의 목덜미 급소를 손으로 내리쳤다. 이환이 쓰러졌다. 숨결을 살피니 시문은 잠시 혼절한 모양이었다. 우종은 쓰러진 이환을 일으켜 세웠다.

"어리석은 놈. 참고 기다리면 해결될 일을 이리 크게 만드느냐? 어서 썩 사라지거라. 사람들이 오기 전에, 어서."

이환은 담을 넘어 어둠 속으로 사라졌다. 우종은 찬물을 뿌려 시문을 깨웠다.

"그 죽일 놈이 달아났습니까? 그나저나 절 구해 줘서 고맙소이다."

사실 병사는 잠결에 설리가 방에서 나가자 호위 무사를 불러 그녀가 어디로 가는지 미행하도록 했다. 병사는 설리가 시문이 잠든 숙소에 들어갔다는 보고를 받았다. 화가 치밀었으나 그깟 기생 때문에 사내끼리 뭐라 할 체면이 안 서니 참을 수밖에 없었다.

'어떻게 미인들이 모두 일개 군관 놈만을 사랑한단 말인가. 천하의 병마절도사인 내가 좋아하는 미인들을 모두 먼저 건드리다니.'

그렇지 않아도 먼저 회령에 도착한 병사는 낮에 촌가에 가서 의향을 찾았다.

"이리 오너라"

문밖에 병사가 직접 와 있었다. 인기척에 놀란 의향이 얼굴조차 보여 주지 않자 화가 치민 병사는 대문을 강제로 열고 들어가 방문 앞에 서서 호령했다.

"네가 병사인 내 청을 감히 거절하다니 죽으려고 환장을 했구나."

"지아비가 있는 여인입니다. 천하의 웃음거리가 되니 물러가십시오."

"너는 일개 기생이니라. 내 말을 들어야지."

병사는 방문을 강제로 열었다. 억지로 병사가 그녀의 정절을 꺾으려고 했으나 의향은 은장도를 목에 대고 완강히 저항했다. 그때 녹주가 나타나자 병사는 체면상 물러났다. 후일 녹주가 이 날 일어난 사건을 설명하자 시문은 으드득 이를 갈았다.

시문은 말을 타고 행영으로 출발했다. 회령의 선발대와 기마대가 행군할 때 말을 타고 대열에서 이탈하거나 일부러 뒤처지는 자도 있었다. 한참 동안 행렬이 끊어지는 때도 있었으며, 명령도 없이 꿩을 잡으러 산으로 말을 달리는 자도 있었다. 진지에 도착한 후 마병 대장을 잡아 와서 우후 앞에 무릎을 꿇렸다. 우후가 곤장을 때릴 즈음 곁에 서 있던 시문이 용서를 청했다.

"장군, 마병 대장은 죄가 없습니다. 다만 군기가 문란하니 병사들 훈련 강도를 높여야 합니다."

"박 군관을 봐서 이 자를 풀어 준다."

우후가 마병 대장을 용서하고 풀어 주었다. 회령의 군마 장관들이 모두 시문을 향해 머리를 숙이고 감사를 표했다.

마병들이 말을 달리면서 과녁에 활을 쏘았고 총수들이 일렬로 서서 방포를 했다.

병사가 시킨 일인지라 여러 진보의 부대를 점검하기 위해 시문은 계속 말을 달려갔다. 우종도 시문을 따라 수염을 휘날리며 온종일 국경 지역 보루의 군기를 검열한 후 늦은 밤이 되어 온성에 도착했다. 시문은 노독이 쌓인 몸으로 기어코 면포 반 필을 어깨에 메고 기생집에 갔다. 사비라는 명기를 불러 술을 마셨다. 창가를 잘 부르는 사비는 아직 어리다면서 기생 어멈이 동침을 허락하지 않았다.

다음 날 아침, 병사는 시문이 사비와 잤다는 부관 이명의 거짓 보고를 듣고 그녀를 직접 보려고 불렀다. 나이가 겨우 열다섯 살인 사비는 윤기가 흐르는 하얀 피부에 미색이 아주 뛰어났다. 말안장에 올라타고 순행을 가려는 시문을 불러들인 병사는 질투가 묻어나는 목소리로 말했다.

"박 군관. 너는 여복이 참으로 많은 놈이로구나. 시간이 남아돌아서 주체할 수 없는 모양이지. 그렇다면 발바닥에 불이 나도록 바쁘게 만들어 주마."

병사는 백미 다섯 말과 좁쌀 열 말을 사비의 행수인 기생 어멈에게 내주고 사비를 위해 잔치를 열었다. 그날 밤 사비는 병사를 수발했다. 병사든 시문이든 간에 사내라는 이름을 걸고 하는 짓거리가 무척 우스웠다.

시문의 애마가 발목이 아픈지 다리를 절었다. 갈 길이 먼데 큰일이었다. 우종은 말과 수레를 돌보는 내승이 급히 와 달라고 마방에 전령을 보냈다. 연락을 받은 내승이 행영에서 왔다. 치료받을 시문의 말을 주자 그는 행영으로 돌아갔다.

우종은 시문을 도와 다시 새벽부터 행장을 꾸렸다. 두만강 하류에 주둔하는 부대를 하루 내에 검열하라는 명령서를 받고 새벽 일찍 떠났다. 강행군으로 국경에 도착하여 전투태세와 군기를 점고했다. 바로 출발하여 늦은 밤이 되어서야 온성으로 돌아왔다.

병사는 사비와 뒹굴다가 그녀를 데리고 이미 행영으로 돌아간 뒤였다. 온성으로 돌아오자마자 북쪽 국경의 남은 진陣과 보堡를 모두 점검하고 돌아와 보고하라는 병사의 전언이 왔다. 다시 머리카락과 수염을 휘날리며 진보의 무기와 보루를 점검하고 무너진 보루의 성곽과 담은 적의 감시를 피해 은밀히 쌓으라고 지시했다.

무리한 일정이었지만 시문은 엄벌을 받지 않기 위해 전속력으로 행영에 겨우 도착했다. 행영에 도착한 그날부터 잠시 숨 돌릴 겨를 없이 시문은 병영에 필요한 물품을 보급하는 군관에 임명되었다. 병사는 시문을 동시에 조총을 제작 감독하는 조총별조감관鳥銃別造監官으로 임명했다. 또한 군관 청사에서 문서 작성 등 잡무를 총괄하는 장무군관 일도 시켰다. 한 가지 임무도 힘에 부치는데 한꺼번에 세 가지 직무를 동시에 맡겼다. 시문과 무과 동기생들은 이제 고향으로 돌아갈 준비를 하고 있었다. 십 개월 국경 근무 기한을 마치고 집으로 돌아갈 때가 거의 다 되었기에 우종은 병사의 지시를 이해하기 어려웠다. 그런데도 뒤늦게 조총 만드는 큰일을 맡긴 것이다. 그것도 한꺼번에 신형 조총을 사백 자루나 만드는 일은 결코 한두 달 내 완성될 간단한 일이 아니었다. 모든 가능한 자원을 쓴다 해도 최소 일 년이 소요되는 큰일이었다.

"날 끝내 죽일 작정인 모양입니다."

시문이 우종에게 하소연했다. 우종은 시문과 북관의 남북쪽 순행을 도맡아 했기에 험난한 일정 동안 앞으로 겪을 고생을 이해하고도 남았다.

병사는 시문을 집으로 보낼 생각이 전혀 없는 듯했다. 우종은 병사가 의항과 설리 때문에 시문을 벼르던 일을 기억하고 있었다. 병사가 시문을 불쾌하게 여기는 것은 그것뿐만이 아니었다. 우종은 병사의 덜떨어진 아우 김여래가 별시에 장원했을 때 시문이 부당하다고 문제를 제기한 일도 떠올렸다. 정파가 다른 시문의 아버지가 병사를 고발했던 일도 생각났다. 시문은 청사 업무와 공방 감독관 임무를 다른 군관에게 맡겨 달라고 병사에게 진정했다. 공방 일이 많은데 군관 청사에도 자질구레한 업무들이 산적해 있었다. 게다가 조총 제조 일만 해도 만만하지 않았다.

"일이 너무 많으니 줄여 주십시오."

병사가 읍소하는 시문에게 화를 냈다.

"네가 감히 상명하복 원칙에 불복하려는 것이냐? 진정 죽고 싶은 게냐? 상관이 시키면 무조건 해야지. 무슨 잔말이 필요한가. 네가 행동하면 결과를 살펴보고 다른 계책을 마련할 터이니 여러 소리 말고 썩 물러가라. 당장 내일부터 조총 장인들 곁에 상주하면서 일을 시작해라. 사백 자루를 다 만들고 나면 즉시 집으로 보내 주겠다. 북벌을 위해 주상께서 직접 지시하신 일이다. 네 옆에 붙어 다니는 조선 최고 포수 대장 김우종과 서둘러 완성하라."

병사는 우종까지 지목하며 단호하게 말했다. 불똥이 우종에게 튀었다. 시문이 간절히 하소연했으나 관아에 아예 들어오지 못하게 막았다. 병사의 지엄한 명령이라 달리 호소할 길이 없는 시문은 억울하여 다만 눈물만 흘릴 뿐이었다. 의향을 만나지 못하게 만든 일도 따지고 보면 병사의 흑심 때문이지 않은가. 병사는 더 높은 자리로 영전하기 위해 시문과 우종의 뼈까지 통째로 갈아 마실 기세였다.

시문이 부당함을 계속 호소하자 병사가 시문을 두만강 초소로 보내 하룻밤을 꼬박 새우는 매복을 서게 했다. 명령 불복종을 이유로 야간 파수 보는 벌을 준 거였다. 우종도 시문과 한통속이라며 함께 따라가도록 했다. 초소에 도착하니 사방은 칠흑처럼 어두운데 강물은 반짝이는 물빛을 내며 흘렀다. 시야가 트인 강가 언덕 위, 구덩이를 깊게 파서 통나무로 지붕을 만들고 그 위에 뗏장을 덮은 초소에 숨어서 보초를 섰다. 작은 아궁이에 마른 삭정이를 꺾어 불을 피우니 실내는 제법 따뜻했다. 물 흐르는 소리를 자장가 삼아 시문이 우종에게 물었다.

"포수 대장, 아버지 군대 생활은 어떠했나요?"

남의 이목이 멀어질 때마다 시문은 우종에게 존칭을 썼다.

"일당백 장사로 뽑혀 왔으니 무예가 출중했지요. 오랑캐 도적 떼가 강을 건너오면 늘 최전선에서 싸우셨어요. 궁술과 검술에 능해 적들이 두려워했지요. 특히 도끼를 잘 던져서 오랑캐 적장을 쓰러뜨린 적도 있어요. 강직한 성품이라 상관에게 굽실거리지 않았어요. 불의를 참지 못한 대신 고초를 겪었지요. 그렇지만 부하들에게는 자애로운 분이었어요."

"풍류를 아는 남자였나요?"

시문이 묻자 우종이 웃으며 말했다.

"부전자전입니다. 그 아버지에 그 아들. 여자 좋아하는 것까지."

두만강 건너편 멀리 횃불 여러 개가 흔들렸다. 누군가 쫓기며 건너편 강변으로 달려왔다. 수심이 얕은 강물을 급히 건너는 서너 명의 형체가 보였다. 우종은 화승 심지에 불씨를 붙였다. 그들은 강을 건너 매복 초소로 이어진 길로 뛰어왔다. 뒤를 이어 횃불을 든 청인 무리가 강을 건너려고 뛰어들었다. 불구멍을 열고 점화약에 불을 댕긴 우종은 선두에서 강을 막 건너는 놈의 횃불을 조준했다. 탕 소리와 동시에 횃불이 강물에 떨어졌다. 놀란 되놈들이 돌아갔다. 시문과 우종은 강을 건너온 수상한 자들에게 다가갔다. 총을 든 우종이 다가가자 모두 강변 갈대숲으로 달아나고 마지막 기진맥진 엎어진 자를 잡았다.

"너는 누구냐. 조선인이냐? 도망친 노비냐?"

"병자년에 되놈에게 사로잡혀 노예로 팔려서 살다 죽기를 각오하고 탈출한 조선 양민이오."

엎드린 자가 고개를 들고 말했다.

"국법을 어긴 자로구나. 불법으로 환향한 자는 모두 돌려보내
야 한다. 알겠느냐?"

"한번만 살려 주십시오. 이 땅에 처자식이 있는 가장입니다."

우종은 시문의 팔을 잡아끌고 잠시 엎드린 자에게서 멀어졌
다. 도망친 이환이 생각났다.

"시문아, 나를 명령 불복종으로 이 자리에서 죽여도 좋으니
저자를 풀어 주자."

갑자기 우종이 강한 어조로 말하니 시문이 놀라서 우종을 쳐
다보았다. 시문은 이내 고개를 돌려 초소로 향했다. 우종은 도망
자를 일으켜 세웠다.

"가거라. 너는 잘못한 것이 없다. 어서 고향으로 돌아가거라."

조총별조감관

하루하루가 바람 앞에 종잇장처럼 넘어가고 어느덧 십일월이
왔다. 시문은 집에 돌아갈 날이 가깝다고 계속 하소연했지만 아
무도 편을 들어주지 않았다. 이렇게 시간을 허비하다가 영영 집
으로 돌아갈 길이 막히겠다 싶어 일을 서둘렀다. 몸이 셋이라도
부족하고 손이 열 개라도 모자랄 판이었다. 돌아가는 형세가 부
득이하여 시문은 우선 총 만드는 일을 시작했다. 회령에서 복무
하던 출신 군관과 행영에서 근무하던 출신 군관들이 시문만 빼
고 거의 모두 집으로 돌아가게 되어 서로 손을 잡고 이별을 슬
퍼했다. 다들 고향으로 돌아가는데 자신만 병사에게 붙들려서
언제 돌아갈지 기약이 없으므로 시문은 괴로운 심사를 필설로
이루 다 헤아릴 수 없었다. 병사가 박의돈과 이석노를 시문이
책임을 다할 때까지 남도록 했다.

"시문 저 잘난 놈 때문에 고향으로 못 가게 되었어."

집안 형님인 박의돈은 당연히 시문을 도울 생각이었으나 이

석노는 본의 아니게 시문 때문에 인질로 잡힌 것이라고 불만이 많았다. 시문은 병사에게 선처를 호소했다.

"제 양친이 중병에 걸려 몸져누워 있습니다. 제가 귀향할 날을 손꼽아 기다리고 있습니다. 과중한 업무를 줄여 주십시오."

"여러 말 듣기 싫다. 지엄한 군법이 두렵거든 그저 시키는 일이나 열심히 해라."

시문이 다시 관아 뜰에 무릎 꿇고 거의 반나절을 진정했지만 병사는 끝내 들어주지 않았다.

이날 병영에서 조총 총열을 만드는 대장장이 스무 명, 쇠를 연마하는 연마 장인 열 명과 방아쇠 등 각종 금속 장식을 만드는 두석장 여섯 명 등 모두 서른여섯 명을 뽑아 보냈다. 시문은 관문을 보내어 행영에 사는 장인들도 모조리 뽑아서 올리라고 지시했다. 최대한 일을 앞당겨서 끝내고 싶었다. 조총 장인들이 수시로 도착했다. 장인들 우두머리가 오자마자 우종에게 시비조로 말을 걸었다.

"아, 이런 젠장. 굶어 죽게 생겼는데 무슨 개뿔 같은 사역에 노력 동원이야. 어이 김 포수, 그놈에 총질 오래 하더니 겁나게 출세했구먼. 그런데 포수는 총이나 쏘면 되지만 우린 뭐야. 뭐 빠지게 일하면서 감시나 당하고 말이야. 우리 식구들 배곯는 소리 들리는데 급여는 주는가?"

"조선 최고 장인들인데 설마 밥이야 굶겠나? 조총 한 정 몰래 만들어 팔면 한 해 양식이 생기는데."

"아, 그러니까 생활이 문제가 아니라 처우가 문제지. 원래 첫 가루 먹는 사람은 지랄을 부리는 근성이 있으니 알아서 하쇼. 뭘 시키면 아주 공손하게 부탁해도 들어줄까 말까인데."

듣고 있던 시문이 와서 엄포를 놓았다.

"일은 안 하고 잔꾀를 부리는 자는 매로 다스릴 것이다. 입으로만 일하는 자 또한 입을 꿰매든지 찢든지 하겠다."

장인들이 일사불란하게 자리로 돌아가 일을 하기 시작했다.

한때 군영에서 장인 생활을 오래 한 적이 있던 우종은 제작 과정에서 생기는 품질 문제를 잘 알고 있기에 감역관 노릇을 했다. 조총을 제작하는 데 한 자루당 정철 열네 근씩 쳐서 나누어 주었다. 정철은 무쇠를 녹여 순도를 높인 쇠였다. 총열 핵심 부위를 만드는 데 쓰는 정철을 녹이고 두들기는 타조역打造役부터 시작했다. 대장장이가 우선 총신 실제 길이보다 긴 둥근 강철봉을 만들었다. 대장장이는 오랜 시간과 공력을 들여 몇 번이나 풀무질과 담금질을 하여 철괴를 두드려서 일직선으로 만들었다. 조총의 생명인 총열을 만드는 데 사용할 강철봉은 가장 곧고 세밀하게 만들어야 했다. 곧게 만든 이 쇠봉 끝에 나무 손잡이를 달아서 열기가 손에 전달되지 않도록 했다. 강철봉의 굵기는 총열 내부 직경보다 약간 작게 만들었다.

벌겋게 달궈서 길고 넓게 두드려 편 철판을 둥근 강철봉에 감고 망치로 두들겨 말았다. 강철봉에 감긴 철판이 총신 형태를 갖출 때까지 수차례 불에 달군 후 종일 두들겼다. 이렇게 해야 철판 이음매가 사라지고 매끄럽게 붙었다. 마지막 찬물에 담가서 급랭시켜 강철봉에서 총열을 빼냈다. 대장장이들이 모두 동원되어 온종일 두들기는 타조역이야말로 가장 힘든 작업이었다.

장인 우두머리가 총열 아홉 자루를 우종에게 가져와서 검사를 받았다.

"딱 봐도 잘 나왔으니 대충 봐주쇼."

"총열의 선이 고르고 바르게 나오려면 타조 과정이 제대로 잘돼야 하는데 여기 이렇게 실선이 보이면 방포 시 총열이 터지니다시 만들게."

"아, 이러다가 내년에도 집에 못 가겠네. 제기랄."

"총에 장인 이름이 새겨지니 잘하시게. 끝까지 책임을 물을 모양이니까."

우종은 이 중 다섯 자루를 골라 다듬은 후, 불에 달군 강철선을 이중으로 감아서 총열을 보강했다. 이렇게 강화해야 총을 쏘았을 때 총열이 파열되거나 구부러지지 않았다.

총구에 구멍을 내는 작업을 시작했다. 총열 내부 구멍을 일직선으로 뚫는 일은 두 명이 한 조를 이루어 진행했다. 보통 사흘걸리는 작업을 이틀 안에 하도록 장인들을 몰아붙였다. 구멍은 탄환의 규격을 고려하여 크기를 일정하게 잘 조정하는 게 관건이었다. 타조 작업과 조총을 만드는 데 가장 중요한 단계가 바로 이 찬혈 작업이었다. 내부와 외부를 연마한 총신을 장인이 나무에 단단히 고정하고 총열에 구멍을 넓히기 위해 강철 수나사 봉을 돌려 끼워서 암나사 구멍을 뚫었다. 총신 옆에 화약 넣는 구멍을 내고 두석장이 만든 화약 접시를 붙인 후 앞뒤에 가늠자와 가늠쇠를 붙였다.

이환의 소식이 끊어졌다. 하긴 시문도 정신 못 차리는 나날을 보내고 있는데 우종이라고 별수 있겠는가. 조총 제작에 치여서 이환이고 뭐고 당장은 귀찮았다. 소식을 알아보라 부탁한 영길이도 이환이 어디로 사라졌는지 알 수 없다고 했다. 우종이 가장 최근 들었던 소식은 추노꾼에 쫓기는 이환이 설리를 몰래 만나고 갔다는 것뿐이었다. 그러고는 추노꾼을 따돌리고 무사히 잠적했는지 궁금했다.

전에 시문을 유혹한 적이 있었던 병사의 별실이 경성에서 행영으로 왔다. 병사는 별실에게 꽉 잡혀있었다. 아이를 못 낳고 남도 끝에 사는 본처보다 병사에게 아들과 딸을 쑥쑥 낳아 준 별실의 입김이 셌다. 의향을 향한 병사의 애증이 별실의 손바닥 안에서 수그러들길 바랄 뿐이었다. 시문이 모시는 병사는 그리 만만한 위인이 아니었다. 한번 마음먹은 것은 무슨 수를 쓰더라도 반드시 손에 쥘 인간이었다. 울적한 마음을 달랠 길 없는 시문은 과녁을 병사 얼굴이라 생각하고 활을 마구 쏘았다.

시문은 저녁에 박의돈과 이석노를 함께 청하여 조총 제작 공정 전반을 감독하는 감역소에 딸린 방에서 잤다. 우종도 그 옆방에 머물렀다. 밤에 조총을 제작하는 우두머리 장인이 좋은 술 한 병을 가져다주었으나 시문이 뇌물이라 물리치고 마시지 않았다. 사사로운 정에 이끌려 조총 만드는 일을 그르칠까 두려웠기 때문이다.

감역소에서는 하루에 한 사람당 술 한 병씩만 내려 주는 까닭에 우종이 주막에 가서 술 한 병을 더 사 왔다. 봉남은 과묵하고 무던한 친구였다. 비록 피를 나누지 않았지만 누가 뭐래도 호적상 이환의 아비가 아닌가. 이환에 대하여 한마디도 먼저 말하지 않았다. 가끔 깊은 한숨을 쉬는 모습에서 이환을 걱정하는 마음을 알 뿐이었다. 우종도 말이 적은 편이라 서로 빈 술잔에 마음만 따라 주었다. 방을 같이 쓰는 봉남과 우종은 가볍게 한잔하고 각자 자리에 누웠다.

시문은 박의돈과 이석노와 더불어 많이 마셨다. 밤이 되어 세 사람이 각기 마음에 품은 이야기를 하다가 누군가 분통을 터트리는 소리가 들렸다. 우지끈, 문짝이 부서지는 소리가 들려 우종이 나가 보았다. 참게나 참아, 박의돈이 이석노를 진정시키려고 몸통을 끌어안고 있었다. 시문이 방바닥에 널브러져 있었다. 이석노는 씩씩거리며 소리쳤다.

"내가 고향에 못 가는 처량한 신세가 된 게 다 잘난 네놈 탓이다."

"나도 억울해. 나라고 어디 집에 안 가고 싶겠냐? 위에서 시키면 무조건 해야지."

시문이 볼멘소리로 답했다.

군율이 정한 근무 기한은 일 년을 넘지 않고 대략 열 달 남짓이었다. 다른 동급 군관들은 모두 돌아가는 마당에 병사는 앞으로 반년이 걸려도 제대로 만들기 어려운 조총 제작 임무를 시문에게 시키고 고향으로 돌려보내지 않았다. 그 일로 이석노도 함께 귀환이 지연되자 내심 불만이 폭발 직전이었다.

"에이, 썩어 문드러질 놈."

이석노가 매달린 문짝을 박차고 나가 버렸다.

겨울바람이 매서웠다. 행영 객사에 거주하는 시문과 우종의 의식주가 제대로 해결되지 않았다. 무슨 소문을 들었는지 병사가 태양을 경성에서 데려오도록 허락했다. 태양을 행영으로 데려오기 위해 봉남을 경성으로 보냈다.

시문은 무엇보다 의향의 일이 걱정거리였다. 시문은 자신보다 운신의 폭이 넓은 박의돈에게 회령에 있는 의향을 보살피는 일을 부탁했다. 병사는 측근들을 보내 조총 제작 진행 상황을 수시로 확인했다. 병사가 시문을 주시하는 바람에 우종도 함부로 움직일 수 없었다. 시문은 의향이 보고 싶어 거의 미칠 지경이었고 우종 또한 녹주를 간절히 만나고 싶었다. 늦게 배운 도둑질이 날 새는 줄 모르기 마련 아닌가. 우종은 늘그막에 녹주 곁에서 알콩달콩 지내며 사는 재미를 누리고 싶었다.

조총 제작을 시작한 지 일주일 만에 타조를 끝낸 총열 열세 자루를 연마하는 작업이 이어지고, 또 방아쇠 뭉치를 포함한 장식을 주조하기 시작했다. 화승을 물려 불을 댕기는 용머리, 화약을 넣는 화문, 여닫는 덮개와 방아쇠를 만들기 위해 풀무질과 담금질이 계속 이어졌다. 조총의 총열을 감싸는 나무를 다듬었다. 소목장이 마른 떡갈나무를 다듬어 만든 총대에 총열을 앉히고 두석장이 놋쇠로 만든 방아쇠 뭉치를 조립했다. 탄환은 납을 녹여 주조한 연환을 사용했으나 우종은 살상력을 높이기 위해 총의 구경에 맞는 철탄환을 만들었다. 우두머리가 이리저리 뛰어다니며 일을 서둘렀다. 비록 말은 거칠어도 우두머리 장인은 마음 씀씀이가 좋은 사람이었다.

"아따, 바빠 죽겠는데 만들기 좋은 납탄을 쓰지 그 어려운 쇠탄을 만든다고 그래. 저기 구석에 박혀서 하던지."

구석 자리로 쫓겨 간 우종은 모아 놓은 철 부스러기를 녹여 황토 주형에 부어서 탄환을 만들었다. 각 관아의 장인들이 합류하여 인원이 크게 불어났다. 우종과 시문은 제작 전반을 감독하고 독려했다. 기술적으로 부족한 부분은 우종이 도울 수 있으나 변덕스러운 장인들은 다루기 힘들었다.

십일월 중순으로 접어들었다. 첫눈이 내리다가 이내 그쳤다. 조총 만드는 일이 언제 끝이 날지 가늠할 수 없었다. 시문은 답답한 마음을 가라앉히려고 활터에 갔다. 별실 하인이 서울로 가는 편에 울산 집에 시문이 보낼 편지를 부쳤다. 일이 꼬여서 올해 안에 내려갈 수 없다는 내용이었다.

경성에서 태양이 왔다. 시문은 반나절 거리 내에 있는 의향을 불러와서 같이 지내지 못하는 일개 군관 신분이 한탄스러웠다. 그러나 우종은 기분이 좋았다. 그나마 음식 솜씨가 좋은 태양이 와서 식사를 해결할 수 있어서 천만다행이었다.

이제 조총 제작 공정은 체계적으로 분화되어 한편에서 두드리면 한편에서 구멍을 뚫고, 이쪽에서 연마하면 건너편 저쪽에서는 장식을 달았다. 맨 마지막에서는 가목을 다듬으니 일사불란 일대 장관이었다. 우선 조총 스물일곱 자루를 완성했다. 시문이 위에 바치니 지극히 좋다고 해서 다행이었다.

제작이 끝난 조총의 품질을 검사하며 하나씩 발포 시험을 하는 우종을 병사가 은밀히 불렀다. 병사는 뒤돌아선 채 말했다.

"여기 부관이 증인인데 예전에 네가 나를 위해 목숨을 바친다고 서약을 하지 않았느냐."

부관 이명은 우종을 노려보며 고개를 끄덕였다. 시문의 일거

수일투족을 감시하던 이명이었다.

"병사께서 위험에 처하면 그리한다 하였습니다."

우종이 말하자 병사가 돌아서서 가까이 오라고 손짓했다.

"그 역적놈들이 누군가를 노린다는 첩보가 있다. 지금 내 코가 석 자나 빠져 버렸다. 나를 도울 수 있겠느냐?"

병사는 속삭이듯 낮은 목소리로 계속 말했다.

"뿌리가 좋은 나무라도 심지가 곧은 나무들 생장을 방해하면 가지부터 잘라 놓아야 한다. 훗날 크게 자라 힘으로 내 뿌리를 끊으려 할 것이다. 그 나무가 누군지 알겠느냐?"

"병사 영감, 무, 무슨 말씀인지."

어눌해 보이는 우종을 대놓고 겁박하기 시작했다.

"너의 동료 산포수 놈들이 한 일을 잘 알고 있다. 모두 잡아다 반란죄로 엮어서 목을 벨 수도 있다. 너는 반란군 우두머리가 되겠지. 포수들을 선동하여 권위에 도전하는 게 역적질이니 효수감이 아니냐? 하나 나도 일을 크게 만들고 싶지 않으니 그냥 조용히 넘어갈 생각이다. 병조 판서나 관찰사 정도는 해야겠다. 또한 너의 재주를 아깝고 귀하게 여겨서 살려 두겠다. 나를 위해 충성을 바치겠다면 내 영지에서 일어난 일은 내가 알아서 처리하면 된다."

"충성을 바치겠습니다."

우선 살아 보자고 우종은 충성을 맹세했다. 거짓일망정 우종은 자신의 입을 찢고 싶었다.

"호환보다 더 두려운 게 후환이다. 앞날 후환을 미리 없애는 심정으로 네가 잘 아는 군관 한 놈을 없앨 것이다. 그때, 네 실력을 발휘하여 나를 도와라."

이제까지 살아오면서 우종은 악한 자들을 너무 많이 보았다. 악한 자들은 대를 이어 살아남아 선량한 백성들을 억압하고 고혈을 빨았다. 군영에는 궁핍함이 없고 먹을 것이 풍족하지만 문밖에는 당장 끼닛거리가 없어 굶고 얼어 죽는 민생들이 널려 있지 않은가. 이것이 하늘의 뜻이며 이것이 진정 세상의 이치란 말이냐. 우종은 심하게 몸을 떨었다.

경흥 부사와 온성 부사가 먼저 오고 경원, 종성과 회령 부사가 북 병영 지휘관 회의를 하기 위해 행영에 도착했다. 수령들이 완성된 조총을 가져다 살폈는데 높은 품질에 만족해했다. 시문은 모두 서인인 다섯 수령 처소에 일일이 찾아가서 내일 병사께 귀향을 하소연할 때 도와 달라고 간청하고 돌아왔다.

다음 날 다섯 고을 수령과 더불어 병사가 저녁 술상을 받을 때 우종은 조총 다섯 정을 차례로 발포하였고 모두 과녁에 적중했다. 시문은 용기를 내어 뜰 아래로 내려가 엎드려 병사께 읍소하며 오랫동안 하소연했다. 그러자 회령 부사가 먼저 입을 열었다.

"박시문 군관의 사정은 다른 사람보다 더욱 절박합니다. 하나뿐인 동생이 팔불출이라 형제가 없는 것과 마찬가지입니다. 양친 모두 연세가 팔십에 가까우니, 내 막하에 있을 때도 소리 없이 슬퍼하는 것을 자주 본 바가 있습니다."

회령 부사 뒤를 이어 종성 부사가 말했다.

"박 군관의 사정은 나 또한 익히 알고 있는데, 회령 부사 말이 진실로 옳습니다."

경흥, 경원과 온성 부사도 연이어 거들었지만 병사는 시문의 귀향을 끝내 허락하지 않았다. 회령 부사가 다시 시문을 두둔하여 나섰다.

"병사의 부하 중 조총 제작을 감독할 사람은 많을 것입니다. 꼭 박시문이 있어야만 능히 조총을 만드실 수 있습니까? 또한 병사 휘하에 있는 사람 중 이런 중대한 일을 감당할 인재가 없어서 박 군관 한 명만을 신임한다면 문제입니다. 자기보다 나은 사람을 질투하는 것이 오늘날 사람들 성정일진대, 박시문이 누군가의 모함에 당할 날이 머지않습니다."

여러 수령이 앞을 다투어 시문의 거취 문제를 거론했다. 남인인 병사가 혼자 궁지에 몰려 대답했다.

"회령 부사 말이 일리가 있소이다. 그러나 세상인심이 지극히 각박합니다. 박 군관이 병영에서 공방 감독관 임무를 맡고 있는데 내가 화살집 한 개와 털가죽 구두 한 켤레씩을 만들라고 했지요. 완성된 물건의 품질을 살필 때 소위 우두머리 장인이라는 자가 각 한 개씩을 더 만들어 바치면서 말하기를, 병사에게 바치는 물건들은 보통으로 만들고 제일 잘 만든 것은 새롭게 임명된 공방 나리께 바치는 것이 관습이라 하였습니다. 그러나 박시문은 그런 뇌물을 받지 않았을 뿐만 아니라 그 장인을 야단치고는 전부 내게 바쳤습니다. 그러니 다른 것은 몰라도 박 군관이 청렴한 것을 가히 알 만하지 않습니까.”

시문이 청렴하여 일을 맡긴다는 소리였다. 회령 부사가 말꼬리를 붙들었다.

“그러니 더욱더 서둘러 고향으로 돌려보내는 게 옳지 않겠습니까.”

병사가 화를 버럭 냈다.

“모르는 소리. 모든 일에 상세하고 치밀한 박 군관을 빼면 그 누가 감히 이런 중차대한 일을 맡을 수 있단 말입니까. 나는 원래 동서남북을 따지지 않는데 여기 각 고을 수령들은 마치 적을 대하듯 나를 몰아세우는구려.”

원래 병사였다가 좌천된 회령 부사가 목소리를 돋웠다.

“우리끼리 적이라고 하셨습니까? 우리의 적은 당장이라도 바다를 건너올 왜놈과 대륙에서 이 땅을 노리는 되놈이거늘 안에서 말다툼이나 하면 되겠습니까?”

회령 부사가 말하자 여러 수령이 수긍했다.

"백번 옳습니다."

"여러 수령의 청이 있으나 나는 결단코 들어줄 수 없소이다."

병사의 말을 듣고 시문이 큰소리로 통곡했다. 수령들이 위로 올라오라고 불렀으나 시문은 엎드린 채 올라가지 않았다. 기생들을 시켜 시문을 억지로 대청에 오르게 한 병사는 일부러 좋은 말로 타일렀다.

"지금은 매우 추워서 먼 길을 떠나는 것도 대단히 어려울 것이다. 계절이 바뀌는 것을 기다리고 정월 보름 이후에는 날씨가 따뜻해질 것이다. 정월이 되기 전에 총 만드는 일을 끝내면 그때 생각해 볼 것이다"

시문이 아뢰었다.

"남쪽 끝에서 북쪽 끝 변방까지 삼천 리를 동행하였던 동기생들은 먼저 돌아가고 저 혼자 뒤처진다면 이 역시 억울하고 답답한 일입니다."

"정 그러하다면 이석노와 장도민도 함께 네 일이 끝날 때까지 기다리며 머물도록 해 주겠다. 너는 잠자는 시간까지 아껴야 할 것이다. 알겠느냐?"

시문이 대답하지 않자 병사는 내려와서 남들에게 들리지 않게 조용한 어투로 말했다.

"재주가 많으면 명이 짧은 법이다. 곧 좋은 곳으로 보내 줄 테니 너무 안달하지 말아라."

시문은 아무런 소득 없이 군 관청으로 물러났다.

고향으로 돌아가는 동기들이 시문에게 하직 인사를 하려고 청사로 왔다. 시문은 그들이 부러워서 남문 밖까지 전송을 가서 이별하고 돌아왔다. 야밤에 홀로 관사에 앉아있는 시문의 어깨가 축 처져 있었다. 우종은 그런 시문에게 마음이 쓰였다.

우종 또한 외로운 심사를 견디기 어려웠다. 녹주가 보고 싶었다. 일을 어서 마치고 촌가로 돌아가고 싶었다.

우종은 마음을 굳게 먹고 정월 이전에 임무를 마치고자 조정에서 내려온 조총 제조 명령서를 자세히 살폈다. 명령서는 다음과 같았다.

'군기에서 조총보다 더 좋은 것은 없다. 일제히 발사하면 연기가 적의 보루에 가득 차고 총소리는 적의 간담을 서늘하게 흔들 것이다. 적이 두려워하는 조총은 천만번 승리할 도구요 우리가 의지할 미래다. 함길도 주둔 군대의 전투력을 배가시키기 위해 조총을 제작할 것을 명한다. 조총 사백 자루. 이백 자루는 완제로 배치하고 이백 자루는 유사시 조립 가능한 상태로 병영 무기고에 보관할 것.'

이환이 길주 산성 모퉁이 최가네에 숨어 지낸다는 추노꾼 애꾸의 보고가 시문에게 있었다. 이환이 설리를 만나러 오다가 추노꾼에게 추격을 당했다. 도망치다 보니 길주 산성에 이르렀고 이환이 그대로 머물고 있다고 했다. 이환이 쓰던 은폐술도 들통이 나서 소용이 없게 되었다.

"정식으로 잡아 올릴 때까지 잘 감시해라."

시문은 몹시 화가 나서 이를 갈았다. 우종은 이환이 몸이 성하다니 그나마 다행이라고 생각했다.

시문은 숨어있는 이환을 조사하여 비밀리에 잡아 올리라는 관문을 파발에 띄워 길주 관아에 보냈다. 드디어 올 것이 왔다. 이 풍진 세상에 도망친 노비야 개똥처럼 흔한 일이었다. 문제는 이환이 현역 군관에게서 도망쳤다는 점이었다. 잡혀 온 노비는 주인의 처분에 따라야 했다. 법을 어기면서 시문이 함부로 이환을 죽이지는 못할 것이라고 우종은 믿었다. 어쨌건 간에 피가 섞인 형제가 아닌가.

시문은 밤마다 의향 생각이 떠오르자 몹시 보고 싶었다. 너무 정신없이 바쁘게 지내다 보니 의향에게 연락할 여유조차 없었다. 말을 달려 반나절 이내 거리에 의향이 있었다. 금방이라도 달려가고 싶은 욕구가 솟구쳤지만 시문은 이를 악물며 꾹꾹 참았다. 첩실의 눈과 귀를 무서워하는 병사는 역시 예전처럼 의향에게 선물 공세를 벌이지 못했다. 첩실이 온 이후 관기들조차 병사 주위에 얼씬거리면 혼쭐이 났다.

마침 김사룡이 회령에서 귀향한다는 소식이 들렸다. 시문은 정오 무렵 병사에게 김사룡을 핑계로 박의돈과 하루 말미를 얻었다. 시문이 형님처럼 따랐던 김사룡을 배웅하고 집으로 보내는 편지를 전하려고 회령에 갈 채비를 했다. 그간 조총을 만드느라 쉬는 날이 없었던 우종도 말미를 얻었다. 이번엔 웬일인지 병사는 순순히 시문을 보냈다. 물론, 병사는 부관 이명이 공무로 함께 가도록 하고 호위 무사 유극견이 일행을 따르도록 조치했다.

우종이 시문, 박의돈과 말을 달려서 회령에 도착하니 해가 질 무렵이었다. 시문은 성내 관아로 바로 들어갔다. 부사의 처소 안 채에 문안을 올리니 술과 안주를 주었다. 박의돈이 동문 밖 그가 머물던 주인집에서 오랜만에 방직기 설화를 만나 회포를 풀려는 순간, 부사가 박의돈을 관아로 들어오라고 종용하여 들어가 이야기를 나누었다.

그들이 이야기를 나누는 사이 우종은 관아에서 몰래 빠져나왔다. 총구를 떠난 탄환처럼 시간을 가르며 날듯이 달려갔다. 어둠이 내려앉은 숲을 지나고 바람과 다투며 뛰었다. 감시자가 따라오지 못할 속도였다. 촌가로 가서 의향과 녹주를 만났다. 모녀는 저녁상을 차려 놓고 우종을 기다렸다. 시문은 의향이 근거리에 있었지만 여러 이목 때문에 만날 수가 없었다. 우종은 의향에게 시문의 편지를 주었다. 편지를 읽고 의향은 눈물을 흘렸다. 우종은 이미 저녁밥을 먹었기에 먹지 못한 술과 안주를 싸서 김사룡이 내일 떠날 때 선물로 주기를 원한다고 하니 녹주가 흔쾌히 좋다고 했다. 꾸러미를 전하는 녹주의 두 손을 부여잡고 우종이 말했다.

"내 이번 일을 마치는 대로 금방 돌아올 테니 기다려 주시오."

"객지에서 고생이 많으신 게 더 걱정입니다."

아아, 이게 무슨 생이별이란 말인가. 의향과 녹주를 애틋하게 바라보며 우종은 탄식했다. 누가 보기 전에 서둘러 주찬을 가지고 나왔다. 우종은 시문이 머무는 객사로 돌아와 의향의 소식을 전했다.

다음 날 아침, 김사룡을 만나서 전별하려고 가져온 술, 고기와 선물 등을 주니 몹시 기뻐하면서 고마워했다. 김사룡은 나이가 들어 시작한 군대 생활이 쉽지 않았을 것이다. 일 년 사이에 확 늙어 버린 김사룡 곁에 사내종이 아비를 따르는 아들처럼 걸어갔다.

김사룡을 보낸 시문이 박의돈 주인집으로 가니 전에 알고 지냈던 위아래 사람들이 술과 안주를 가지고 왔다. 언제 시문을 다시 만날지 모르기에 모인 자가 무려 백여 명에 가까웠다. 밤새도록 배부르게 먹고 마셨다. 아무리 먹고 마시고 즐거워도 우종도 시문처럼 마음 한구석에 찬바람이 불었다. 시문은 의향을 만나지 못하고 돌아가야 했다. 아쉬움을 달랠 길이 없었다. 이명과 호위 무사가 대놓고 시문을 감시하고 있었다. 이명이 시문의 등 뒤에서 여러 사람 들으라는 듯 말했다.

"그놈 인기가 하늘을 찌르는군. 여기 박시문은 활을 제법 쏜다지만 검술은 제대로 익혔는지 내 한 수 가르쳐 줄 생각이네만."

이명이 바닥에 환도 한 자루를 던지며 시문을 도발했다.

"잡아서 뽑아라."

"검술을 익힌 지 오래되었으나 가르침을 공손히 받겠네."

시문이 칼을 집자마자 이명이 사인검을 휘둘렀다. 검이 부딪히는 소리가 관아 뜰에 울렸다. 처음에는 시문이 쩔쩔매었으나 차츰 감각이 살아났다. 수십 합을 피하지 않고 되받아치며 이명의 허점을 노렸다. 시문의 칼자루에 손목을 맞은 이명이 칼을 놓치며 쓰러졌다. 호위 무사가 칼을 빼고 뛰어들었으나 군관들이 모여들고 우종이 두 손가락을 세워 혈을 집는 시늉을 하자 물러섰다.

"오늘은 이 정도로 하고 다음을 기약하지."

이명이 손목을 잡고 호위 무사의 부축을 받으며 나갔다.

"다음에 두고 보자는 자치고 무서운 놈 아직 한 번도 못 봤어."

우종이 말하자 모두 웃음을 터뜨렸다.

관아에 들어가 회령 부사에게 인사드리고 즉시 출발한 시문은 저녁 먹기 전에 행영으로 돌아와서 병사에게 보고했다. 이미 귀향하라는 통지서를 받은 박의돈은 여유가 생겨 며칠 더 회령에 머물렀다.

시문 때문에 귀향이 점점 늦어지자 이석노와 장도민은 불같은 성질을 억누를 수 없었다. 시문에게 화를 내고 시비를 걸던 장도민은 길주 목사의 청으로 임시 영장에 임명되어 병영에 신고하고 하직했다.

행영에서 한 달

십이월 추위가 극심했다. 오줌을 누면 그 자리에서 얼어붙었다. 장인들이 조총 육십 자루를 완성했기에 우종이 시험 방포했다. 잇달아 완성되는 조총의 품질을 살폈는데 큰 문제가 없었다. 병사가 장인들에게 떡을 해서 먹으라고 쌀 다섯 말, 좁쌀 한 말, 콩 한 말과 귀리 한 말을 내 주었다. 박의돈이 회령에 머무르다 돌아와서 시문을 만났다. 무슨 이야기를 들었는지 시문의 얼굴에 화색이 돌았다. 활쏘기 명관 신류와 최전방 보루에서 근무하던 군관들마저 집으로 돌아가고 있었다. 시문은 눈길이 미끄러우니 말편자를 준비해서 가라고 하며 정철 다섯 근을 신류에게 주었다. 신류와 훗날을 기약하며 헤어졌다. 시문과 마찬가지로 무인 집안 출신인 신류는 수문장에 제수되어 한양으로 갔다.

시문은 이환이 붙잡혔다는 소식을 듣고 알아보기 위해 우종을 길주 관아로 보냈다. 병영으로 이송하라는 관문을 보냈으나 그냥 사사로운 일로 여겼는지 온다간다 답신이 없었다. 우종은 행장을 꾸려 길주로 출발했다. 눈발이 휘날리는 길을 어렵사리 헤치고 나아갔다. 길주 관아에 도착하니 이환은 목에 칼을 차고 옥에 갇혀 있었다. 붙잡힐 때 치도곤을 당한 모양이었다. 입술이 터지고 이마에 멍이 들어 있었다. 우종은 이환을 불쌍히 여겨 위로했다.

"하필이면 종놈으로 태어나서 이 고생을 하는구나. 다음 세상에는 양반이 되어 오너라. 왕후장상의 씨가 따로 있는 게 아닐 테니까."

"포수 어른, 저는 다시 태어나도 양반은 싫습니다. 나중에 꼭 어르신을 모시고 총을 잘 쏘는 명포수가 되고 싶습니다."

"그런데 내가 준 총은 어디에 있느냐?"

"훗날을 위해 영길 형님이 맡아 두었습니다."

"몸을 잘 건사하고 어금니 악물고 살아야 한다. 살아남으면 반드시 좋은 날이 오지 않겠느냐."

"사랑하는 여인조차 건사를 못하는데 좋은 시절이 온들 무슨 소용이 있겠습니까?"

"환아, 하여간 버텨라. 꼭 버텨야 살아남는다."

관청에서 이환을 잡고 보니 길주 산성 모퉁이에 사는 아전 최가 집에서 나와 명천 와지촌에 숨어 살고 있었다. 알고 보니, 최가의 처가 이환에게 약을 탄 술을 먹이고 자기 계집종을 범한 것처럼 꾸민 속임수에 넘어갔다. 약술에 취해 곯아떨어진 이환

266

이 깨어날 무렵 발가벗은 계집종을 옆에 밀어 넣고 옷고름과 바지 끈을 풀어놓았다. 이환은 알몸 여인과 반쯤 벗겨진 자신의 바지를 보고 식겁하며 일어났다. 계집종은 슬피 우는 척했다. 최가마저 이환을 관아에 고발하겠다고 위협하여 물건을 일부 빼앗았다.

이환은 우선 와지촌으로 도망칠 수밖에 없었다. 이환이 숨어든 와지촌은 도둑놈과 노름꾼이 도망친 노비들과 뒤섞인 우범 지역이었다. 삼 년 내리 계속되는 흉년에 굶주린 양민 중 더러는 남의 집 종살이를 하거나 더러는 유랑민이 되어 들어왔다. 세상 관심에서 멀어진 마을이기에 관에서도 손쓸 길이 없었다. 그런 무법천지 와지촌에 유랑하는 화적 떼가 모여들었다. 누구라도 도망자인 자신들을 건드리면 살인계를 조직하여 반드시 복수했다. 도망자들이 너무 많아지자 관아에서도 대책을 마련했지만 아무 소용없었다. 더구나 삼남에서 도망친 노비를 찾아 여비를 들여 관북까지 올 양반이 몇이나 있겠는가. 말 한 마리 값에도 못 미치는 노비 신세였다.

어렵게 붙잡은 이환은 일단 길주 형옥에서 문초한 이후에 데려온다고 했다. 우종은 이환이 가져갔던 말과 남은 짐을 챙겨서 행영으로 돌아왔다. 훔쳐서 도망쳤던 물건 중 절반 정도는 잃어버렸으니 시문은 화가 매우 났다. 무엇보다 이환이 자신과 이복형제라고 떠들고 다닐까 봐 걱정하는 눈치였다. 그러나 이환은 입이 무거웠다. 떠들고 다니면 서로에게 좋을 일이 없다는 것을 알고 있었다. 그런다고 아비와 형제가 생길 리 만무하고 우선 노비 신분에서 벗어나는 것이 급선무였다.

눈이 반 자 정도 내렸다가 날이 개고 추위를 밀어낸 햇볕이 잠시 따뜻했다. 관북의 숨은 명사수 군관 이시복이 행영에 와서 시문을 만났다. 신류가 한양으로 돌아가니 또 다른 적수가 나타났다. 둘이서 활 오십 발씩 연습 삼아 쏘았는데 우종이 봐도 이시복의 활 솜씨는 극히 기묘했다. 공회전하는 화살이 빠른 속도로 날아가는데 궤적이 변화무쌍했다. 활은 보통 포물선을 이루며 날아가는데 그가 쏜 활은 상하 혹은 좌우로 춤을 추며 날아갔다. 편을 나누어 활쏘기 시합을 벌였다. 한발 차이로 시문이 졌다.

"천하의 신궁 시문이 질 때도 있구나."

호기심을 느낀 병사가 상으로 돼지 한 마리, 소주 다섯 병과 살아있는 꿩 세 마리를 이시복에게 주며 술상을 내렸다. 대과에 떨어져 상실감에 빠진 한량 김여래도 목이 탄다며 나와서 함께 먹었다. 먹는 둥 마는 둥 우울해진 시문은 오랜만에 청사에 앉아서 진법과 무예 훈련 교범을 공부했다. 한 식경도 지나지 않아 군관들이 청사에 술상을 차려 놓고 온갖 업무로 고생하는 시문을 불러 위로했다.

음주와 가무가 끝나갈 저녁 무렵, 대취한 이석노가 공방에 와서 새로 얻은 방직기에게 가야 한다며 야간 당직을 대신 서달라고 시문에게 떼를 썼다. 시문은 밤늦게까지 조총 만드는 일을 감독해야 하므로 허락하지 않았다. 이석노는 화가 나서 소리를 질렀다.

"박시문, 이 후레자식아, 염병할 너 때문에 되는 일이 없으니 그깟 당직 한번 서줄 수 있는 거 아니냐? 이 찢어 죽여도 시원찮을 새끼야."

사랑에 빠지면 눈에 뵈는 게 없다던가. 이석노는 병사의 배려로 새 방직기를 얻었다. 이석노는 새로 얻은 방직기에 푹 빠져 지냈다. 이석노는 말로 다 할 수 없는 욕설을 퍼부었다. 곁에서 보던 동료 군관, 하인과 기생들이 괴이하게 여기지 않는 사람이 없었다. 이석노는 입에 거품을 물었다.

"야 이 쌍놈아, 남들은 모두 집에 가는데 너 때문에 여기 붙들려있는 거 알지? 그걸 아는 오라질 놈이 당직 한번 서달라는데 그걸 못 해 주냐. 배은망덕한 천하의 육시랄 놈 같으니라고."

시문은 못 들은 척했다. 이명과 이석노는 둘도 없는 친구였다. 이석노도 이명의 영향을 받았는지 시문에게 매사 시비를 걸었다. 요즘 들어 부쩍 심해졌다.

병사가 매사냥을 나가기 위해 우종을 불렀다. 산정에 올랐다가 매를 풀어 여우 한 마리를 잡았다. 백성들과 병졸들이 징과 꽹과리를 치며 산 중턱에서 산짐승을 몰고 내려왔다. 풍산개에 쫓기는 사슴과 멧돼지가 빠른 속도로 내려오고 있었다. 산 아래 계곡 능선에 매복한 우종은 수컷 멧돼지 한 마리를 총을 쏴서 사냥했다. 병사가 다가와서 우종을 칭찬했다.

"대단한 사격 솜씨로군. 역시 포수 대장이라고 부르는 이유를 알겠네."

"병사 영감께서 사냥을 지휘하신 덕분입니다."

말을 타고 산길을 내려오자 멀리 어둠이 내려앉는 군영이 보였다. 병사가 우종에게 다가와서 말했다.

"요즘 시문은 어찌 지내는가?"

모든 걸 다 알면서 병사는 짐짓 모르는 척 물었다.

"정신없이 정말로 숨 쉴 사이 없이 세 가지 일 모두 매진하고 있습니다."

"세 가지 일이라?"

"군관 청사 장무 일과 공방 군관 일과 조총 감독관 일 말입니다."

우종이 침이 마르게 설명하자 병사는 들은 척도 아니 했다.

"그렇게 바쁘니 다른 일은 꿈도 못 꾸겠지."

"다른 일이라뇨?"

"내가 시문에게 특별히 금지한 일이 있다. 혹 금기를 어기고 누군가를 만난다면 사정을 잘 아는 네가 내게 귀띔해 줄 수 있겠느냐?"

우종은 그 누군가가 의향임을 알아차렸다.

"여부가 있겠습니까."

병사는 우종과 녹주 사이를 아직 모르고 있었다. 시문을 죽도록 부려 먹고 진을 빼서 귀향시킬 모양이었다. 시문이 남쪽으로 돌아가면 남겨진 의향은 병사가 마음대로 취할 수 있었다.

경성의 매제 최원이 시문을 만나러 왔다. 최원은 이제 월이의 든든한 남편이었다. 최원은 월이가 보낸 생대구와 말린 대구 한 궤짝을 가지고 왔다. 시문은 저녁에 최원을 공방으로 오라고 청하여 감역소에서 내려 주는 술을 함께 마시고 잤다. 월이가 울산으로 다녀갈 생각이 도통 없자 시문은 최원에게 동생을 잘 보살펴 달라고 거듭 부탁했다.

"월이는 내가 잘 보살필 테니 걱정하지 말게. 그나저나 자네만 바라보는 의향은 어찌할 생각인가?"

"나도 뾰족한 수가 없어 답답하네. 속이 타들어 가네."

"사실 내가 병사를 만나러 왔네. 자네 일을 부탁하려고."

"눈 하나 깜짝 안 할걸."

"알고 있네. 마침 친척인 사헌부 장령의 편지를 구해 가지고 왔네. 자네 선처를 부탁하는 편지네."

다음 날 이른 아침 최원은 병사를 만난 후 하직했다. 최원은 병사에게 귀한 선물과 편지를 주고 시문의 선처를 빌었다. 최원이 가고 경성 별감 최우정이 행영으로 왔다. 최우정은 이제 시문과는 사돈이었다. 병사가 밤이 되어 매사냥 터에서 돌아오자 이번엔 최우정이 병사를 만났다. 최우정도 시문을 위해 병사에게 선물을 바쳤다. 병사는 시큰둥했다. 별감은 시문과 머물렀다. 이번엔 김여래를 청하여 함께 술을 마셨다. 최우정이 시문을 걱정하자 김여래가 큰소리를 쳤다.

"걱정일랑 붙들어 매시오. 형님은 내 말이면 껌벅 죽으니까. 박 군관 일은 내가 부탁해 보리다."

"김 장군이 나서 주시면 관북 땅이 편안해지지요."

장군이라 치켜세우자 김여래가 호탕하게 웃었다. 최우정은 가져온 술을 한 잔 가득 따라 주었다.

우종은 김여래의 말을 믿고 싶지 않지만 썩은 동아줄이라도 매달리고 싶은 시문의 심정은 이해가 갔다.

저녁에 대취하여 숙소로 돌아온 시문은 방직기 태양과 말다툼을 했다.

"당신은 내가 밥만 짓는 부엌데기로 여기는가요? 지금 당신 안사람은 나예요. 계속 딴 방을 쓰실 건가요."

태양도 여자인지라 섭섭함을 토로했다.

"병사가 강제로 자네와 살게 한 걸 난들 어쩌겠소? 자넨 계속 자네 할 일을 하고 난 내 할 일을 하면 되는 거요. 그리고 내 마음에는 일편단심 오직 한 사람뿐. 물론 나를 위해 애를 쓰는 건 고맙소."

시문은 의향이 쓰던 면수건을 품에서 꺼내 들고 냄새를 맡았다. 의향이 쓰는 사향 냄새가 났다.

"일편단심 열녀는 봤어도 정조를 지키는 남자는 처음 봅니다. 열혈남이 북관땅에 계셨네요. 제 걱정은 마세요. 저 역시 사랑하는 남자가 어디 숨어있을지 모르니."

태양이 아무리 말해도 시문 역시 눈 하나 깜짝하지 않았다.

시문이 집에서 온 편지를 열어보니 아버지 병세가 점차 나빠져서 아예 누워지내며 월이 이름을 부르며 탄식한다는 소식이었다.

병사가 숯가마에 있는 백탄을 운반하기 위해서 성안 백성 천여 명 넘게 거느리고 친히 산속 가마터까지 올라갔다가 돌아왔다. 사람들이 숯을 머리에 이고 어깨에 메고 더러는 지게에 진 채 내려왔다. 아름드리 참나무를 베고 다듬어 가마까지 옮겼던 토민이 다시 동원되어 땅에 커다란 구덩이를 파고 이틀 동안 숯을 묻었다. 백탄은 취사와 난방용으로 사용되는 겨울철 필수품이었다. 추위를 못 견디는 병사는 백탄을 저장하는 것을 친히 감독하기 위해 숯을 묻어 놓을 매탄소에 행차했다.

우종이 따라가서 보니 숯을 넣은 가마니가 층층으로 쌓이고 있었다. 가마니 언덕 위로 흙을 덮는데 눈이 내렸다. 숯 오천여 가마니를 옮겨 쌓고 흙을 덮어놓는 일을 마치니 작은 산처럼 솟아오른 숯가마니 언덕이 장관이었다. 겨울철 숯은 당장 시장에 내다 팔 수 있는 현물이나 마찬가지였다. 인민들의 피와 땀으로 만들어진 산물이었다. 노역에 동원된 향민들은 허기진 배를 웅크린 채 밤늦게 집으로 돌아갔다.

총열이 긴 사냥총 두 자루를 특별히 정교하게 만들어 올리니 병사가 크게 기뻐했다. 병사가 우종을 시켜 시험 발사를 한 후 김여래가 세 방을 쏘았다. 병사도 친히 쏘아 보았는데 모두 과녁에 명중했다.

"총열이 매우 긴데도 정교하고 품질이 왜놈 총보다 훨씬 좋구나. 아니 그보다 적중률이 백배 낫다."

"천 걸음 떨어진 거리에서 멧돼지를 쏴 맞출 수 있도록 만들었습니다. 사냥 나가실 때 가지고 가십시오."

"총신을 감싸는 나무 장식도 화려하구나."

병사는 새로 만든 조총을 매우 칭찬했다. 그리고 시문을 돌아보고 말했다.

"군관은 굳이 총까지 잘 다룰 필요가 없다. 활을 잘 쏘는 자가 곧 나라에 충성하는 자다."

날이 풀리면 북방 군관들은 전투력 향상에 온 힘을 쏟아 서열에 따라 자주 활을 쏘라는 상부의 명령이 관문으로 내려왔다.

시문과 우종은 감역소로 돌아오는 길에 서로 언쟁을 벌였다.

"군관들이 활과 총을 함께 들었다면 나라 안팎의 정세는 손바닥 뒤집듯 달라졌을 것이지. 매일 양반들이 조총을 활처럼 쏘았다면 왜놈과 되놈들이 감히 이 땅을 침략하지 못했을 것 아닌가?"

우종이 이리 말해도 시문은 고개를 끄덕일 뿐 말이 없었다.

일개 군관의 신분으로 도대체 무엇을 바꿀 수 있다는 말인가, 그의 눈빛은 그리 말하고 있었다.

"천한 것들은 총이나 쏘라는 것인가? 그럴라치면 평소 연습하라고 화약과 탄환을 충분하게 줘야 실제 전투에서 이길 수 있지. 어디 빈 총만 들고 싸울 수 있겠는가 이 말이지."

화약이 없다면 총은 창검보다 못한 애물단지였다.

"조총 사백 자루나 서둘러 만들고 집에 빨리 가는 게 나의 급선무예요. 헛소리 말고 장인들을 다그쳐 그놈의 총이나 빨리 만듭시다."

시문이 우종의 말을 자르듯이 말했다.

"누가 뭐라 했는가? 나도 왜 여기 붙들려 있는지 모르겠네. 에고, 언제 벼락이라도 맞아 죽을지 모르는 내 팔자야."

총 앞에 명장이 없다는 말을 정말 모르는가, 답답해진 우종은 돌아서면서 혼잣말로 중얼거렸다.

방환

새해가 밝았다.

행영 성내 뜰에 모두 모여 전체 문안 인사를 나눴다. 한양 도성이 멀어서 직접 임금을 배알 못 하는 지방관들이 궁궐을 향해 서서 큰절을 올리는 망궐례를 행했다. 차례를 지내고 모두 자리에 서거나 앉았다. 군관들이 서열에 따라 병사에게 문안을 드렸다. 병사는 지난 한 해 동안 수고롭게 일했던 행영 관노비들을 점고했다. 군관 한 무리는 기생들과 편을 나누어 주사위를 던지며 쌍륙 놀이를 했다. 정초나 겨울철에 하는 흔한 놀이였다. 쌍륙 놀이로 승부를 겨루고, 한편에선 악기를 연주하거나 노래를 불렀다.

병사가 영을 내렸다.

"모두 모여라. 신년을 축하하는 활을 쏘아 꼴찌만 곤장 다섯 대를 때리고 모두 상으로 좁쌀을 주겠다."

창고마다 백성들이 세금으로 바친 물품이 차고 넘치는데 겨

276

우 좁쌀이라니. 흉년이 들어도 좁쌀은 흔했다. 그것마저 없어서
세폐를 못 바치는 농군은 도망치거나 유랑민이 되는 세상 아닌
가. 차라리 굶주린 백성에게 나눠 주는 게 도리 아닌가. 도대체
병사의 눈에는 향민의 고통이 보이지 않는단 말인가.

과녁을 맞히는 시합으로는 승부가 나질 않았다. 표적 한가운데
관곡에 생 말가죽을 작게 붙여 명중하면 북소리가 나게 했다. 병
사는 매번 관곡에 명중할 때마다 울리는 북소리에 대한 상으로
좁쌀 한 말씩 바로 지급하도록 했다. 병사도 직접 활을 들었다. 다
쏜 후에 계산을 해보니 이시복은 서른 말, 시문은 스물여섯 말, 병
사는 좁쌀 열일곱 말을 받았다. 이시복이 일등이었다. 김여래가
꼴찌였다. 병사가 김여래를 묶어 뜰아래 대령하라 했다.

"엉덩이를 까고 곤장을 맞는 것은 군관 체면상 민망하기 이를
데 없으니, 술로써 대신하고자 합니다."

"그래. 그럼 한 대에 한 병이다."

김여래는 술 다섯 병을 곤장 대신 모두 마셨다. 얼씨구 절씨
구 지화자 봉이로구나. 취한 김여래가 막춤을 추었다.

"저러니 밤일이나 제대로 하겠는가."

병사가 혀를 찼다. 명중할 때마다 지화자 노래를 부른 기생들
에게 선심을 쓰느라 병사가 자신이 받은 좁쌀을 모두 나누어 주
었다.

그때 옥사에 갇혀있던 이환이 역참에서 역참으로 압송되어 성으로 왔다. 우종은 행영 후문에 도착한 이환에게 달려갔다.

"환아, 앞으로 고생이 많을 것이나 이 또한 지나갈 것이다."

"포수 어른, 죄송해요. 뵐 면목이 없어요. 상하 없는 평등 세상에서 한번 잘살아 보려고 했는데 이 지경까지 왔네요."

"이번 일로 너를 어쩌지는 못할 것이니 잘 견디거라. 약자에게 사악한 자들일수록 강자에게는 아부하는 게 보통이지만 시문 군관은 지금 화가 많이 나 있을 뿐이다."

우종은 이환을 안심시켰다. 후에 벌어질 일은 보지 않아도 뻔할 노릇 아니겠는가.

봉남이 이환을 데리고 시문에게 갔다. 도망친 노비를 치죄하는 일은 사적인 일인지라 이환의 처분권은 시문에게 있었다.

"이환, 이 죽일 놈. 너 좀 우선 맞아야겠다."

시문은 이환을 보자 울화가 치밀어 올라 시비 불문하고 족장 오십 대를 때렸다. 발바닥에 피가 나고 부어올라 걷지 못하자 봉남이 이환을 업고 나갔다. 조총 장인들과 포수들이 이환을 보러 와서 등을 두드리며 용기를 주었다.

시문은 이환에게 또 한차례 족장을 때린 후 낙오하게 된 근본 원인과 훔쳐 간 물건들의 향방에 관해 물었다. 추노꾼에게 쫓기던 이환은 맡겨 놓은 물품을 찾아 말에 싣고 명천으로 가다가 길을 잃었다. 민가에서 갈 길을 묻고 있는데 어떤 여인네가 나타나서 이환을 불렀다. 그 여인네는 이환에게 평생 남의 집 종으로 살지 말고 제 살길을 찾는다면 돕겠다고 말했다. 이환은 허우대도 멀쩡하고 힘깨나 쓰게 생겼으니 잘 구슬리면 황소보다 더 이득이 될 사내였다. 이환은 훔쳐 간 물건 절반을 아전에게 뺏기고 쫓겨났다.

시문은 복물 절반을 여인네 남편인 최가에게 주었다는 이환의 진술을 받은 후 그 사실을 병사에게 보고했다. 아전 최가를 잡아 달라고 길주 목사에게 관문을 보냈다. 이환을 사주한 아전 최가의 처도 감옥에 갇혔다. 구실아치 최가는 옥에 갇히고 심문을 당했다.

이제 이환의 목숨줄은 시문이 쥐고 있었다. 시문은 진정 모르는 것일까. 평생 남의 노비로 살아야 하는 사람이 가진 절망을. 아무리 신분이 미천해도 따지고 보면 혈육이 아닌가. 우종은 시문이 피도 눈물도 모르는 매정한 작자가 아닌가, 순간 의구심이 들었다.

우종은 푸른색 비단 옷감 두 필을 가지고 회령 시장에 갔다. 가늘고 고운 실로 짠 삼베로 바꾸라고 시문이 심부름을 보냈다. 삼베는 의향에게 몰래 전해 주라고 했다. 촌가에서 막 돌아 나오는 도중에 우종은 이명을 만났다. 그는 말없이 우종을 노려보며 장승처럼 버티고 서 있었다. 우종이 의향을 만난 일도 병사가 이미 알고 있을 터였다. 병사는 의향을 절대 포기하지 않았을 것이다. 전보다 더 집요하게 시문과 의향을 감시했다. 오히려 시문이 가진 것들을 하나씩 차례차례 뺏어 오는 것처럼 보였다. 쓸데없이 화를 부르고 매를 번다는 말이 현실이 될까 우종은 걱정이었다. 우종이 살면서 경험한 바로는 앞뒤 없이 서두르면 꼭 낭패를 보게 마련이었다.

시문이 일을 서두르다 보니 총을 만들 정철이 거의 떨어졌다. 시문은 경성 본영에 남아있는 당직 군관에게 보유하고 있는 철광석을 모두 운송하라고 전령을 보냈다. 주변의 남은 정철을 긁어모아 조총을 거의 완성한 시문은 박의돈과 장차 이루어질 귀향을 준비하기 위해 병사에게 이틀 말미를 신청했다. 아직 조총 사백 정이 완성된 것은 아니었지만 병사는 시문이 회령으로 가는 일을 마지못해 허락했다. 시문과 귀향하기로 작정한 박의돈은 회령에 남아 맡겨놓은 물건을 찾고 울산으로 돌아갈 준비를 해야 했다.

월이와 설리가 행영에 도착했다. 이환이 잡혀 온 후 설리는 행영 아랫마을에 머물고 있었다. 처음 설리는 오직 의향만을 사랑하는 시문을 질투했었다. 그러나 알고 보면 설리도 한 가족인지라 사촌 언니 월이의 간곡한 충고를 받아들였다. 설리는 이환을 만나 마음을 주고 나자 그를 빼내기 위해 이제껏 백방으로 뛰어다녔다. 병사의 첩실이 어린 아들을 돌보려고 병영으로 돌아간 뒤 설리는 병사를 집요하게 설득했다. 설리는 이환을 구하기 위해 스스로 병사에게 간 것이다.

오빠를 보러 온 월이는 시문의 처소에 머물렀다. 헤어질 오빠를 하루라도 더 보고 싶었다. 시문은 자신이 고향으로 돌아가면 월이를 다시 만날 날을 기약할 수 없음을 알았다. 시문은 월이에게 마지막으로 물었다.

"나와 아버지를 뵈러 갈 생각이 진정 없는 것이냐? 병석에 계신 아버지가 너를 무척 보고 싶어 하신다."

"전들 왜 가고 싶지 않겠어요? 어릴 적 아버지와 잠깐 같이 살았을 때가 생각나요. 하지만 저는 아버지를 홀로 그리워하다 돌아가신 엄마 곁에 남겠어요. 이제 저는 최원 서방님과 고향에 남아서 잘 살 거예요. 오라버니가 제가 잘 지내고 있다고 말씀 전해 주세요."

"네 뜻이 그러하니 알겠다."

말은 그렇게 했지만 병석에 누워 딸을 만나려는 일념으로 꺼져가는 생을 붙들고 있는 아버지를 생각하는 시문의 마음이 오죽했을까. 이 모든 자초지종을 소상히 아는 우종도 안타까웠다. 월이는 할 말이 더 있는 것처럼 머뭇거렸다.

"저 꼭 드릴 말이 있어요."

"그래, 네 말이라면 다 들어주마."

"아무리 생각해도 이환이 불쌍해요. 본래 기생이나 종복이나 똑같이 천한 처지인데 어찌 차별을 두시는지요."

"말이 지나치구나. 어릴 적부터 그놈은 집안의 노비였다. 그리고 나를 해치려고 하지 않았느냐."

"이제 내려가면 집안의 대를 이으시니 기둥을 바로 세워야죠. 이환이 제 오라비라고 생각하면 괴로워서 잠이 안 옵니다."

"아, 너마저 이렇게 나오니 어찌할 바를 모르겠구나."

시문은 말없이 고개를 저을 따름이었다.

우종과 시문은 저녁에 박의돈과 회령으로 출발했다. 해가 지기 전 성문에 도착했다. 바로 성안으로 들어가 부사에게 문안하고 밤이 된 후에 관사에 들었다.

여기까지는 좋았다. 참을 수 없는 연정이 치밀어 오른 시문은 대놓고 따라다니는 감시자를 피해 의향을 은밀히 불러 만났다. 만나자마자 끌어안고 서로 입술부터 찾았다. 우종은 관사 밖에서 망을 보았다. 누군가 소리 없이 다가왔다.

우종은 변신술을 써서 관사 기둥의 그림자가 되었다. 환도를 든 두 사내가 시문과 의향이 있는 관사로 조심조심 다가왔다. 우종은 그들이 놀라 자빠질 정도로 소릴 지르며 튀어나왔다.

"도둑이야! 자객이다!"

갑자기 바로 옆에서 튀어나온 그림자가 소리치자, 그들은 기절초풍하여 달아났다.

시문은 불안해하는 의향을 제대로 안아 볼 사이도 없었다. 의향을 만난 사실이 병사에게 알려지면 큰일이었다. 우종은 의향을 말에 태워 촌가로 데려다주었다. 그리고 녹주에게 맡겨 둔 시문의 짐을 모두 챙겨 돌아왔다. 날이 밝기 전에 시문이 회령에 왔다는 소식을 듣고 알고 지냈던 성안 사람들이 부지기수로 찾아왔다. 행동이 자유로운 박의돈은 회령에 남아 뒤처져서 남쪽으로 출발할 준비를 했다.

　행영으로 돌아오니 남문 밖 밤하늘에 보름달이 떴다. 시문은 행영 군관들과 술병을 허리에 차고 남문 누각에 갔다. 정월 대보름 달구경을 하며 다리를 건너는 다리밟이 놀이가 있었다. 이날 다리를 밟으면 일 년간 다릿병을 앓지 않는다고 믿었다. 열두 번 다리를 밟고 건너면 일 년 동안 액을 면한다고 했다. 은하수 다리를 꾹꾹 밟고 건너는데 군관 허정도가 우종에게로 왔다. 그는 이제 하급 관리의 부정한 일을 살펴서 바로잡는 예방 군관이 되어 병사를 보좌하고 있었다. 병사에게 똥개처럼 꼬리를 흔들어 승진했다.
　"이번 박 군관이 귀향할 때 포수 대장도 울산에 갑니까?"
　허정도가 우종을 떠보는 것 같아서 시침을 떼고 말했다.
　"글쎄요. 이참에 군문을 벗어나고 싶습니다. 군대 생활 너무 오래 했어요. 아주 지긋지긋합니다."

"아니, 이렇게 유능한 산 증인이신데 군대에 말뚝을 더 깊게 박아야지요."

"병사 어른이 천만금을 준다면 모를까요."

"거참 노는 차원이 다르네."

"아 참, 허 군관님은 올해 병사께서 고향으로 돌아갈 때 따라가실 예정이신가요?"

허정도는 당황해서 말꼬리를 흐리고 줄행랑을 놓았다.

날은 추운데 달빛은 따스하게 느껴졌다. 여인들의 웃음소리가 밤하늘 멀리 울려 퍼졌다. 밤이 되어 관사로 돌아왔다. 돌아오자마자 시문은 태양을 데리고 이석노 처소로 갔다. 그동안 회령에서 챙겨 온 시문의 물건들을 마땅히 둘 곳이 없어서 이석노 방직기에게 맡겼었다. 그 일부를 찾아서 태양에게 주었다. 시문과 우종에게 맛있는 음식을 만들어 주고 의복을 빨아 입히느라 고생한 태양에게 주는 선물이었다.

자신을 태양의 친척이라고 소개했던 복생이라는 자가 시문을 찾아왔다. 태양에게 주라고 가죽으로 만든 여성용 신발 한 켤레를 내놓았다. 더불어 시문에게 줄 군화 한 켤레, 허리에 차는 가죽 패낭과 팔을 감싸는 토시 일 조를 선물로 가져왔다. 복생은 시문이 군관 청사 장무로 재임 중에는 물건을 줄 방법이 없었고, 공방 군관일 때는 뇌물이라고 아무것도 받질 않으니 교체가 된 지금 드린다고 했다. 시문은 그제야 복생을 기억했다. 뇌물을 바친다고 혼을 낸 자였다. 그리고 복생은 태양을 진심으로 사랑하는 자이기도 했다. 그간 태양에게 신분의 고하를 떠나 잘 대해 줘서 고맙다고 시문에게 연신 고개를 숙여 인사했다. 포근한 경치처럼 밤에 눈이 내리다가 아침에 개었다. 새벽에 거칠게 불던 눈바람도 잦아들었다.

지휘관 회의가 열렸다. 길주 목사와 명천 부사가 행영에 도착하자 시문이 가서 인사를 드렸다. 종성 부사와 회령 부사도 아침 전에 도착했다. 회령 부사가 병사에게 청했다.

"군관끼리 상을 걸고 하는 활쏘기 시합을 꼭 보고 싶은데 어떻습니까?"

"좋은 생각이네. 마침 군관들에게 할 말이 있으니 모두 불러라."

병사를 모시고 비장과 군관들이 활을 쏘았다. 병사가 마당에 늘어선 군관들에게 훈시를 내리며 엄포를 놓았다.

"각 고을 수령에게 들으니 화적 떼와 살인계가 설치고 있다고 한다. 이들이 수령을 대놓고 위협하고 양반을 해치려 한다는 첩보가 있다. 이럴 때일수록 여러 영장과 군관들은 활을 손에서 놓지 말아야 한다. 여기 군관들 활 쏘는 재주가 모두 같지 않으니, 이제부터 세 등급으로 나누겠다. 각 등급 꼴찌는 방직기와 광대 옷을 입히겠다."

병사가 다시 명하기를 일등은 선전관에 천거하는 큰 상을 내리고 꼴찌에게는 인사 고과에서 벌점을 준다고 했다. 시문과 이시복과 허정도가 화살을 모두 명중시켰다. 승부를 가리기 위하여 다시 쏘았는데 허정도는 탈락하고 시문과 이시복 둘만이 오십 발을 모두 명중시켰다. 시문은 이시복과 운명의 대결을 하게 되었다. 손바닥에 땀이 흐를 정도로 긴장되는 시합이었다. 다시 오십 발을 쏘았는데 둘 다 모두 명중시켰다. 이어 다섯 발씩 열 차례를 쏘았는데 무승부였다. 계속 승부가 나지 않자 모인 장관들이 숨을 죽였다. 심호흡을 하고 난 시문이 집중력을 한데 끌어모아 활시위를 최대한 당겼다. 긴장감이 최고조에 이른 시점에 병사가 크게 재채기를 했다. 시문이 쏜 마지막 화살이 결국 빗맞았다. 이시복이 일등상을 받았다. 기생들이 지화자 노래를 불러 명궁을 칭송했다.

이때 회령 부사가 시문의 활쏘기 실력을 두둔하며 병사에게 말했다.

"이시복 군관이 이백오십 발을 연속으로 명중시키는 것도 가히 뛰어난 재주입니다. 출신 군관 박시문도 연속으로 이백사십구 발을 명중시켰는데 상을 받지 못한다면 그 또한 경우에 맞는지 모르겠습니다. 관북에 두 명의 명사수가 있는데 기특하지 않습니까?"

그러자 종성 부사와 온성 부사가 모두 앞을 다투어 말했다.

"부사의 의견이 실로 합당합니다."

"승부의 세계는 냉혹하나 모두 그리 말을 하니 상을 내리겠소이다."

병사는 떨떠름한 얼굴로 말했다. 시문은 육승포 세 필, 씨를 제거한 목화 두 근과 쌀 다섯 말을 상으로 받았다.

병사가 일어날 무렵 시문은 뜰에 내려서서 무릎을 꿇고 하소연했다.

"병사 영감, 저는 감독관으로서 명령을 받들고자 석 달 반 동안 혼신을 기울여 조총을 만들었습니다. 연마와 장식 작업을 아직 하지 못한 총까지 합치면 거의 삼백여 자루가 넘습니다. 이제 정철이 다 떨어졌기 때문에 얼음이 녹는 춘삼월쯤이 되어야 철광석을 캘 수 있습니다. 제 부친께서 병석에 누운 지 이 년이 넘습니다. 저 이외에 달리 가까이 모실 수 있는 사람이 없으니 사정이 매우 절박합니다."

"박 군관이 백번 옳습니다."

회령 부사와 종성 부사가 일시에 거들고 나섰다. 그러자 명천 부사가 한마디 했다.

"지금은 안 됩니다. 명천 장터에 괘서가 나붙었어요. 근래 명천 와지촌처럼 도망친 유랑민과 노비들 집성촌이 여럿 있는데 움직임이 심상치 않습니다. 박시문 군관처럼 무예가 출중하고 조총과 같은 무기 제조를 잘 아는 자가 절실합니다."

"길주도 마찬가지로 괘서가 돌고 있습니다. 노비들이 모여 살 인계를 조직하고 최영이나 임경업 이름을 내건 지 오래됐습니다. 그들의 강령이 뭔지 아십니까?"

"뭡니까?"

"양반을 살육하고 그들의 재물을 탈취하라는 것입니다."

"이 역적들을 사멸하려 해도 그 수가 너무 많고 관아의 옥 도 이미 잡아들인 화적으로 가득 차 있으니 어찌하면 좋겠습니 까?"

자신이 다스리는 관할지역이 시끄럽자 기분이 상한 병사는 수령들에게 말했다.

"아직 일어나지도 않은 일을 긁어 부스럼 만들면 무슨 소용이 란 말이냐. 그리고 우리에게 총을 잘 다루는 총수 부대가 있으 니 괜한 걱정일랑 말아라."

엎드려 읍소하는 시문에게도 말했다.

"이미 내가 준 약조가 있으니 오늘 바로 결정 내릴 수는 없다. 지금 시절이 하 수상하니 조금 더 기다려라."

시문은 관찰사가 병부에 올린 선전관 후보 세 명 안에는 들었 으나 최하점을 받아 최종 낙점은 받지 못했다는 관문이 도착했 다. 최저 평점을 준 사람은 다름 아닌 병사와 부관 이명이었다.

병사는 매사냥을 위해 종성 땅 경계 지역으로 행차했다. 몸이 아프다는 핑계로 우종은 이번 사냥은 따라가지 않았다. 되도록 병사를 피하고 싶었다. 사냥을 일찍 마치고 돌아온 병사가 우종을 불렀다.

"내가 왜 너를 불렀는지 알겠느냐? 얼마 전 회령에 다녀왔느냐?"

"의향을 만나고 왔습니다."

"무슨 일로?"

"삼베 옷감을 전해 주었습니다."

"그래? 내가 보낸 호박단을 물리치던 고것이 시문이 보낸 허접한 선물은 그리도 잘 받던가."

병사가 화를 내며 물었다.

"네."

"하나 더 묻겠다. 바로 전에 시문이 회령에 갔을 때 의향을 만났느냐?"

"제가 그날 몸이 안 좋아 일찍 쉬고 있었기에 보지는 못했지만 만나지 않았다고 알고 있습니다."

우종이 고개를 숙이고 떨리는 목소리로 말하자 분노한 병사 목소리가 쩌렁쩌렁 울렸다.

"네 이놈. 넌 본래 한낱 포수에 불과한 상놈이거늘, 어찌 상놈이 분수를 모르고 병사이자 양반인 나를 속이고 능멸하려 하는가. 여봐라. 저놈을 명령 불복종 죄로 장형 스무 대에 처하니 매우 쳐라."

우종은 형틀에 묶여서 매를 맞았다. 묶였으니 피할 수도 없었다.

"물러나라. 내가 직접 치겠다."

이명이 형리를 물리고 직접 소매를 걷고 형구로 내리쳤다. 볼기를 치는 부관 이명에게서 살기를 느꼈다. 풀려난 우종은 걷지 못하고 쓰러져 나뒹굴었다.

병사가 우종에게 엄포를 놓았다.

"이 정도로 가볍게 끝나는 것을 다행으로 알아라. 내게는 여러 개 눈이 있으니 차후 속일라치면 네 목숨을 내놓아야 할 것이다."

봉남에게 업혀서 돌아온 우종은 볼기를 맞은 엉덩이 살이 붓고 멍들고 아파서 잠자리에 엎드려 있었다. 시문이 상처에 얼음을 감싼 수건을 대고 피멍과 부기를 가라앉혔다. 이래저래 일이 꼬이자 시문은 부아가 났다. 누군가에게 분풀이하여 화를 삭이고 싶었을 것이다.

우종은 이틀을 꼬박 엎드려 지내고 일어나니 걸을 만했다. 이른 아침부터 시문이 다시 이환을 불러서 몽둥이를 들고 거의 때려죽일 기세였으므로 우종과 박의돈이 말렸다. 이때 부관 이명이 시문을 밀치며 시비조로 말했다.

"멈춰라. 당장 체벌을 멈추라는 병사의 엄명이다. 귀가 먹었느냐?"

병사가 시문이 이환을 심하게 때린다는 기별을 듣고 데려오라는 명령을 내렸다. 시문은 다섯 대를 때리다 그만두었다. 이명이 이환을 데리고 갔다. 우종 또한 불려갔다. 우종과 이환은 동헌 아래 무릎이 꿇렸다. 병사의 카랑카랑한 목소리가 들렸다.

"네가 도망친 노비 이환이란 자냐?"

"네? 그러하옵니다."

고개를 든 이환이 대답하자 부관의 발길질이 날아왔다.

"머리 숙여! 감히 어느 안전이라고 상판을 쳐드느냐. 묻는 말에 성심껏 대답하지 못하겠느냐?"

"아아, 괜찮다. 심하게 다루지 말아라. 그놈 허우대가 멀쩡하구나. 제법 사내다운 구석이 있고 강단 있는 놈이구나. 그동안 와지촌에 숨어 있었느냐?"

"그러합니다."

"그곳 사정을 잘 알겠구나. 네게 물어볼 것이 많다. 그런데 설마 너도 노비 적당에 가담한 건 아니겠지?"

이환이 머뭇거리자 우종이 말했다.

"추노꾼을 피해 숨었을 따름입니다."

말이 끝나자마자 부관의 발이 우종의 어깨로 날아왔다.

"네가 이놈의 입이냐? 왜 끼어들고 난리냐."

"아하, 놔둬라. 장차 모두 내 편이 될 것이다. 내 말을 듣게 될 것이야."

병사는 이환이 마음에 드는 모양이었다. 병사는 이환을 관노비 숙소에 남으라고 명했다.

아침 식후에 병영에서 시문에게 술상을 내려 주었다. 정오 전에 병사가 시문을 불러서 관아 집무실로 들어갔다.

"네가 절박한 심정으로 집에 가고 싶어 하고, 수령들의 요청 또한 간절하니 내가 오늘 네가 원하는 대로 해주겠다."

병사는 이어 '자미두수紫微斗數'라는 책을 책상 위에 올려놓았다. 별점을 통해 인간의 길흉을 보는 점술 서적으로 중국 송나라 도학자 진희가 지은 역서였다. 자미성부터 북두칠성까지 별들의 운행과 위치에 맞게 개인의 사주를 총괄하여 풀어놓았다. 이 책은 명천 부사가 직접 필사해서 병사에게 바쳤다.

책갈피가 접힌 부분을 펼치니 이미 달포 전에 박시문 군관을 고향으로 돌려보내라는 병조의 관문서가 들어있었다. 문서상으로 시문은 귀향 중이었다.

시문은 자신을 보내라는 문서와 사주를 보는 순간 막혔던 둑이 터진 것처럼 바로 눈물이 흘렀다. 수청을 든 설리가 시문을 돌려보내라고 도와준 것이었을까.

"그래, 이제 모든 것을 다 제자리에 내려놓고 가거라. 어느 한 순간에 꺾어지는 꽃처럼 인생이란 원래 허무한 것이다."

병사는 의기양양하게 웃었다.

시문은 방환 통지서를 받고 멍한 얼굴로 돌아와서 우종에게 자초지종을 말했다. 문서와 함께 넣은 종이에 시문의 생년월일이 적혀있었다. 그 밑줄에 '늦봄 초여름 즈음에 머리를 산발하는 아픔이 있을 운명이다.'라고 쓰여 있었다. 그다음 줄에는, '두 달 이내 북극성이 빛날 때 묘지가 폭우에 쓸려갈 위험이 닥칠 것이다.'라고 적혀 있었다. 첫 번째는 부친의 목숨이 위태로워 상을 당할 운명이라는 뜻이었다. 두 번째는 누군가의 죽음을 암시하는 것이었다. 우종이 고개를 돌렸을 때 북문 밖에 까마귀 떼가 새까맣게 몰려왔다. 역병이 돌고 있었다.

변란

　포계에서 우종에게 통문이 왔다. 당장 수일 안으로 중대한 회합이 명천에서 열릴 예정이니 참석하라는 소식이었다. 칠보산 서쪽 화대천 상류 기슭에서 만나기로 했다.

　우종은 사흘 말미를 얻었다. 말을 타고 달렸다. 말이 지친 기색을 보이면 내려서 고삐를 끌고 뛰었다. 축지법을 발휘하여 총을 메고 산길을 넘었다. 청학동에 도착하니 수많은 양민과 노비들이 모여 있었다. 전국에서 온 산포수 대표들도 눈에 띄었다. 천총도 와 있었다. 경상도에서 온 상수와 강원도 포수 중수 무리와 인사를 나누었다. 황해도와 전라도 대표로 온 산포수 계원도 모였다. 세금을 낼 길이 없어 떠도는 유랑민과 광산에서 일하는 광부들도 왔다. 곡괭이와 부엌칼과 농기구가 죽창과 칼과 조총과 섞여 있었다. 동해 어부들과 장사치들도 왔다. 과거科擧 길 막히고 갓끈 떨어진 쪽박 선비들도 보였다. 족히 천여 명이 모였다. 주막집이 차려지고 광대들도 와서 마치 오일장이 선 것처럼 왁자지껄했다. 황색 깃발이 휘날렸다. 황해도에서 도망 온 유랑민들이 이씨 왕조에 반대했던 최영과 남이 장군의 깃발을 휘날렸다.

우종은 포수로 변장한 천총에게 갔다. 천총 옆에는 장총을 든 김여래가 서 있었다.

"여긴 어찌 오셨습니까?"

우종이 묻자 김여래가 정색하며 말했다.

"내가 원래 평등 사회를 꿈꾸는 양반이요. 한 하늘 아래 평등하게 태어났거늘 양반이 뭐 대수고 상민과 천민은 또 뭐요? 술 한잔하면 다 허물없는 친구 사인데 그놈의 상하를 없애러 왔소. 이 장총으로 세상을 평정하러 내 직접 왔소이다."

말은 제법 그럴싸했지만 염탐을 온 것이 분명했다.

"농자들이 안 보이니 이번 거사가 성공할지 의문이 듭니다."

천총이 우종에게 말했다.

"양반이나 지주에게 땅을 얻어 그나마 겨우 풀칠하고 사는데 선뜻 올 마음이 생기겠습니까?"

우종이 말하고 주위를 둘러보았다.

시문의 매제 최원이 삿갓을 쓰고 와 있었다. 우종이 가서 인사를 했다.

"오셨습니까? 전에 길주 성문 앞 소요에서도 언뜻 뵈었습니다."

"내가 가진 것은 재물이니 이들을 도우러 왔지요. 그저 구경 삼아 왔으니 시문에게 알리지 마시게."

몸통이 있으면 반드시 머리가 있을 것이었다. 알고 보니 최원은 숨은 조력자였다.

"참담합니다. 관북을 다스리는 일부 수령들 행태가 갈수록 가관입니다. 그런 자들이 나랏법을 앞세우고 뒤로는 사리사욕을 채우느라 백성을 핍박하지요. 입으로는 백성을 위한다지만 진실로 그자들이 나라를 망하게 만드는 원수요, 여기 모인 백성들은 그저 공정한 세상을 원하는 진정한 민생입니다."

최원의 말이 백번 옳았다.

징이 울리고 각 지역 대표들이 모였다. 먼저 천민과 유랑민 대표가 열변을 토했다.

"우리의 요구는 다음과 같다. 하나, 노비 제도를 혁파하고 모든 노비를 양인화하라. 둘, 토호 권세가의 농장을 몰수하고 토지를 다시 분배하라. 셋, 살인적 세금과 각종 잡역을 금지하라. 넷, 무상 노동을 없애고 대가를 지급하라. 다섯, 가혹한 형벌 제도를 완화하라. 여섯, 놀고먹는 유한 양반들에게 군역을 부과하라. 일곱, 양반도 양인화하라."

패서가 걸렸다.

"우리를 개돼지처럼 착취하여 천만금을 쌓아놓고 호의호식하는 토호 지주 양반과 한 몸처럼 엮여서 백성을 억압하는 벼슬아치와 구실아치를 처단합시다."

"여기는 변방 군세가 막강하니 군사들과 싸워 승산이 없고 만에 하나 토벌군에게 잡히면 반란이나 역모로 효시되거나 처단될 게 뻔하니 좀 더 머리를 씁시다."

천총이 나서서 말하자 누군가 소리쳤다.

"너는 양반의 첩자가 아니냐? 몰래 난입한 첩자들을 죽입시다."

"나는 관찰사의 전권을 위임받고 여러분과 협상하러 왔으니 허심탄회하게 말들 하시오."

천총이 소리치자 여기저기서 소요가 일어났다.

"대가리 아프게 만들지 말고 저런 양반놈들을 모두 죽입시다."

"양반을 죽이고 그들 부녀자를 겁탈하고 재물을 탈취하자."

사태가 악화할 기미가 보이자 포수들이 총을 허공에 쏘며 나섰다.

"여기 계신 분 머리털 하나라도 건드리면 제일 먼저 지옥에 보낼 거요. 우리 포수는 본래 외적과 싸우는 일에 총을 쓰지만 백성끼리 살육하는 일은 반대요. 민생을 핍박하는 악질들을 제거하는 일은 찬성하나 나라의 근간을 흔드는 역모는 반대요."

우종이 말하자마자 도망친 노비 우두머리가 밀치며 나섰다.

"상하 없는 평등한 나라를 위해 싸웁시다. 어차피 이래 죽으나 저래 죽으나 마찬가지. 호남 땅에서는 이미 최영 장군과 천민 출신 임경업 장군의 후손이 세를 모아 들고일어났소. 이씨 왕조는 명맥이 다하였으니 곧 진인이 나타나실 것이오."

무리는 화대천을 따라 남으로 내려갔다. 관군 토벌대가 막아섰다. 토벌군에 총수들이 섞여 있었다. 서로 대치했다. 관군 후미에 말을 탄 이명과 장도민이 보였다. 우종은 복면으로 얼굴을 가렸다. 얼핏 봐도 관군의 수가 두 배를 넘었다.

"포수들은 뒤로 물러나게. 절대 함부로 발포하지 말아라."

우종은 상수와 중수를 불러 말했다. 중수가 우종에게 대들었다.

"포수 어른은 가만히 계세요. 상수 형님을 포계 대장으로 뽑았으니 저희가 알아서 하겠습니다."

"중수야, 이렇게 싸우면 개죽음일 뿐이다. 제대로 훈련된 부대 조직과 지휘부가 필요하니 일단 훗날을 기약하고 물러나자."

우종이 말렸으나 이미 걷잡을 수 없는 불길이 일어났다. 도망 노비와 유랑민이 목숨 걸고 앞으로 나아갔다. 관군이 허공에 쏘는 총소리가 울려 퍼졌다. 엄포를 놓아 무리를 해산시키려는 작전이었다. 선봉으로 뛰어든 살인계 우두머리가 관군의 칼에 맞아 쓰러졌다. 그러나 다시 전열을 정비하여 창검과 죽창으로 관군을 밀어붙였다. 한두 명이 즉사하자 나머지 무리가 겁을 먹고 뒤로 물러섰다. 애초에 봉기한 무리는 활과 조총으로 무장한 훈련된 군대의 상대가 되지 못했다. 관군 총수와 포수들은 뒤로 물러나 아직 접전에 참여하지 않았다. 다행히 명천 부사의 발포 명령이 떨어지지 않았다. 총수들과 포수들은 서로가 아는 계원 이기에 예전부터 형제처럼 지내는 사이였다. 관군의 규모가 계속 늘고 있기에 굳이 총을 쏠 필요가 없었을 것이다. 장도민이 사수대를 지휘하고 있는데 그 때문에 봉기군의 활에 맞은 부상 자가 많이 발생했다. 오합지졸 봉기군은 청학동 골짜기로 후퇴 했다. 하룻밤을 머물렀다.

관군이 추격을 멈추었다. 관군은 살인계 우두머리의 목을 잘 라서 깃대에 매달았다.

우종은 포수들을 따라 계곡 깊숙이 들어갔다. 능선 아래 진을 쳤다. 상수는 전방에 포수들을 배치했다. 중수는 계곡 양쪽 언덕 에 포수들을 매복시켜 기다리고 있었다. 낮에는 불을 피워 추위 를 피했다. 얼어붙은 밤이 되자 관군이 골짜기 입구를 막아섰다. 한밤중에 북이 울렸다. 야습이었다.

"배운 게 도둑질밖에 모르는 후레자식 역도들아. 독 안에 든 생쥐 새끼들아. 어서 항복해라."

귀에 익은 이명의 목소리가 쩌렁거리며 울렸다.

"이런 적폐 앞잡이들아. 백성을 죽이려고 군관이 되었나?"

영길이 소리치고 화승총에 불을 댕겼다. 방아쇠를 열고 발포 했다. 이명이 이끌고 온 총수 부대는 조총을 쏘고 장도민이 이

끄는 사수들이 활을 쏘았다. 양쪽 계곡에서 포수들이 총을 쏘기 시작하자 관군 총수 부대가 물러나며 응사했다. 어둠이 깔린 전나무숲에 엎드린 포수들은 횃불을 향해 집중 사격했다. 관군의 횃불이 모두 꺼지고 사방은 암흑천지였다.

우종은 한 치 앞도 분간할 수 없었다. 능선을 돌아 내려갔다. 관군이 주둔한 임시 막사로 갔다. 변신술을 썼다. 그림자가 되어 움직였다. 군관의 어깨를 치고 총 쏘는 놈 주저앉히고 다리 걸어 자빠뜨렸다. 바람에 날린 나뭇가지가 어깨를 때리고 중심을 잃고 앉아 버리고 돌부리에 걸려 넘어진 줄 알았을 것이다. 무섭게 만들어야 했다. 매복한 관군 등 뒤로 몰래 가서 귀에다 입김 불기, 등 뒤에서 주문 외기, 기괴한 비명 지르기를 하고 사라졌다. 등골이 오싹 오금이 저렸을 것이다. 동에 번쩍 서에 번쩍 움직이며 산의 이쪽저쪽 능선에 올라 고함을 내질렀다. 원혼이 되어 서글프게 흐느끼다 돌아왔다.

귀신이 나타났다. 귀신이 곡을 한다. 관군이 동요하기 시작했다.

화승 불을 꺼라. 그 틈을 타서 조용히 속삭이는 소리가 전달되었다. 퇴각하시오. 누군가 나무 뒤에 엎드린 우종을 툭툭 치며 속삭였다. 적막이 흐르자 추위가 살 속을 파고들었다. 우종은 달빛을 더듬으며 온통 눈밭인 산을 기어올랐다. 포수들과 작별조차 못 하고 밤새 산등성이를 따라 뛰어갔다.

행영으로 돌아오는 길에 함흥까지 역병이 돌고 있다는 소문
이 퍼졌다. 시문은 울산 집으로 돌아갈 행장을 꾸렸다. 이번에도
시문은 우종이 울산까지 동행하기를 원했다. 하긴 사주에 역마
살이 낀 우종은 한곳에 너무 오래 머무르고 있었다. 온몸에 좀
이 쑤시고 발바닥이 근질거렸다. 남아서 미적거리다가 병사에
게 잡혀서 역도로 몰려 치도곤을 당할까 두려웠다. 울산까지 갔
다가 조용해지면 녹주에게 돌아올 생각이었다. 저녁에 새로 임
명된 공방 군관에게 창고를 인수인계하기 위해서 시문과 우종
은 여러 물건의 회계를 보았다. 오전에 회계를 마치고 물건 일
체를 계산하여 후임자에게 넘겼다. 완성된 조총이 이백이십 자
루, 조립 가능한 조총이 백삼십 자루, 모두 합쳐 조총 삼백오십
자루와 사냥용 장총 열 자루를 후임자에게 맡기는 일을 마쳤다.

시문은 병사에게 하직 인사를 했다.

"마지막이구나. 잘 가거라."

병사가 말했다.

시문은 태양을 경성으로 돌려보냈다. 신임 공방 군관에게 말
하여 피혁장 복생과 둘이 함께 보냈다. 관청에 전송 인사를 하
고 이어 송별 잔치를 열었다.

잔치가 끝나갈 무렵 설리가 왔다. 후미진 자리로 가서 설리가
시문에게 조용히 말했다.

"이환을 면천해 주세요."

"그놈은 병사가 데리고 있다가 후일 내게 보내기로 했다."

"제가 사랑하는 사람은 오직 이환이에요. 병사는 저를 노리개로 여길 뿐입니다. 병사가 돌아가면 그와 살게 해 주세요. 그가 빚진 재물은 제가 드릴게요."

"재물은 필요 없다. 한번 생각해 보마."

"한 가지 더요. 병사가 아직도 의향에게 흑심을 품고 있으니 잘 처신하라 하세요. 절대 포기할 작자가 아니에요."

따지고 보면 시문이 생각보다 일찍 방환된 것도 설리의 입김이 작용했기 때문이다. 설리는 병사의 기를 억누를 만큼 강한 여자였기에 병사를 쥐락펴락했다. 시문이 마음만 먹으면 그녀를 통해 병사를 설득하거나 압박할 수도 있었다. 병사의 첩실이 원인 모를 병에 걸려 자리에 누웠기에 병사는 경성으로 갔다. 시문은 의향의 앞날이 더 걱정스러웠다.

우종과 시문은 우선 회령으로 향했다. 이석노는 아직 행장을 다 꾸리지 못했다. 이석노는 남은 짐을 꾸린다며 병영에 남았다.

회령에 도착한 시문은 회령 부사와 판관을 만났다.

"이제 떠나면 다시 볼 날이 언제일까. 남으로 내려가는 길 조심하게."

부사는 동생을 떠나보내는 형님처럼 말했다. 판관은 문우를 떠나보내는 심정이었다.

시문은 지나간 소회를 풀어놓고 밤이 늦어서야 부사와 판관에게 하직 인사를 했다. 의향은 촌가에 머무르고 있었다. 아직도 시문의 일거수일투족을 감시하며 따라다니는 자가 있었다. 시문이 촌가에 가서 의향과 단둘이 해후했다. 방환 문서를 받았으나 의향을 만나지 말라는 병사의 명령은 여전히 유효했다. 하지만 이제 곧 헤어져야 할 사이인데 무엇이 두려울까. 시문은 밤새워 의향을 끌어안고 애절한 이야기를 나눈 후 후일을 기약하며 아침에 헤어졌다. 우종 역시 녹주와 하룻밤을 보내고 이별했다. 우종은 아쉬운 마음으로 녹주에게 다짐했다.

"미안하네. 내 평생 살면서 이토록 가슴이 미어지는 심정은 녹주 자네를 만났기 때문이야. 꼭 돌아오겠네."

"기다릴 테니 무사히 돌아오세요."

이른 아침밥을 서둘러 먹은 후 헤어질 때 여러 걱정과는 달리 녹주는 밝게 웃었다.

밤이 되어 도착한 풍산역에서 이른 새벽에 출발하려고 우종은 역장에게 바꿔 탈 군마를 신청했다. 그러나 짐 실을 수 있는 말이란 말은 모조리 징발하여 정철을 운반하는 데 동원되어 아직 돌아오지 않았다. 남은 말이 없으니 어찌할 수가 없다고 했다. 박의돈과 만나기로 약속한 날에 도착하려고 길을 떠났다. 말을 구하기 어려워 마을에서 빌린 힘센 수소 등에 복물을 실었다.

마방에서 말의 발굽에 편자를 잘못 끼운 까닭에 시문의 말이

발을 절뚝거렸다. 우종은 말편자를 다시 갈아 끼웠다. 조총과 장
총 두 자루를 꺼내서 분해하여 깨끗하게 닦았다. 총열과 불구멍
에 낀 화약 찌꺼기를 청소하자 마음이 닦이는 것처럼 속이 후련
했다. 잠깐 후련했지만 다시 불안한 기운이 엄습하고 있었다. 하
늘에 먹구름이 잔뜩 끼더니 성긴 눈발이 휘날렸다.

역병이 돌고 있었다. 시신을 버린 북문 계곡 위로 까마귀 떼
가 날아올랐다.

고을마다 역병에다 춘궁기가 겹쳐서 병들어 굶어 죽는 토민
이 늘고 있었다. 두창과 홍역과 괴질이 한꺼번에 함경도 전역
에 돌고 있었다. 인가가 늘어선 성 밖 한 집에서 돌림병을 앓으
면 서로 옮으니 염려스러웠다. 명천에서 죽은 노비의 머리가 본
보기로 성문에 걸린 후였다. 위로받지 못한 노비 귀신이 역병을
퍼뜨린다고 소문이 나자 약사여래에게 치성을 드리는 백성이
많았다. 이어 노비 잔당을 잡아들이라는 병사의 명이 떨어졌다.
민심이 뒤숭숭했다. 부처의 시대가 갔고 미륵의 시대가 온다는
이야기가 널리 퍼졌다. 공자와 맹자가 마지막 숨을 헐떡거리는
이씨 왕조가 가고 새로운 세상이 온다고 믿는 자들이 생겼다.
몇몇 도망 노비를 잡아들인 명천 관아에서 감히 포계를 건드리
지는 못했다. 그렇지만 포수 무리는 당분간 깊은 산속으로 들어
갔다. 흉년에 굶주린 농민을 구슬려 명천과 길주의 농지를 헐값

에 사들인 양반 대지주가 습격을 받았다. 명천에서 살인 계원인 노비에게 주인 양반이 칼을 맞았다. 다행히 죽지는 않았다. 가해자가 분명했지만 보복이 두려워 감히 관가에 고발하지 못했다.

총기 수거령이 내려졌다. 관북에 거주하는 포수들은 모두 각 고을 관아 창고에 조총을 반납하라는 방이 나붙었다. 한시적으로 반납하면 점고한 후 돌려주겠다는 말에 속을 자는 없었다. 조정에서 내린 정식 관문이 아니어서 아무도 조총을 맡기지 않았다.

폭풍이 오기 전처럼 조용했다. 우종은 만반의 준비를 해야 했다. 한 번 발사할 분량 점화약을 작게 자른 대나무 통에 담고 마개를 씌운 후 복대를 둘러찼다. 탄환이 하나씩 잘 빠지게 만든 오구 주머니는 패낭에 붙였다. 긴 거북목에 화약을 담는 귀약통은 탄띠 왼쪽에 걸었다. 여분의 점화약을 담은 선약통도 목에 매달았다. 장총 두 자루를 어깨에 서로 가로질러 메고 만일의 경우를 대비해 단도 두 개를 양다리에 찼다. 이제 노상에서 도적을 만나도 걱정이 없었다. 두창에 걸려 죽은 호구 마마 귀신을 만나도 한번 붙어볼 만했다. 우종은 돌림병 환자들이 발생한 고을을 피해서 일행을 이끌고 남으로 내려갈 예정이었다. 종일 약재를 구하러 이리저리 뛰어다녔다. 웅황가루를 참기름에 개어 입과 코에 바를 고약을 만들고 얼굴을 싸맬 면 가리개를 만들었다.

남행길

시문이 남행길에 오르자 병사는 남인 계열 군관인 장도민과 이석노를 긴밀히 따로 불러 비밀 임무를 주었다. 장도민은 길주에서 방환 문서를 받고 병사에게 하직하기 위해 즉시 행영으로 왔다. 우종 역시 그 자리에 불려갔다.

"너희에게 특별한 임무를 주겠다."

그 임무란 남행 중에 기회를 보아 은밀히 박시문을 제거하라는 명령이었다. 기가 찰 노릇이었다. 술을 한 잔씩 따라 주며 병사가 말했다.

"박시문은 서인이 키우는 출중한 무인이다. 그자는 훗날 반드시 너희 앞길을 가로막을 것이다. 그동안 우리가 얼마나 저들에게 당했느냐. 후환을 미리 없애는 심정으로 강원도 경계를 넘자마자 해치워라. 여기 이명이 너희를 도울 것이다. 자, 남인이 지배하는 세상을 위하여!"

당황한 우종은 손을 떨며 술을 절반가량 흘렸다. 병사가 그토록 열심히 복무한 시문을 해치려는 이유를 우종은 이해할 수 없었다. 병사는 여러 가지 이유를 댔다. 시문이 특별히 서인에 속한 부사들을 억지로 선동하여 자신에게 유리하게 만들었으며 사백 정을 만들라는 조총 제작을 완성하지 못했다는 것도 이유였다. 상명하복이 지엄한 시절이다.

시문은 병사의 명령을 어기고 의향을 여러 번 만났다. 우종이 생각하기에 이 금기를 어긴 것이 가장 큰 이유였을 것이다. 여인을 향한 집착 때문에 한 사내의 목숨이 걸려있는 문제였다. 그러나 정파가 다른 출신 무관인 시문은 작은 불씨에 불과했다. 시문이라는 작은 불씨가 과연 거대한 화염처럼 남인 천하를 위협할 인물이란 말인가. 우종이 이해 못 하는 사이 병사는 화살 장인이 특별히 만든 활과 화살을 장도민에게 주었다. 이석노는 시문 일행을 따라가고 장도민과 호위 무사 일행은 먼저 길주로 떠났다.

병사는 우종을 따로 불렀다.

"네가 명천에 갔다 온 사실을 알고 있다. 명천과 길주에서 이번 변고를 일으킨 수괴로 너를 잡아 목을 베어 성문에 걸까 생각 중이었다. 그러나 너를 지키려는 무리가 수천여 명에 이르니 반란이라도 일어나면 나라에 우환이요 내 관운도 끝이다. 반역죄를 용서할 테니 때를 노려 시문을 죽여라. 아니면 내 손에 죽을 것이다. 이번 일을 치르기 전에 네 소원 한 가지 들어주마. 무엇이든 말해라."

"이름 모를 잡초가 쓰러지듯 지금 당장 제 목숨이 끊어진다 해도 여한이 없습니다. 다만 한 가지 청이 있습니다. 지금 잡아 두신 이환을 풀어 주십시오."

"노비를 양인 신분으로 바꿔 달란 말이냐? 그야 네가 나를 배신 않는다면 어렵지 않으니 들어주마. 올해 안으로 내가 회령 미인에게 새 장가를 들 점괘지만 이것이 전적으로 네게 달려있다."

며칠째 우종은 고민에 빠졌다. 어찌한단 말인가. 입술이 갈라지고 피가 났다. 이환의 속량과 시문의 목숨이 달린 문제였다. 아무리 그래도 사람 목숨이 중하지 않은가. 마음을 다잡으니 체증이 내려갔다.

병사는 김우종이 어떤 사람인지 잘 몰랐다. 병사에게 일반 백성은 언제든 파리 목숨 빼앗듯 제거하면 그만인 미물일지도 몰랐다. 그러나 김우종은 아무리 하찮은 포수일지라도 궁지에 몰리면 상대의 안구에 제대로 독침을 쏠 줄 아는 인간이었다.

박의돈이 회령에서 왔다. 박의돈은 강릉까지 동행할 선비 한 명을 데리고 여염집으로 왔다. 양반 행색을 한 이 씨 성을 가진 서생이었다. 유력한 양반집 자제들은 잠시 역병의 피해가 없는 강원도 바닷가나 사찰로 피신을 갔다. 무관이 흔쾌히 동행을 허락했으니 무사히 도착할 일만 남았다. 젊은 서생은 홍역을 앓는 중이었다. 흰 천으로 얼굴을 가리고 있어서 이목구비를 볼 수가 없었다. 사람들은 역병이 옮을까 약골 서생에게서 멀리 떨어졌다. 박의돈은 어릴 적 홍역을 치러서 얼굴에 얽은 자국이 있었다. 개의치 않고 서생과 방을 썼다. 일행 모두 백면서생과 등을 지고 입과 코를 덮는 복면을 썼다.

이석노도 건장한 사내종 둘을 데리고 합류했다.

"딱 봐도 곱게 자란 저 선비는 여인들깨나 울렸겠군."

이석노는 백면서생을 가리키며 몸이 호리호리하다고 놀렸다. 다음 근무지와 직책을 받을 때까지 보직에서 잠시 물러나 있으므로 서로를 다시 선달이라고 불렀다. 시문의 애마가 자꾸 발을 절었다. 최원이 자기 집 기마를 보내 주었는데 말이 아직 어려서 사람을 태우기에는 적합하지 않아 돌려보냈다. 최원이 타는 말과 서로 바꾸려 하였으나 그 말 역시 상태가 좋지 않았다.

편자를 갈아 주었지만 말의 발목에 생긴 병이 차도가 없어 우종이 침을 놓았다. 말의 발병이 차도가 없자 시문은 매우 답답해했다. 삼천 리를 달려가야 할 말이 기력을 회복하도록 우종이 돌보며 지냈다. 정성스럽게 콩과 귀리를 넣어 말죽을 끓여 주었고 말갈기도 다듬어 주었다. 행여 말이 불편할까 봐 관아에 머물지 않고 마구간이 딸린 여염집에 방값을 치렀다. 눈이 무릎 바로 아래까지 와서 사람들이 서로 통행할 수 없었다. 십 리도 못 가서 종일 주저앉아 버렸다. 말의 병은 차도가 없고 갈 길은 까마득하여 걱정이 태산이었다.

시문은 한양에서 돌아온 우후와 눈 내리는 설경을 보기 위해 동쪽 포루에 올랐다. 대포를 걸어 적을 효과적으로 방어하기 위하여 포루를 돌출시켜 성벽을 축조했다. 아래를 내려다보며 유리한 지세에서 대포를 쏠 수 있게 설계한 성벽이었다. 시문은 누각에서 시를 짓고 풍월을 읊다가 밤을 맞았다.

"만나자마자 이별 노래를 불러야 하니 섭섭하군."

우후는 기생들을 시켜 이별가를 부르게 했다. 관아로 가서 술상을 차리고 밤이 늦도록 석별을 아쉬워하는 잔치를 벌였다. 우종의 마음은 한시가 급하게 타들어 갔지만 시문은 전과 다르게 태연하게 행동했다. 절대 서두르지 않았다.

아침밥을 먹은 후, 객사로 들어가서 우후를 뵙고 물구나무를 서서 유쾌한 작별 인사를 드렸다. 말의 병이 차도가 없고, 또한 바꿀 만한 말을 구하지 못했다. 부득이 시문은 우종과 봉남을 군수품을 보관하는 청암창으로 보냈다. 청암 창고에 방환 문서를 보여 주고 겨우 비루먹은 말 한 마리를 끌고 왔다. 태양이 이 소식을 듣고 복생에게 부탁하여 그가 애지중지 타는 말을 끌고 왔다. 훌륭한 말이었다. 만남과 이별이 종이 한 장 차이여서 우종은 서글펐다. 여기까지 짐을 지고 온 수소를 복생에게 부탁하여 돌려보냈다.

행장을 다시 꾸렸다. 우후와 군관들이 백미와 어물을 두 바리 넘게 보내 주었다. 시문은 여행 중 먹을 양식이 이미 넉넉하므로 태양 집에 맡겨 두었다. 올 늦봄이나 초여름, 병사가 임기를 마치고 한양으로 돌아가면 우종이 회령으로 올라가는 길에 찾아갈 계획이었다.

병사의 요청대로 이환은 관아에 남겨 두었다. 시문이 병사에게 하직할 때 자신의 임기 만료가 머지않았으니 이환의 노비 문서를 맡아 두었다가 교체되어 돌아갈 때 한양까지 데려다준다고 했다. 시문은 이미 이환을 자유롭게 풀어 줄 결심을 했는지 모르겠다. 우종은 포수 영길을 불렀다. 영길에게 후일 일어날 일을 미리 알려 주고 이환을 잘 보살펴 달라고 부탁했다. 우종에게는 정말 아들 같은 놈이라고.

떠나기 전날 밤에 우종은 이환을 만났다.

"포수 어른, 고맙습니다."

"고맙기에는 아직 이르다. 병사가 설리와 너의 관계를 알면 가만두지 않을 것이다. 몸조심해라."

"죽기 아니면 까무러치기입니다. 이미 노비 문서를 태웠으니 양인입니다. 병사에게 고하여 설리를 되찾겠습니다. 병사의 성정이 아무리 불과 같아도 노비가 자신과 연적임을 인정하지 못할 것입니다. 설리를 내칠 것이 불을 보듯 뻔한 노릇 아닙니까."

"어리석은 짓은 하지 말아라. 그럴 리가 없겠지만 설령 병사가 들어준다 해도 결국 네게 무리한 부탁을 할 것이다. 절대 따르면 아니 된다."

"병사는 저의 은인입니다."

"시문이 너를 풀어 줄 것이다. 내가 돌아올 때까지 방포 연습을 게을리 마라. 네 배포가 크고 넓으니 얼마든지 명포수가 될 수 있다."

"포수 어른, 명심하겠습니다."

긴 행렬이 출발하여 남으로 내려갔다. 버드나무 정자에 도착하니 서로 친하게 지냈던 군관, 양반들과 기생들이 많이 와서 전송해 주었다. 백여 명이 말을 타고 악기를 연주하고 노래를 불러 주었다. 눈물이 날 정도로 장엄했다. 태양이 복생과 와서 작별 인사를 했다.

명천 부근에 도착하여 우종은 잘 아는 포수의 집에서 묵었다. 십여 명 포수가 산길을 따라 은밀하게 우종을 따르고 있었다. 따듯한 술을 가져다가 주어서 시문은 이석노와 박의돈을 청하여 함께 마시며 추위를 견뎠다.

하얀 천으로 얼굴을 감싸고 있는 백면서생은 술을 입에 대지 못한다 하여 부르지 않았다. 더욱이 홍역은 전염성이 강한 병이라 누구도 서생이 곁에 오는 것을 꺼렸다. 서생이 지나가면 모두 길을 비켰다. 물집에 딱지가 앉고 번진 진물이 흘러 하얀 천이 누렇게 변했다. 박의돈과 시문은 이미 홍역을 두 차례나 앓아서 면역이 생겼다며 서생을 기꺼이 도왔다. 그리 돕는 걸 보니 서생은 부유한 회령 토호의 아들이거나 박의돈의 친족으로 보였다.

귀문관에서 말먹이를 주는데 청암창에서 빌린 말이 야위고 피곤하여 누워서 아예 일어나지 못했다. 역장에게 부탁하여 역마로 바꿔 타고 길주에 도착했다.

길주 관아로 들어가 목사를 뵈었다. 시문이 장도민 군관의 안부를 물었다.

"장도민은 자네들과 합류하려 했으나 내가 만류하여 이곳에 남게 되었다네."

그때 장도민이 들어왔다. 장도민이 시문을 바라보며 날카롭게 말했다.

"아직도 무탈하신가? 역병으로 지옥문이 활짝 열려있던데."

시문이 장도민의 말을 받아쳤다.

"보다시피 멀쩡하지. 나라면 말을 곱게 할걸세"

욱하는 성격을 가진 장도민이 시문의 멱살을 잡았다.

"자나 깨나 너나 말조심 몸조심해. 오늘부터 누워서 향냄새 맡기 전에."

"친구끼리 이게 무슨 해괴한 말투인가. 아직도 무슨 오해가 풀리지 않았단 말이냐."

길주 목사는 병사가 꾸미는 계략을 전혀 모르는 것처럼 말했다.

"친구끼리 서로 화해하세요."

우종이 두 사람 사이에 끼어들어 뜯어말렸다.

태양을 통해 바꾼 말은 비록 암말이지만 매우 뛰어난 말이었다. 그 말을 주인 복생에게 돌려주기 위해 장도민의 수놈 말을 살 수 있는지 물어보았다. 장도민은 개의치 않고 순순히 팔겠다고 했다. 시문은 장도민과 상의하여 값을 치렀다. 말 가격이 종놈 몸값보다 더 높았다. 장도민의 말은 상태도 좋고 가다가 역에 돌려줄 일도 없어 매우 편했다. 장도민은 신고 갈 짐이 적어 괜찮다 하고 목사 또한 필요하면 얼마든지 좋은 말을 장도민에게 구해 주겠다고 했다.

봉남은 시문의 아픈 말을 치료하러 마방 내승에게 갔다. 복생에게 빌려온 암말을 우종이 직접 타고 가서 돌려주었다. 우종 역시 경성 외곽에 사는 포수에게 맡겨 둔 장총을 가져와야 했다. 천 걸음이나 떨어진 표적을 정확히 맞히는 장총을 깜박 잊고 왔다. 조총 장인들이 우종을 위해 특별히 심혈을 기울여 만든 총이었다. 우종이 한걸음에 돌아오니 박의돈이 오한이 나고 열이 올라 아프기 시작했다. 이번 남행을 준비하며 신경을 곤두세우느라 심신에 피로가 쌓였다. 혹시 백면서생에게서 홍역에 전염되거나 어디서 역병이 옮았을까 걱정했지만 단순한 감

기였다. 목사의 아들이자 병사의 사위 수분이 경성 처가에 갔다
가 돌림병을 피해 도망치듯 돌아왔다. 박의돈이 온종일 황토방
에 누워 지낸 후 병에 차도가 있었다. 박의돈은 병을 핑계로 민
가에서 성내로 들어오지 않았다.

봉남이 마방에 맡겼던 시문의 말을 몰고 돌아왔다. 발목이 말
끔히 나아서 다행스러웠다. 발병을 치료해 준 내승에게 곡식으
로 사례했다고 봉남이 말했다. 우종이 봉남에게 넌지시 물었다.

"이환은 잘 지내던가?"

"그놈이 간땡이가 부었는지 총을 메고 설치고 다닙디다. 앞으
로 자기가 설리하고 함께 살 거라고 말하더군요. 노비인 제 주
제를 모르고 말입니다. 에이 쯧쯧."

"이환은 이제 양인이 될걸세. 봉남이 자네가 그래도 명색이
이환의 아비가 아닌가."

"그게 사실입니까?"

봉남이 감격해서 눈물을 흘렸다.

"그럼. 내가 의향 어미에게 가서 있으라 했는데 그리하겠지.
다른 말은 없던가?"

"아 참, 이 편지를 포수 어른께 전해 주라 하더군요. 저는 까
막눈이라 읽어 보지도 못하지요."

편지는 언문으로 적혀있었다.

'추적자 무리가 곧 뒤를 쫓는다. 조심하시오.'

우종은 시문에게 편지를 보였다. 시문은 저녁에 목사를 만나 급히 하직 인사를 드렸다. 장도민은 잠시 뒤에 떠나고자 하여 남겨 두고 서둘러 길을 떠났다. 새벽에 임명역장 집에서 잠시 눈을 붙였다. 역장 동생들이 모두 포수여서 극진히 대접해 주었다. 우종은 감사의 뜻으로 회령 개시 당시 청나라 상인에게서 산 나침반 건령귀를 풀어 주고 떠났다. 귀신의 마른 영혼은 늘 한 방향을 가리켰다. 건령귀는 산중에서 길을 잃은 포수들을 안내해 줄 것이다.

이틀 뒤 장도민은 병사가 보낸 검은 옷차림에 두건을 쓴 일곱 명 무사들과 말을 타고 시문 일행 뒤를 따라붙었다. 병사가 시문과 우종을 명천에서 일어난 변고의 배후로 지목했기 때문이다. 우종에게는 소요를 일으킨 우두머리라는 혐의를, 시문은 완성된 조총을 빼돌려 산포계를 도운 누명을 씌웠다. 그렇다고 방을 붙이고 수배령을 내린 것은 아니었다. 물론 이 터무니없는 모함을 믿는 건 명령에 죽고 사는 검은 무사 무리뿐이었다. 전날 산에서 내려온 포수가 우종에게 알려 주었다.

이제 시문은 하늘 높이 솟은 마천령을 넘어야 했다. 마천령 험한 돌길에 말굽에 상처를 더 입을 말들이 걱정이었다. 말과 사람의 체력이 뒷받침되어야 험준한 산맥을 넘을 수 있었다. 박의돈은 백면서생의 체력이 약해 걱정을 했다. 박의돈의 부탁으로 우종은 포구에 가서 싱싱한 해물 반 바리 정도를 사서 말에 싣고 돌아왔다. 우종은 실력을 발휘해 물고기 회를 뜨고 탕을 끓였다. 남은 생선은 굽고 전을 부쳤다. 백면서생을 따로 불러 많이 먹였다.

마천령 너머 서쪽 마곡역 역장이 귀향하는 군관들을 후하게 대접해 주었다. 집주인도 극구 머물기를 권하였지만 쫓는 자들이 따라붙기 전에 서둘러야 했다. 마천령 북쪽 민가에서 허기를 달래고 고생 끝에 산맥을 넘어 기마의 발굽을 교체하기 위해 역에 들렀다. 엎친 데 덮친 격으로 서생이 타는 말의 편자를 역리가 교체하다가 발굽에 상처를 입혔다. 그는 미안해하며 대신 역에서 제일 튼튼한 군마로 바꿔주겠다고 했다. 시문은 이석노와 이성현 관아에 들어갔다. 현령을 만나 술을 얻어 마셨다. 술이 들어가면 시문은 어느새 긴장이 풀어졌다. 아무 때나 여유를 부리는 것이야말로 양반들의 못된 습성 아닌가.

"서둘러야 한다. 이렇게 여유를 부릴 시간이 없어. 당장 내일이면 그놈들이 들이닥칠 텐데. 등 뒤에서 칼을 겨누는데 술이 넘어가는가?"

답답한 우종이 하소연하자 시문은 태연하게 말했다.

"서두르면 일을 그르치는 법입니다. 무엇이 두렵습니까. 천하의 명사수와 명포수가 여기 이렇게 두 명이나 있는데."

그러나 웬일인지 우종은 불안했다. 수없이 겪은 전투에서 적에게 바짝 쫓겨 다녔었다. 죽을 고비를 수없이 겪어 본 우종은 수시로 주위를 살폈다. 사람은 죽기 직전까지 가 봐야 살아있는 게 소중하다는 사실을 깨우칠 뿐.

수중대를 지나다가 큰비를 만났다. 하늘이 두 쪽이 났는지 앞을 분간하지 못할 정도로 비가 쏟아졌다. 봄을 재촉하는 비치곤 큰 장맛비처럼 와서 잠시 머물렀다. 백면서생은 발진이 가라앉았지만 껍질과 딱지가 벗겨지는 증상이 시작되어 여전히 얼굴을 가리고 있었다.

역참에서 잠시 쉬고 있는데 관찰사가 병중에 별세했다는 기별이 지나가는 파발을 통해 들어왔다. 원래 지병이 깊어 병상에 오래 누워 지낸 결과 심신이 허약해진 탓인 줄 알았는데 역병에 걸려 죽었다는 소문이 들렸다. 잠시 방심했던 우종은 다시 일행 모두에게 흰 얼굴 가리개를 착용하도록 했다.

남행 중 각 고을에서 급료를 받으려면 도사의 증명서가 필요한데 아직 받지 못했다. 급료를 주지 않아 고을 향리를 불러서 타이르고 구슬려서 백미를 약간 받아 왔다.

추적자

　삼월 싱그러운 새벽, 봄비가 잠시 그쳤다. 새벽 일찍 출발하여 강변에서 아침을 지어 먹었다. 강물이 범람해 잠시 기다리기로 했다. 겨우 십여 리를 가서 다시 큰비를 만났다. 일행의 남행 속도가 비 때문에 지체되었다.

　장도민 무리는 여전히 거리를 두고 기회를 엿보며 시문 일행을 뒤쫓았다. 우종은 밤에 가끔 뒤로 달려가서 매복하고 검은 무리 위치를 살피고 돌아왔다. 포수들도 놈들의 동향을 우종에게 알려 주었다. 검은 복면을 쓰고 총을 멘 사내가 무리를 이끌고 있었다. 언제부턴가 시문은 긴장의 끈을 놓지 않고 늘 활을 손에 쥐고 만일의 사태를 대비했다. 병사가 보낸 무리가 언제 들이닥칠지 몰랐다.

　높고 험준한 함관령을 지나 지친 인마를 이끌고 산기슭 아래 주막으로 우종이 먼저 들어갔다. 큰비가 그치지 않아 작은 냇가라도 물살이 거세서 건너기 어려웠다. 일행은 지쳤다. 주막집 주인이 인심 후하게 대접해 주었다. 통성명하고 보니 우종이 잘 아는 영길의 형제였다. 짚으로 도롱이를 엮어 주었다.

도사는 시문의 일행을 굶겨 죽이려는 것 같았다.

일행에게 급료와 말먹이를 지급하라는 도사의 명령서를 얻지 못하여 하루 머물렀다. 관리들이 관찰사 장례식으로 바쁜 탓이라고 했다. 남행 중 선달 일행이 들르는 모든 역참에서 역마를 돌보며 바꿔 주라는 마패도 받지 못했다. 봄비가 장마처럼 길어져 어쩔 도리 없이 잠시 그대로 머물렀다. 도사가 직접 서명한 관문서를 일행에게 내려야 하는데 관찰사 상중이라 받기 어려웠다.

"그놈 하급 군관 무리를 내가 잘 안다. 특히 포수라면 치가 떨리니 아무것도 써 주지 마라."

아전이 전한 도사의 말이었다. 우종은 한시가 급하니 명령서 없이 그대로 출발하자고 말했다.

일행이 굽이굽이 산길을 돌아가서 잠시 쉬느라 멈췄다. 우종은 시문 옆에 앉아 물을 나눠 마셨다. 그때 느닷없이 화살이 시문을 향해 날아왔다. 우종은 재빨리 시문의 머리를 눌렀다. 화살은 시문의 등 뒤 나무에 박혔다. 다시 날아온 화살을 피해 몸을 굴렸다. 시문이 화살을 먹여 날렸지만 자객은 이미 사라진 후였다.

"어느 놈이냐? 거기 멈춰라."

우종이 총을 들고 달려갔다. 말을 탄 자객은 먼지를 일으키며 멀리 사라졌다.

검은 무사 한 명이 시문 일행 뒤를 그림자처럼 바짝 따라붙고 있기에 우종은 주시했다. 활을 들고 있는 모습으로 보아하니 장 도민 같았다.

도롱이를 걸치고 쪽배를 빌려 불어난 강물을 어렵게 건너 문 천 경계에 도착했다.

검은 옷을 입은 패거리는 쏟아지는 비로 시문을 해칠 기회를 좀체 얻지 못했다. 시문이 관북의 명궁인지라 함부로 덤빌 수도 없었다. 우종의 총 솜씨도 익히 들었다면 무사들이 함부로 근접 하기가 어려웠을 것이다. 그러나 조총과 활 모두 빗속에서는 쓸 모가 없었다. 이명 일당은 시문 일행이 함경도와 강원도 경계를 지나기 전 병사의 명령을 실행에 옮겨야 했다. 그들은 자나 깨 나 모두 검은 복면을 하고 있어서 얼굴을 드러내지 않았다. 일 이 발각되어 문제가 되더라도 서로 모르게 하라는 명령 때문이 었다.

금군을 뽑으러 온 이명이 말미를 얻어 그들 중에 있는 것을 우종은 알고 있었다. 검은 무리는 야간에 시문 일행을 앞질러 문천 경계를 가로지르는 강을 먼저 건넜다. 강 건넛마을과 들판 을 지나 인적이 드문 언덕 풀숲에서 열린 길을 내려다보며 매복 에 들어갔다. 우종은 축지법을 써서 빠른 걸음으로 오가며 그들을 주시하고 있었다.

시문 일행은 이른 아침 문천 경계에 있는 전탄강에 도착했다. 강물이 불어 수위가 오른 터라 건너기가 쉽지 않았다. 아주 작은 통나무배를 빌려 타고 말들을 배의 꼬리 부분에 매달아 어렵게 강을 건넜다. 말이 건너편 강가에 도착한 뒤 배에서 물건을 내려 말 등에 실었다. 헤엄을 쳐서 강을 건넌 말의 체력이 급격히 떨어져서 두세 걸음도 못 가서 갑자기 넘어졌다. 일어나 다시 짐을 실으면 넘어졌다. 사람과 짐을 내리고도 몇 걸음을 못 가서 다시 쓰러졌다. 백면서생과 봉남이 탄 배가 기슭에 닿을 무렵 떠내려온 나무로 떠밀려갔다.

"살려 주세요!"

헤엄을 칠 줄 모르는 봉남이 허우적대면서 소리쳤다. 거의 빠져 죽을 지경이었다. 우종이 밧줄을 던져 떠나가는 배를 끌어와서 서생과 봉남의 목숨을 건졌다.

이석노는 민가를 찾겠다면서 하인과 먼저 갔다. 시문은 박의돈, 백면서생, 우종과 남아서 잠시 숨을 돌렸다. 사내종들과 짐 실은 말은 한참 뒤처졌다. 모두 체력이 고갈되어 아무리 궁리해도 도무지 앞으로 나아갈 계책이 없었다. 쉬는 게 상책이었다.

시문은 자신이 타던 기마에 짐을 실어 박의돈이 이끌고 먼저 가도록 했다. 우종과 시문은 기진맥진한 백면서생을 말에 태워 데리고 천천히 뒤따라갔다. 늦은 오후, 안개가 깔린 날은 어두워지고 먹구름이 짙게 몰려왔다. 박의돈은 나아가는 길의 원근도 잘 파악이 안 되니 제일 먼저 보이는 인가에 들어가게 되면 나중에 사내종을 갈림길에 보내겠다고 약속했다. 박의돈이 먼저 가고 난 뒤에 천둥 번개가 치고 천지가 암흑처럼 어두웠다. 눈앞을 분간할 수 없어서 사람 사는 마을이 지척에 있는지 없는지 알지도 못했다. 갈림길을 몇 개 지나도 기다리는 사람이 아무도 없었다. 먼저 간 일행이 머무는 숙소를 지나쳐서 한 걸음 한 걸음씩 앞으로 나아갔다.

비가 잠깐 그쳤다. 관아가 있는 마을을 십오 리 정도 남겨 둔 무인지경 산골짜기에서 백면서생을 태우고 가던 말이 갑자기 넘어져 전혀 움직이지 않았다. 백면서생이 말에서 떨어지는 순간 시문이 두 팔로 받았다. 우종이 살펴보니 말 앞다리에 편전이 스치듯 지나간 상처가 있었다. 어둠 속에서 화살들이 울면서 연속으로 날아왔다. 우종은 조총을 들고 화살을 쳐냈다. 시문은 넘어진 서생을 일으켜 세우고 나무 뒤에 숨었다. 활을 풀어 화살을 시위에 매기고 편전이 날아온 쪽으로 연달아 활시위를 당겼다. 두 눈을 가리고 활을 쏘아도 과녁에 적중시키는 시문이었다. 나무 아래로 고꾸라지며 떨어지는 물체의 비명이 들렸다.

우종은 미리 장전해 물기에 젖지 않도록 가죽 총집에 넣어 둔 장총을 꺼내서 겨누었다. 부싯돌을 여러 번 댕겨 솜과 화승에 겨우 불을 붙였다. 움직이는 검은 그림자를 향해 서둘러 한 방을 먹였다. 적이 고꾸라졌다. 계속 장전하려고 애를 썼으나 물에 젖은 화약에 화승 불이 댕겨지지 않았다. 날은 이미 어두웠고 비는 계속 내렸다. 나머지 총도 비에 젖자 쓸모가 없었다. 부득이 말을 길에다 버리고 달렸다. 백면서생이 말안장을 머리와 등에 짊어져서 화살을 막을 방패로 쓰며 달렸다.

"죄인들은 멈춰라. 반란군 수괴를 죽여라."

분명 귀에 익은 이명의 카랑카랑한 목소리가 들렸다.

"시문 이놈아, 오늘이 바로 네 제삿날이다."

장도민이 소리쳤다.

적이 쏘는 총소리가 들렸지만 아무도 다치지 않았다. 우종은 장총을 어깨에 가로질러 메고 허리춤에서 칼을 빼 들었다. 달려드는 검은 무사 한 명을 찔러 넘어뜨렸다. 시문은 활과 화살은 손에 쥐고 서생을 보호하며 뒤를 돌아 활을 쏘며 달렸다. 우종은 날아오는 화살을 단칼로 쳐냈다. 젖은 활은 멀리 날아오지 못했다. 철릭과 바지는 온통 비에 젖어 몸에 달라붙었다. 몸이 천근인 양 무겁고 축축해졌다.

시문은 어두운 저녁 무렵 엎어지고 넘어지는 서생을 부축하며 고을 어귀에 어렵게 도착했다. 뒤쫓는 무리는 보이지 않았다. 비가 잦아들었다. 동네마다 돌아다니면서 수십 번 소리쳐 불렀으나 아무도 내다보는 사람이 없었다. 미친 사람으로 오해를 했는지 등잔불을 끄고 문을 걸어 잠갔다. 시문은 대문을 두드리며 아무도 없느냐고 소리쳤다. 하루 내내 끼니를 제대로 먹지 못한 데다 체온이 급격히 떨어졌다. 이가 탁탁 부딪히며 온몸이 떨렸다. 적에게 쫓기느라 지친 몸은 추위에 얼어붙어서 곧 숨이 끊어질 것 같았다. 이를 악물었으나 소리를 지를 힘도 없었다. 백면서생은 혼절하기 직전이었다. 마침 지붕에다 이엉을 엮을 짚단을 높이 쌓아 둔 곳이 있어 아래쪽 짚단을 빼내고 두 사람이 겨우 비집고 들어갈 공간을 만들었다. 시문이 서생과 그 구멍에 들어가자 우종은 서둘러 입구를 막았다.

"절대 소릴 내지 마시오."

둘은 미동조차 하지 않았다. 우종 또한 볏짚 사이로 숨어들었다. 따듯하게 몸을 감싸는 볏짚 때문에 피곤이 일시에 몰려왔다.

그들 일행을 찾는 서너 명의 형체들이 횃불을 들고 짚단으로 점점 다가왔다.

"여기 말안장이 버려져 있다. 근처에 숨어있으니 샅샅이 뒤져라."

"낟가리에 숨어든 것 같다."

"흰옷 입은 서생만 온전히 살리고 나머지는 모조리 죽여라."

검은 무리가 칼로 짚단을 찔렀다.

숨소리조차 삼켰다. 시문과 백면서생이 숨어있는 구멍으로 칼을 꽂으려는 찰나 옆 볏단에 숨은 우종이 몸을 움찔거렸다.

쌓아 놓은 볏단이 흔들리자 칼끝이 우종에게로 향했다. 푹, 환도가 헤치고 들어오는 순간 우종은 재빨리 몸을 비틀어 피했다. 마구 찔러 댔지만 몸을 이리저리 돌려 피했다. 이러다가 죽겠구나. 비좁은 공간에서 짚단에 눌린 우종의 몸놀림이 느려졌다.

갑자기 총소리가 들렸다. 칼을 든 자가 쓰러졌다. 산포수들이었다. 그들이 부는 나발 소리로 알 수 있었다. 일행을 살리러 온 것이다. 주변을 뒤적거리던 추적자들이 부상자를 부축하고 서둘러 멀어졌다. 우종은 볏단 구멍에서 기어 나왔다.

포수 무리가 다가왔다. 상수, 중수와 영길, 그리고 눈에 익은 포수가 있었다. 이환이었다. 이환이 시문과 마주 섰다. 우종은 눈에 불꽃이 이글거리는 두 사람의 손을 잡았다. 여러 사람의 눈과 귀가 열려있을 때 말해야 했다.

"인의예지신보다 중요한 게 용서요."

시문이 감정에 앙금이 남았는지 말했다.

"누가 누구에게 용서를 빌고 말고 하란 말인가. 내가 용서를 빌어야 하는가. 이환이 용서를 빌어야 하는가."

시문이 화를 내자 우종이 웃으며 말했다.

"말로만 하는 용서는 피붙이끼리도 할 필요 없소이다. 용서보다 개심이 더 앞서야지."

우종이 간절히 말하자 시문이 백면서생을 돌아다보았다. 그가 그리하라는 듯 고개를 끄덕였다.

"내가 네게 빚을 졌구나. 그간 네게 많이 잘못했다."

자신의 목숨을 구한 이환에게 시문이 말했다.

"아닙니다. 오히려 제가 용서를 빕니다. 잘 살겠습니다."

이환이 우렁차게 말했다. 우종은 둘 다 안아 주고 나서 악수를 하고 이환과 헤어졌다.

"대장, 물러간 놈들은 우리가 주시할 테니 남녘까지 잘 다녀오십시오. 우리가 있는 이상 더는 쫓지 못할 겁니다."

상수가 말하자 체증이 내려간 것처럼 우종의 속이 후련했다.

볏짚 구멍 속은 비록 잠시일지라도 더없이 안온했다. 그러나 긴장이 풀어지자 다시 굶주림과 추위로 죽을 것 같은 한계가 찾아왔다. 시문이 가까운 초가집으로 들어가 큰 소리로 주인을 불렀으나 대답이 없었다.

"주인은 어떤 사람인데 장차 죽어가는 사람을 보고도 끝내 목숨을 구해 주지 않는가? 날이 밝길 기다려 관청에 송사할 것이다."

시문이 말하자 주인이 비로소 방문을 살짝 열고 엿보았다. 환도로 사립문을 잠가 놓은 새끼줄을 자르고 뛰어 들어가니 주인이 놀라서 나왔다. 말안장, 활, 화살과 총을 보고 어떤 연유로 찾아왔는지를 물었다. 우종이 예의를 갖추고 사유를 말하니 비어 있는 아랫방 문을 열고 들어가게 했다. 그런데 오래 비어있던

구들방이라 냉기가 심하게 올라왔다. 따뜻한 물과 땔나무를 청했다. 주인은 머뭇거렸다. 값을 알아서 넉넉히 치르겠다고 하니 그때야 주인은 좁쌀로 빚은 따뜻한 탁주도 주고 땔나무 한 묶음을 주었다. 우종은 시문과 서생이 함께 한기를 몰아낼 불을 피웠다. 이제야 눈을 붙이고 내일을 기다릴 수 있었다. 좁쌀로 빚은 탁주 한 잔이 추위와 공포에 떨던 몸에 온기를 불어넣는 천금과도 같았다.

시문은 너무나 추워서 덜덜 떠는 백면서생을 끌어안고 추위를 녹여 주었다.

우종은 몸을 웅크리고 앉아서 해가 뜰 때까지 문밖으로 나가지 않았다. 집주인이 방문 앞에서 헛기침하고 말했다.

"말을 탄 양반 두 일행이 짐 실은 말 여섯 마리와 말안장이 없이 다리를 저는 말 한 필을 끌고 다니며 서생과 선달을 부르고 다닙니다."

급히 대문을 열고 나가 보니 박의돈과 이석노 두 일행이 서 있었다. 잠시 후 봉남이 기마 두 마리를 이끌고 왔다. 길에다 버린 말은 다리 상처가 깊지 않아 치료한 후 무명천을 감고 왔다. 지난밤 뼈에 새길만 한 고통은 백골이 되더라도 어찌 잊을 수 있겠는가. 살아남은 우종은 이를 악물었다.

장도민은 넓적다리에 화살을 맞아 더 이상의 추격은 불가능했다. 검은 복면 한 명은 총알이 목을 꿰뚫어 즉사했고 한 명은 가슴에 꽂힌 화살을 쥐고 가쁜 숨을 몰아쉬었다. 우종의 칼을 맞은 한 명은 이미 죽었을 것이다. 이명은 말미를 받고 와서 곧 돌아갈 날이 코앞이었다. 검은 무사 무리는 죽은 자를 묻고 다시 왔던 길을 되돌아갔다.

비가 완전히 개었다. 햇볕에 의복을 말렸다. 말을 잘 돌보게 했다. 말이 죽 두 통과 콩 한 말씩을 먹었다. 하루 더 머물렀다. 우종은 자신의 기마에 짐을 옮겨 싣고 다친 말을 끌고 도보로 길을 나섰다.

시문이 이환을 진심으로 용서했는지 우종도 알 수 없었다. 어쨌거나 억장을 누르던 무거운 돌을 내려놓은 것처럼 마음이 한결 자유로웠다. 충분히 쉬고 난 몸도 가벼워져서 재빨리 나아갔다. 원산 촌가에서 말먹이를 주었고 저녁에 안변에 도착했다. 혹시 모를 습격이 두려워서 관아에서 숙식을 해결하지 않고 되도록 인적이 드문 길로 움직였다. 밤에 박의돈의 짐 싣는 말이 마구간에서 새끼를 낳았다.

시문은 아침에 관아에 들어가 안변 부사를 뵈었다. 대부인께 시문의 이름을 올리니 여종을 시켜 술과 반찬을 보내 주었다. 여종에게 노비와 말들이 뒤처진 일을 들어가 고하게 했다. 여러 날 머물더라도 노마의 양식까지 당연히 모두 대부인께서 준비해 주겠다고 했다. 부사가 마구간지기를 시켜 다친 말과 새끼를 낳은 말도 돌봐 주었다. 떠날 때 양식을 풍족하게 준비해 줄 테니 염려하지 말라고 했다. 이틀을 머물고 안변 부사에게 하직하고 대부인께 작별을 고하니 노마에게 지급하는 양식을 넉넉하게 주었다. 시문은 부사가 준 식량과 반찬을 박의돈에게 나누어 주고, 위급 상황에 대비하라고 백면서생에게도 조금 나누어 주었다. 웬일인지 이석노는 끝까지 받기를 거절했다.

통천역에 도착하니 백면서생의 다리 통증이 심했다. 다시 출발하려고 할 때 역장이 간청했다.

"몸이 호리호리하고 하체가 부실해서 절뚝이는 발과 다리 통증으로 걷기 어려우시니 오늘은 우리 집에서 머무르세요."

집주인이 마음을 다해 머물기를 권하고 저녁에 누런 토종닭을 삶아 주고 백주를 주니 서생의 다리 근육이 풀렸다.

우종이 짐작은 했지만 백면서생은 의향이었다. 박의돈이 회령에 남아있는 의향을 변장시켜 몰래 데려온 것이다. 시문과 박의돈을 제외한 이석노와 모든 하인은 서생이 의향인지 알 수 없었기에 우종은 끝까지 모른 척하기로 했다. 함경도 지역을 완전히 벗어나 강원도로 깊이 들어오자 일행 모두 안도의 한숨을 내쉬었다. 이제부터 길은 바닷가로 이어지고 평탄했다.

그러나 일행 중에 다리가 아픈 서생이 있어서 괜한 소문이 날까 두려웠다. 이제부터 되도록 역참에 머물지 않고 계속 사가에 묵기로 했다. 노독이 쌓여 몸이 아픈 서생을 튼튼한 말에 태우고 내려갔다. 백면서생은 곧 쓰러질 듯 위태로웠다. 한동안 머물러 쉬며 체력을 보충했다. 서생이 조금 살아났다. 날이 어두워지기를 기다려 출발했다. 내려가는 길에 불에 타서 중건 중인 낙산사에 올랐다. 달빛이 쏟아져 내린 밤바다를 내려다보았다. 서생이 시문에게 밤바다 보기를 청했기 때문이다. 가슴이 탁 트이는 바다를 바라보다 양양 동문으로 갔다. 도사가 발행한 지급 명령서가 없다고 급료를 주지 않는 이방을 선달 일행이 불러 타이르니 즉시 수량에 맞추어 지급해 주었다.

어느 때부턴가 이석노가 보이지 않았다. 장도민, 이명과 도원 결의한 세 형제 같았던 그가 사라졌다. 양양 장터에서 국밥을 말아 먹을 적에 분명 있었는데 바닷가에서 말먹이를 줄 무렵부터 보이지 않았다. 강릉에서 십여 리 정도 못 미친 지점의 누추한 어부 집에 들렀다가 인적이 드문 들판에서 말먹이를 주었다. 이석노를 기다렸으나 나타나질 않았다. 도중에 길을 잃었거나 어디선가 서로 어긋났을 것이다. 초저녁에 내린 비가 잠시 개었기에 출발하여 십오 리를 갔으나 물이 많아 강을 건너지 못했다. 통나무배조차 없어서 강가 들판에서 모닥불을 피우고 숙영했다. 하늘에서 밤새 은하수가 쏟아졌다.

강을 건너지 못해 계곡 물길을 따라 십 리가량 올라갔다. 해가 질 무렵 어렵게 개울을 건너 천변에서 불을 피우고 들판에서 머물렀다. 서생의 다리가 다시 부어올라 시문이 주물러 주었다. 그때 이석노가 돌아왔다. 시문이 이석노에게 가서 말을 붙였다.

"어디 갔다 왔는가. 어디 아프신가?"

"아니야. 별일 아니야."

이석노는 즉답을 피하고 먼 산을 바라볼 뿐이었다. 이석노는 어딘가 모르게 행동이 수상쩍었다. 잠깐 돌아왔던 이석노가 다시 뒤처졌다. 우종이 다가가자 이석노의 사내종 경립도 눈길을 피했다. 역시 아무런 말도 없이 오 리 정도 거리를 두고 뒤따라왔다. 귀신이라도 씌운 걸까. 어딜 다니다가 다시 돌아온 것일까. 우종은 뒤처진 이석노와 경립을 유심히 관찰했다.

오래간만에 쾌청하게 해가 뜬 길을 떠나 소공대를 넘어 휘넓은 들판에서 불을 피우고 야영했다. 울진 망양정에 올라서 푸른 바다를 바라보았다. 왼쪽으로 푸른 바다가 긴 화폭처럼 펼쳐졌다. 벌판에 향기로운 들꽃이 만발하고 봄바람이 불고 있었다.

병곡역에 도착하니 북으로 올라갈 때와는 딴판으로 변한 역리들이 말먹이 콩과 여물을 많이 준비하여 주었다. 서로 주먹다짐을 했던 역졸이 술을 가지고 와서 선달은 물론 사내종들에게도 주었다. 모두 그 당시 일을 속으로는 다 알지만 모르는 체하였다. 위아래 사람들이 한결같이 그때 벌어진 일에 대해 한마디 입조차 열지 않았다. 돌이켜 생각하니 굳이 그리 다툴 필요가 있었을까 후회가 막심했다. 알고 보면 양반과 수령들에게 탈탈

털린 불쌍한 백성들이 아닌가.

　종일 말을 타고 가서 바닷가에서 풍찬노숙했다. 달빛이 내리는 모래 언덕 아래 집터처럼 아담하게 파인 숙영지에 모닥불을 피웠다. 입구에는 바람을 막아 줄 말들을 묶어 놓았다. 선물로 받은 모피 옷과 사슴 가죽을 깔고 눕자 제법 아늑했다. 은하수를 끌어와 이불 삼아 덮었다.

　사내종들도 모닥불 주위에서 둥그렇게 누웠다. 마른 풀을 깔고 잠을 청했다. 힘든 남행길 끝이 무수한 별들의 축복을 받은 것처럼 밝게 보였다. 이렇게 쉬지 않고 계속 움직이며 피곤해진 몸을 푹 쉬게 하는 것이 오래 사는 비결이 아닐까. 늘 움직이던 사람이 한곳에 오래 머물러 살면 결국 그 공간에서 생을 마치게 되는 것일까. 우종은 누워서 생각했다. 그런 점에서 혼인은 인생의 무덤이었다. 생각에 따라 마음이 한곳으로 끌려가지 않도록 잠을 청했다. 잠이 오면 시간이 멈췄다. 시간이 멈춘 곳에 아늑한 집이 생겼다. 사람은 누구나 자유를 버리고 갇히면 곧 죽을 운명이었다.

　서늘한 추위에 잠을 깬 우종은 꺼져가는 불에 나뭇등걸을 올렸다. 총을 집어 들고 화약과 탄환을 넣었다. 우종은 고개를 숙이고 화승 심지에 불을 붙여서 조총 용머리에 걸고 일어섰다.

　모두가 곤히 잠든 한밤중, 하늘에 별들이 사라지고 먼바다에서 번갯불이 번쩍였다. 불길한 느낌이 든 우종은 야영지가 내려 다보이는 나무 뒤에 엎드려 보초를 섰다. 아니나 다를까 멀리서 누군가 다가오며 마른 나뭇가지를 밟는 소리가 났다. 시커먼 그림자 셋이 발걸음을 죽이며 다가오다 모닥불을 향해 기어갔다. 칼을 꺼내든 자가 시문을 덮쳤다.

"누구냐?"

검은 복면을 한 사내는 시문의 가슴을 타고 눌렀다

"죽어 줘야겠다."

칼끝이 시문의 목으로 내려와 울대에 닿았다.

그중 덩치가 제법 큰 사내는 박의돈과 엉켜서 뒹굴었다. 깡마른 사내가 서생의 목을 누르고 있었다.

우종은 숨을 멈추고 발버둥 치는 서생의 목을 조이는 깡마른 사내를 겨눴다.

불구멍에 심지를 넣고 방아쇠를 당겼다. 장총을 발사하자 고요한 천지가 울렸다. 사내는 손을 잡고 외마디 비명을 내질렀다. 단도를 쥔 손으로 시문의 목을 찌르려는 자를 향해 다시 발포하려고 서둘렀다.

팔심이 센 시문이 밀고 일어나서 사내와 격투가 벌어졌다. 얼굴을 가린 사내의 몸이 날렵했다.

"왜 이러는 것이냐?"

"의향을 못 데려오면 죽이라고 하였다."

시문이 날린 주먹에 사내는 얼굴을 맞고 비틀거렸다. 박의돈과 사내종들이 싸움에 가세했다. 형세가 불리해지자 그들은 쓰러졌던 칼잡이를 부축하고 어둠 속으로 사라졌다. 우종은 솔밭 숲으로 사라진 그림자를 향해 장총을 한 방 더 쏘았다. 일행 중 아무도 다친 사람이 없었다. 누가 그랬는지 짐작이 갈 만한 사건이었다. 물증이 없을 따름이었다. 그 후로 이석노는 영영 나타나지 않았다.

남남북녀

벌판을 지나 사람들 눈에 띄지 않도록 달렸다. 시문은 모든 역마를 돌려보냈다. 시문은 거의 뜬눈으로 밤을 지새웠다. 고향이 코앞이었다. 시문은 삼천 리를 구사일생 함께 내려온 박의돈과 헤어졌다. 서로 등을 두드리며 안아 주는데 사내들 사이 진한 우정이 느껴졌다. 전쟁터에서 죽을 고비를 함께 넘긴 전우애가 이런 것인가. 동고동락하며 건너온 지난 세월이 어찌 지났는지 까마득했다. 집이 가까워지자 봉남이 길고 긴 여정에서 얻은 다릿병과 발바닥 통증을 잊은 채 마구 달리기 시작했다.

백면서생은 하얀 복면을 풀었다. 목욕하고 한복으로 갈아입자 의향은 하늘에서 내려온 선녀가 되었다. 그간 쌓였던 긴장이 풀리자 의향이 갑자기 구역질을 하기 시작했다. 입덧이었다. 의향은 시문의 본가에 도착해 시부모를 뵈었다. 누워계신 시문의 아버지는 피골이 상접해 앙상한 뼈와 가죽만 남았다. 극에 달한 기쁨이 슬픔으로 변해서 흐르는 눈물을 서로 멈출 수가 없었다.

"아이고 이쁘게도 생겼구나. 우리 집안으로 굴러 들어온 복덩이로구나."

의향이 회임한 사실을 알리자 노부인은 무척 기뻐했다. 집안의 대가 끊길까 노심초사하였는데 이 아니 기쁠쏘냐.

병석에 누운 시문의 아버지는 겨우 눈을 떴다.

"월이로구나. 너무 보고 싶었다."

박계숙은 의향을 꿈에 그리던 딸 월이로 알고 두 손을 꼭 잡고 눈물을 흘리며 미소를 지었다.

"고맙네. 조선 최고 포수 김우종."

우종이 인사를 드리자 금방 알아보았다.

오랜만에 돌아온 시문에게 언제나 그렇듯 집은 거기 그대로 변함없이 서 있었다. 산천초목도 변함이 없었다. 사람만이 늙고 병들어 갈 뿐이었다.

시문이 울산으로 돌아온 지 한 달 만에 '자미두수' 점괘대로 박계숙은 월이가 아닌 의향 손을 잡은 채 유명을 달리했다. 마지막까지 의향을 꿈에 그리던 딸 월이라 여겼다. 의향은 비로소 시문의 두 번째 아내가 되었다.

북병사가 임기를 마치고 돌아간 초여름 무렵, 시문이 마련해 준 두둑한 여비를 챙기고 우종은 회령으로 올라갔다. 비록 애정 표현이 서툴렀지만 우종은 녹주가 죽도록 보고 싶었다. 어릴 적에 죽은 어미와 유모를 꿈에서 만나면 그대로 녹주였다. 이미 오래전에 죽은 옛 아내를 떠올리면 녹주로 변했다. 티끌처럼 살다가 이슬처럼 사라지는 인생. 늦게나마 만난 녹주를 행복하게 해 주고 싶었다. 물론 의향이 시문과 잘 살고 있다는 소식을 녹주에게 전하러 서둘러 북으로 달려갔다. 나이를 먹을수록 세월은 빨리 흘러갔다. 그렇게 이별이 오기 전에 후회하지 말고 서둘러 사랑해야겠다는 마음만 우종에게 남았다.

나선 원정

눈 깜짝할 사이 십 년 가까운 세월이 지나갔다. 그간 우종은 시문과 의향의 소식은 간간이 받았지만 서로 얼굴을 못 보고 살았다. 우종이 시문을 다시 만난 곳은 회령이었다. 이번 생에서 우종이 가장 행복하게 지낼 때였다. 녹주와 단둘이서 살았다. 우종은 여전히 포계를 이끌며 함께 사슴이나 멧돼지를 사냥했다. 계원끼리 서로 은밀하게 연락을 주고받았고 경조사에는 형제처럼 모였다. 그렇다고 총을 메고 떼로 몰려다니지는 않았다. 그리하다 역적으로 몰려서 졸지에 황천을 건너갈 수도 있는 세상이었다. 그렇지만 하늘 무서운 줄 모르고 날뛰는 되놈들 기를 죽이기 위해 국경을 넘어가서 휘젓고 다녔다. 간도를 내 집처럼 드나들며 산삼을 캐고 짐승을 사냥했다. 만주의 무법자 조선 포수 김우종을 감히 대적할 자는 없었다.

시문은 청군을 도와 나선군을 정벌하라는 임금의 특명을 전달하는 전어장으로 회령에 왔다. 원정에 참여할 조선군 총수 부대와 지원 인력의 규모와 모집 방법에 대하여 행영 병마우후 신류 장군에게 병조의 지침을 하달하러 왔다. 못 보던 사이 어느 덧 시문은 패기와 노련미가 넘치는 늠름한 군인이 되었다. 우종을 보자 시문이 다가와서 누가 먼저랄 것도 없이 서로 품에 끌어안았다. 아, 생사고락을 함께한 옛 전우를 만난 기분이랄까. 아니 멀리 살아서 소식이 소원했던 자식놈을 만난 아비의 심정이 이러할까.

"포수 대장님, 어떻게 신수가 훤하니 하나도 안 변했어요. 옛날 그대로네."

"한시라도 방심하면 늙는 거라네. 의향이는 잘 있는가?"

"벌써 아들이 둘입니다."

"아이들이 보고 싶구나."

"이번 원정 승리를 위해 총수 부대를 보살필 백전노장이 필요하니 마지막으로 한번 도와주세요."

"알겠네. 어느 쪽이든 적병 한 놈이라도 더 죽이는 게 유리하지."

"이번 전투가 끝나면 한양으로 꼭 오세요."

"살아 돌아온다면 그리하겠네."

"불사신!"

시문이 우종에게 장난삼아 기를 불어넣었다. 바쁜 일정으로 시문은 조선군 원정 사령관인 신류 장군을 만나고 돌아갔다.

두만강 북쪽 멀리 어딘가에 머리 색깔이 붉거나 노란 오랑캐 도적 떼가 살고 있었다. 그들은 배를 집으로 삼아 헤이룽강 상·하류를 오르내리며 노략질을 했다. 그들의 소굴이 어디 있는지 모르지만 송화강과 우수리강으로 내려와 영토 분쟁을 일으켰다. 그들과의 전투에서 청나라 부대가 번번이 패하자 조선에 원병을 요청했다. 조선은 청의 속국인 이유로 원정을 보냈다. 출병하는 조선군 조총 부대의 군량미와 군수품은 함경 도민의 세금으로 마련하도록 했다.

몇 해 전에도 나선군에 쫓기는 위기에 처한 청군이 원군을 요청했었다. 우종은 그때도 출병하여 총수를 이끌었다. 우종은 장총으로 적장을 제압한 적이 있었다. 송화강과 헤이룽강이 합류하는 지점에 출병하여 싸웠다. 믿기지 않겠지만 단 한 명 전사자 없이 크게 이겼다. 그래서 소문으로만 듣던 조선군 총수 부대의 사격 실력이 조선 반도를 넘어 만주 동북쪽 내륙과 청나라 조정에 널리 알려졌다. 그나마 그때는 독립 부대로 편성되어 원정을 갔지만, 이번에는 청나라 팔기군에 조선 포수들이 분산 배치되어 전투를 치르는 용병 형태였다. 말이 용병이지 아무런 대가가 없었다. 잃는 자가 있으면 따는 자가 있는 법. 청나라가 나선과의 영토 분쟁에서 승리하게 된다면 그 공치사는 조선군 포수들이 들어야 마땅했다. 그렇지만 오랑캐에게 조선은 자신들의 신하일 뿐이었다. 일차 참전 성과에 크게 고무된 임금은 북벌이라는 깃발 아래 군비 확충의 명분을 얻고자 조총의 제작과 보급에 힘을 썼다.

왜 다른 나라의 전쟁에 우리 조선 총수들이 가서 피를 흘려야 하는가. 양반이라는 것들이 줄을 서서 싸우지나 말고 진작에 힘을 합쳐 십만을 양병하고 총과 대포로 무장했더라면 누가 감히 조선을 침탈할 것인가. 따진다고 윗놈들이 달라질 리 없었다. 지금 원정에 가서라도 용맹하게 싸워 자존심을 회복하는 수밖에.

조선에서 흑룡강이라 부르는 헤이룽강은 검은 물빛이 용처럼 꿈틀거렸다. 그 강은 몽골 북쪽 삼림 지역에서 발원하여 동쪽으로 천 리가 넘게 흘렀다. 우종은 함경도 포수들의 백발백중 사격 실력을 믿었기에 출병에 앞서 승리를 장담했다. 이번에도 저번 원정처럼 포수들 모두 살아 돌아올 것이라고 믿었다. 나선 선단은 주로 송화강 하류, 헤이룽강 중하류와 우수리강 유역 일대에 사는 토착민과 그들이 사는 촌락을 공격하고 노략질했다. 이 일대는 청나라의 발원지였기에 되놈들은 나선인의 남하를 막아야만 했다. 조정에서는 함경도 행영에 복무하는 우후 신류를 영장으로 임명하여 원정 부대를 이끌도록 했다.

"화약과 탄환을 지급할 테니 총수들 전원 즉시 방포장으로 집합하라."

드디어 총수 부대원 선발 대회가 행영에서 열렸다. 신류 장군은 조총 사격 대회를 열어서 이백 명을 엄격히 선발했다. 엄선된 포수들의 남은 가족들에겐 함경도 백성의 피땀 어린 재물을 거둬서 겨우 입에 풀칠할 만한 급료를 주었다. 가뜩이나 어려운 살림에 지친 백성들이 군역 대신 피눈물 어린 세포를 바쳤다. 급료를 준다기에 지원자가 넘쳤다. 당연히 스무 명 중 한 명이 통과할 정도로 경쟁이 심했다. 선발 방법은 참가자들이 정해진 차례에 따라 각자 지니고 온 조총을 들고 일렬로 서서 총을 쐈다. 조총이 없는 자들은 행영 무기고에 보관 중인 조총을 빌려주었다. 무기고에 전시용으로 보관 중인 조총은 대체로 총열이 휘어있거나 총구가 고르지 못한 총기가 많아서 장인이 제조한 총을 구하는 자들도 많았다.

조총 가격이 만만치 않았다. 대략 백미 세 섬 다섯 말 정도였다. 이 정도면 4인 가족이 일 년간 먹을 양식이었다. 그래도 신형 조총을 구하려는 자가 많았다. 일단 총을 가진 자는 산포계에 가입할 수 있었다. 계원이 되면 호랑이나 짐승을 사냥하거나 국경을 넘나들며 산삼과 약초를 채취하고 더러는 밀무역을 하여 생계에 보탬이 되었다.

"오와 열을 맞춰 마당에 정렬하라."

"이 얼간이들아, 총구를 위로 향해라. 오발 사고 나면 즉결처분이다. 꾸물대지 말고 일 열부터 사로에 엎드려라."

"준비된 총수부터 발포 개시!"

육십 보 떨어진 거리에서 엎드려쏴! 앉아쏴! 서서쏴! 각자 아홉 발을 자세를 바꿔 가며 세 발씩 정한 시간 내에 발사하고 감적관이 표적을 확인했다. 아이 손바닥만 한 표적지를 가져와서 점수를 매긴 후 서열에 따라 합격자를 선별했다. 지역별로 안배해서 골고루 뽑았다. 우종을 포함해 회령에서 온 포수는 스물여섯 명이었다. 길주 포수가 서른다섯 명으로 제일 많이 선발되었다. 경원과 온성에서 각각 서른 명씩 뽑았다. 종성에서 스물다섯 명, 경원에서 스물세 명 그리고 함경도 변경 지역인 경성, 명천, 회령, 부령과 경흥을 망라해서 나머지 포수들을 추렸다. 우종이 이끄는 계원들이 많이 모였다. 이환도 우수한 성적으로 뽑혔다. 이환은 설리와 혼인해서 아들을 얻었다.

장총을 쏜 우종은 아홉 발 모두 표적 중앙에 명중시켰다. 장군이 최후로 남은 다섯 명 명포수 중에 우열을 가리자고 해서 다시 이백 걸음 떨어진 곳에서 세 발씩 발포했다. 이환도 다섯 명 안에 들었다. 그러나 이번에도 사냥용 천보총을 쏜 우종이 표적 정중앙에 명중하여 일등을 했다. 신류 장군이 상을 주려고 우종을 불렀다.

"정말 경이로운 총 솜씨를 가졌구나. 그대가 명포수로 이름난 김우종인가?"

"네, 장군께 문안 인사 올립니다."

장군은 우종을 기억하지 못하는 모양이었다. 오래전 육진에서 열린 군관들의 활쏘기 시합에서 우종은 그때 초급 군관이었던 장군을 자주 보았다.

"그대 명성은 이미 내 귀가 닳도록 들어서 잘 알고 있네. 그대가 박시문 훈련원 부정과 오랜 시간 동고동락한 사이라고, 게다가 따지자면 장인어른이라고 들었네."

"네, 박시문 훈련원 부정과 사는 의향이 제 수양딸입니다."

"하하하, 수양딸의 아비라고 했는가?"

장군은 호탕하게 웃었다. 턱수염과 콧수염을 단정히 기른 얼굴은 위엄이 있으나 인자해 보였다. 성품이 온화하며 부하들을 제 자식처럼 위한다는 말이 거짓이 아니었다. 신류와 시문은 무과 급제자 동기였다. 막역한 동갑내기 친구 사이로 훈련원에 함께 근무한 적도 있었다.

"이번 원정에 자네는 특별히 내 곁에 머물게. 말동무가 되어서 좋고 그 사나운 총질로 내 신변을 지킨다면 더욱 아니 좋을까."

"잘 알겠습니다. 성심으로 장군을 모시겠습니다."

"한데 자네 나이가 많다고 들었는데 오히려 젊은 장정보다 활달한 기백이 느껴지네."

"소인도 제 나이를 잘 모르겠습니다. 나이는 그저 숫자놀음에 불과하다 하지 않습니까."

장군이 웃으면서 상으로 백미 두 말을 우종에게 주었다.

헤이룽강 원정부대는 이백 명 정예 포수와 더불어 초관 두 명, 군관 두 명, 통역관 두 명, 말을 돌보며 군량미와 짐바리를 운반하는 마병 서른아홉 명과 지원병 서른여덟 명 등 총인원 이백팔십사 명으로 조직되었다. 지원병의 임무는 평시에 취사를 담당하고 잔심부름을 하다가 전시에 조총에 화약과 탄환을 장전해서 포수에게 건네는 조수 역할을 했다. 선상에서 연발 사격이 가능하도록 돕는 일이었다. 조총을 쏘고 나서 재장전하는 속도가 느리기에 이를 보완하려는 방법으로 조수를 쓰는 것이다. 우종은 회령에 머무르며 출정을 하염없이 기다렸다. 원정 부대를 헤이룽강까지 안내하는 청나라 통역관이 아직 도착하지 않았기 때문이다.

군관 몇 사람이 원정에 합류하려고 한양에서 올라오고 있었다. 장군은 회령으로 와서 군사들을 점고하고 사열했다. 화약과 총탄이 담긴 휴대용 군장을 나눠 주었다. 출발이 다시 늦어져서 조총 시험 발포를 했다. 세 발씩 쏘고 총열 내부를 꽂을대 총죽 끝에 들기름에 적신 무명천을 묶어서 닦도록 했다. 총수 장인 우종은 포수들에게 생명과 같은 총기를 깨끗이 유지하라고 거듭 지시했다.

드디어 출정 명령이 떨어졌다. 통역관이 도착하고 청나라 조정에서 보낸 차사가 와서 신류 장군이 객사로 가서 만났다. 통역관은 회령 개시에서 본 적이 있는 조선 출신이었다. 군량미 절반은 이미 대동강 너머로 옮겼다.

"부대가 전선으로 움직일 날이 닷새 남았으니 서둘러야 합니다. 총수들을 도강시켜 강가에서 숙영하고 새벽 일찍 출발하도록 하라는 명입니다. 영장께서는 최대한 빨리 진군하십시오."

통역관이 장군을 재촉했다. 비가 억수로 내렸다. 나흘 넘게 온종일 빗줄기를 무릅쓰고 병사들은 걷고 또 걸었다. 도로는 온통 진흙탕이었다. 말들이 진창길에 빠져 넘어졌다. 군량미와 짐바리는 모두 젖어 버렸다. 한 발이 진창에 빠지면 겨우 꺼내고 다시 다른 발이 빠지는 형국이었다. 우종은 장군을 모시고 먼저 기마를 타고 달려갔으나 지친 군졸과 복마는 뒤로 처져 도착하질 못했다. 그러는 사이에도 청나라 차사는 전투가 임박했으니 서두르라고 재촉하는 명령을 계속 내렸다.

"조선군이 너무 늦게 도착했다. 느려 터져서 중차대한 이번 전쟁을 그르칠까 심히 염려되니 어서 서둘러라."

북벌군 대장이 조선군을 기다리고 있다는 전령이 왔다. 청군 대장은, 늙은 오랑캐 누르하치가 조선을 능멸하고 치욕을 준 지난 전쟁에 참여했던 사르후다였다. 사르후다는 병자년 오랑캐가 조선을 침략했을 때 부원수로 종군하여 남한산성 공성전과 쌍령 전투에서 혁혁한 공을 세운 장수였다. 성질이 사납고 욕심이 많은 자였지만 전술에 능했다. 조선인을 장기판의 졸처럼 하찮게 보는 자이기도 했다.

청군 사령부가 있는 영고탑에 총수 부대를 집결한 후 출정할 예정이었다.

포수 부대는 며칠 밤낮을 쉬지 않고 걷고 또 걸었다. 이환과 우종은 우후를 가까이서 지키며 모셨다. 우종은 이환과도 오랜만에 많은 이야기를 나눴다. 이환이 우종에게 물었다.

"포수 어른, 오래 사는 비법 좀 알려 주세요. 요즘 몸이 예전 같지 않아서요."

"젊은 놈이 별소리를 다 하는구나. 몸이 늙는 것은 피해갈 수 없지만 늙은 마음으로 살지 말아야지. 그렇다고 젊게 보이려고 애쓰지도 말고, 그냥 젊게 살면 되는 거야."

"도통 뭔 소린지 모르겠네요. 그냥 살면 되겠네요. 저 몰래 포수 어른께서 뭐 특별한 약초를 드시나 해서요."

"그런 게 어디 있어? 그냥 나는 나이가 들어가는 대로 그 장점을 찾을 뿐. 늙어가는 게 서럽다고 생각 말고 그냥 과일처럼 익는다고 여기는 거지. 나중에 나이가 먹더라도 그냥 나는 잘 익었다 생각해."

"가르침 잘 명심하겠습니다."

무작정 걷다 보니 마지막 백자령을 넘으면 바로 영고탑이었다. 큰 고개 안팎의 거리는 육십 리인데 제대로 먹지도 자지도 못해 지칠 대로 지친 포수들은 거의 쓰러질 지경이었다. 하늘이 보이지 않을 정도로 빽빽하게 들어선 잣나무숲과 아름드리 노송들이 해를 가려 대낮에도 어두웠다. 숲을 빠져나오자 큰 강이 나타났다. 강 건너가 목적지인 영고탑이었다. 손바닥만 한 거룻배 다섯 척으로 온종일 강을 오가며 짐을 날랐다. 강을 건너자 뻘밭이 이어졌다. 다시 진흙탕에 빠져 넘어진 사람이 다치고 등짐을 산더미처럼 진 말들이 기력이 다하니 병이 났다. 짐 실은 말 한 필이 과로로 쓰러져 죽었다.

물설고 낯선 오랑캐 땅에서 온갖 어려운 고비를 넘기고 극심한 고생을 겪으니 장군의 심기가 편치 않아 보였다. 그렇지만 장군은 그 와중에도 군졸들을 보살피고 달래는 의연한 모습을 보였다. 태생은 조선인이나 말과 행동은 오랑캐 앞잡이인 통관이 다가왔다.

"대장이 조선군을 기다리다 못해 먼저 출정한 지 사흘이 지나버렸소. 군량미 옮기는 수레를 정렬해 놓았으니 빨리 실어 보내십시오. 그리고 영고탑 성주가 황제의 명령으로 만찬을 베풀 것이니 함께 갑시다."

조선군을 심하게 돌려서 혼을 빼놓을 모양이었다. 우종은 장군을 모시고 성주를 만났다. 몸이 거구인 성주는 신류 장군을 뜰 한가운데 무릎을 꿇리고 이마를 땅에 대는 절을 세 번 시켰다. 황제를 알현하는 자리에서나 시행하는 예법인데 일개 성주가 조선군 장수에게 삼배구고두 예절을 강요한 것은 예의에 어긋나는 짓이었다. 장군은 눈을 질끈 감고 성주에게 절을 했다. 날밤 새워 가며 걷고 군량미를 수레에 옮기느라 지친 군사들과 여러 날 동안 기마를 타고 달려온 군관들을 생각하며 이를 악물었다.

비를 맞으며 삼십 리를 가서 사르후다 대장 막사로 갔다. 막사는 청군 전투선이 정박한 강가에 있었다.

"늦게 왔으니 무릎을 꿇어라."

거만하게 내려다보는 사르후다 대장 앞에서 장군은 다시 무릎을 꿇고 머리를 세 번 조아리는 의식을 올렸다. 상견례가 끝나고 말라비틀어진 삶은 돼지고기와 술 석 잔을 차려 주었으나 장군은 먹는 시늉만 했다.

"이번 출정에서 신하 된 도리를 따라 조선군은 팔기군에 배속시킬 것이오. 지난번엔 조선군이 독립 부대로 출정했지만 조선 포수들 위상만 드높인 꼴이었소. 이번에도 잘 싸워서 내 체면을 좀 세워 주오."

사르후다의 말이 끝나자 장군은 서둘러 막사에서 빠져나왔다.

조선군 포수 이백 명은 팔기군에 스물네 명씩 분산하여 각 선단에 배속되었다. 군량미와 군수품은 왈가 부족 배에 나눠 실었다. 우종은 장군을 따라 선단에 올랐다.

이환이 우종 곁을 지키고 있었다. 우종이 시문에게 양해를 구하고 이환의 식구들과 살고 있었다. 우종은 이환이 이번 원정에 참전하여 전공을 세운 공훈 포수로 살기를 원했다. 녹주도 집안일을 도와주는 이환을 아들처럼 대했다. 생활력이 강한 설리를 아내로 맞아들인 후 이환은 성격이 온순해졌다. 철모르는 사내들은 무릇 살뜰한 처자를 만나야 제구실을 하고 인생의 맛을 구별하니 이는 하늘의 이치가 아닌가 싶다.

강물은 끝없이 넓게 펼쳐져 흐르고 하늘은 높고 아득했다. 광활한 벌판은 지평선에서 하늘과 맞닿아 있었다. 노을이 지는 강가에서 정박하고 숙영하며 적선이 나타나길 기다렸다.

실전에 투입되기 전에 조총을 시험 발사했다. 발포 연습을 자주 할수록 명중률이 높아졌다. 살상률이 높아진 이유는 포수 뒤에서 계속 총을 장전하여 건네준 조수 덕분에 연달아 발포할 수 있었기 때문이기도 했다. 그래서 적군을 거의 전멸시킬 수 있었다. 적들은 조선 포수들을 '대두인'이라 부르며 매우 두려워했다. 포수들이 모두 돼지털로 만든 벙거지를 써서 머리가 크게 보였기 때문이다.

청군 포수와 발포 시합을 했다. 통관들이 너비가 세 치 정도인 작은 표적 말뚝을 육십 보 거리에 여러 개 세웠다. 조선 포수와 되놈 포수 한 명당 세 발씩 쏘게 했다. 조선군 총수 이백 명중 백이십삼 명이 명중시켰다. 두 발 모두 맞힌 자가 스물한 명이었고 세 발 모두 맞힌 자는 우종을 포함해 다섯 명이었다. 청군에서는 표적을 맞힌 자가 겨우 한 손에 꼽을 정도였다. 세 발을 모두 적중시킨 다섯 명 조선 포수 중에서 우열을 가리고자 청했으나 기분이 상한 사르후다가 내려 줄 상이 없다면서 그만두라고 했다. 사르후다는 영고탑에서 온 청인 포수들을 급히 훈련시킨다며 화약 수십 근과 탄환 네 발씩 백여 명 분량을 빌려 갔으나 끝내 갚지 않았다.

대장이 태어난 고향 마을을 등지고 큰 병선에 올랐다. 선단은 헤이룽강 어귀를 지나 하류로 내려갔다. 초대형선 네 척, 대형선 이십 척, 중형선 열두 척과 작은 배가 백사십여 척으로 이루어진 선단에 탄 병사들은 이천오백여 명이었다. 그중 노 젓는 병사가 육백 명이고 오십여 개의 크고 작은 포를 다루는 포병이 대략 백 명이었다. 대형선에만 불랑기포와 홍이포를 장착했다. 조선 포수가 출신 지역별로 여덟 조로 나누어 각각 승선했다. 대형선과 중소형선 모두 조선 병선과 같은 구조이며 돛은 하얀 무명으로 만들었다.

나선 선단은 열한 척의 초대형 병선으로 이루어져 있었다. 갑판은 두꺼운 삼나무로 여러 겹으로 쌓아 만들었다. 갑판 둘레에는 총알이 뚫지 못할 만큼 두꺼운 널빤지로 방패막이를 둘렀다. 장군은 그들을 본 적이 없지만 이환의 말에 따르면 나선인들은 어깨에까지 붉은 머리카락을 어지럽게 헝클어 내린 짐승처럼 생겼다고 했다.

"오랑캐는 키가 열 자나 되고 몸은 곰처럼 크며 붉은 콧수염을 기르고 있었습니다."

이환이 설명하자 우종이 물었다.

"네가 직접 보았느냐?"

"경흥에 갔을 때 모피를 사러 온 나선 오랑캐들을 제 두 눈으로 보았습니다."

"얼굴은 어떻게 생겼느냐?"

"얼굴은 각이 지고 우락부락하며 눈은 이렇게 크고 길며 십 리나 들어가 있다니까요."

신류 장군이 재미있다는 듯 한마디 거들었다.

"네 말을 듣고 있으니 사람이 아니라 괴수로구나."

"하여간 모질고 사납게 생겼습니다."

갑자기 포를 쏘는 소리가 들렸다.

포탄이 적선 근처에 떨어졌는지 한 마장 거리 강물이 솟구치고 배가 마구 흔들리는 것이 보였다. 모두 자세를 낮추고 적선의 동태를 살폈다. 우종은 천보총을 겨냥하고 화승 심지에 불을 붙였다. 우종은 가져온 장총 세 자루와 이환의 조총 두 자루, 모두 다섯 자루를 지원병 조수에게 주고 계속 장전하도록 했다. 장군은 활과 화살을 쥐고 선 채로 적선을 바라보았다.

적선 열한 척은 건너편 강가에 정박하고 일렬로 배를 연결해 놓았다. 적의 병사들이 갑판 위에서 바삐 움직이며 이쪽을 정찰하고 있었다. 아군 선단이 포문을 열고 일제히 대포를 쏘면서 적선에 접근했다. 적선도 대포로 응사했다.

"돌격하라!"

북이 울리자 모든 전위선, 중군과 후미의 병선들이 일시에 돌격하기 시작했다. 대포를 연달아 쏘고 총탄과 화살이 빗발치듯 날리니 포연이 가득하고 화약 냄새가 사방에 깔렸다. 적의 병졸들은 갑판 위에서 소총을 쐈다. 아군이 쏘는 포탄이 적선의 돛대를 부러뜨리고 널빤지를 부수자 모두 갑판 아래로 숨었다. 더러는 배를 버리고 강가 풀숲으로 달아나 숨기도 했다. 아군 선단이 적선들을 포위하고 쇠갈고리를 걸어 바짝 붙어서 사수와 총수가 갑판에 뛰어올랐다. 적선에 기름을 뿌리고 불을 지르는데 대장이 소리를 질렀다.

"명령이다. 배를 불태우지 말라. 적선의 불을 어서 꺼라."

강물을 퍼서 불을 끄는 병사들에게 수풀 속에 도망가 엎드린 적들이 소총을 쏘고 근접한 배에 대포를 쐈다. 아군에 사상자가 났다. 우종은 수풀을 향해 총탄을 연신 발포해 적을 사살했다. 장군이 쏜 화살도 적진으로 날아갔다. 적선을 모두 불태웠다면 적은 통째로 구워져 전멸당했을 것이다. 대장이 배 안에 있는 재물에 욕심이 생겨 전투를 망치고 있었다. 병졸들이 배로 돌아와서 갈고리를 재차 당겨 적선과의 거리가 한 걸음 정도였다. 그때 갑자기 적들이 배 옆구리 대포 구멍을 모두 열고 일제히 연속으로 포와 총을 쏘기 시작했다. 아군 병선에서 총탄에 맞는 자가 속출했다.

우종은 정신없이 총을 쏘았다. 장전된 조총을 달라고 뒤로 손짓을 하는데 아무런 반응이 없어 뒤를 돌아보았다. 우종 뒤에 있던 조수가 절명했다. 조수를 대신해서 우종을 도우려던 이환이 총탄에 맞아 쓰러져 있었다. 이환의 상체를 끌어안고 피가 흐르는 가슴을 막았으나 허사였다.

"환아, 정신 차려!"

"포, 포수 어른을 모시고 오래 살고 싶었어요. 조선 제일 명, 명포수가 되어 자유롭게 살고 싶었어요."

"이제부터 누굴 위해서 살아서는 안 된다. 너의 주인은 바로 너야."

"설리와 제 아들을 보살펴 주세요."

눈물이 앞을 가렸다.

"걱정하지 말아라. 개돼지 취급받으면서 살 필요가 있느냐."

우종이 이환에게 마지막으로 해 줄 수 있는 말이었다. 이환은 몇 마디 말을 하다 이내 숨을 거두었다.

우종은 이환의 두 눈을 감겨 주었다. 나의 주인은 임금도 양반도 아닌 나 자신이고 너의 주인은 하늘도 땅도 아닌 너 자신이라고, 우종은 이환을 끌어안고 울부짖었다. 까마귀 떼가 날아 올랐다.

우왕좌왕하는 청군과 노 젓는 사공들이 총에 맞아 죽거나 다치는 자가 부지기수였다.

"불화살을 쏴라."

그제야 대장이 소리를 질렀다. 장군을 비롯한 사수들이 불화살을 날려 적선 일곱 척을 불태웠다. 적선이 불길에 휩싸이자 석양이 불타올랐다. 나머지 적선 네 척은 도망을 쳤다. 명천 포수들이 제일 용감하게 싸웠다. 아군 포수와 사수들이 적선 갑판에 뛰어올라 적병들이 재장전할 틈을 주지 않고 모두 전멸시켰다. 근접전에서는 유리한 칼과 활을 적의 소총이 당해낼 재간이 없었을 것이다. 날이 점점 어두워지자 파수를 보는 배 세 척을 남기고 선단은 건너편 강으로 돌아와 정박했다. 달아난 전투선이 언제 기습할지 모르므로 밤을 새웠다. 밤이 깊어지자 적병들은 배 세 척을 버리고 제일 큰 배 한 척에 모여 강 하류로 달아났다. 파수를 선 배들은 너무 어두워서 뒤를 쫓아갈 수 없었다.

조선군 여덟 명이 전사하고 스물다섯 명이 크고 작은 상처를 입었다.

새벽 동이 트자 여자 포로 백여 명이 강가 언덕에 올라 살려 달라고 울부짖었다. 납치를 당해 적선에 타고 있던 강가 부족 여자들이었다. 적장을 비롯해 이백칠십여 명의 주검이 불에 그을린 배 안과 강가 주변과 언덕에 서로 포개져서 누워있거나 널브러져 있었다. 모두 총탄이나 화살에 맞아 죽었다.

"갑군과 포수들은 남은 생존자를 찾아라."

대장이 명령을 내리자 우종과 조선 포수들은 총을 들고 수색에 합류했다. 왈가 부족 장정들이 시체에 칼질하며 복수했다. 여기저기 죽은 척 엎드려 있던 적병 중상자들이 죽어가며 지르는 외마디 비명이 들렸다. 풀숲으로 달아났던 나선군 십여 명이 두 손을 들고 살려 달라고 애원했다. 적선 열한 척 중 불에 타거나 망가진 배가 열 척, 살아남은 적군은 겨우 한 척에 모두 타고 도주했다. 대승이었다.

"죽이지 말고 배에 태워라."

대장은 포로들을 아군 배에 나눠 타도록 했다. 남겨진 적선세 척에서 찾아낸 모피류와 소총들을 사르후다가 모두 자신의 전리품으로 가져갔다. 조선 군사가 찾아낸 소총도 남김없이 거두어갔다. 우종은 불에 탄 배 안에서 부싯돌을 주웠는데 그마저도 빼앗겼다. 숨겨 둔 전리품이 발견되는 즉시 사형에 처한다는 대장의 명이 떨어졌다. 사르후다는 정말 욕심이 하늘을 찌르는 자였다. 우종은 사람이 결국 욕심 때문에 죽는다고 믿었다.

김우종은 그동안 사라져간 모든 사람을 기억하지는 못했지만 이환만은 쉽게 잊을 수가 없었다. 하늘이 무너지는 슬픔은 곧 지나갈 테지만 이환이 원한 자유로운 평등 세상은 아직 오지 않았다. 대신 강자가 약자를 깔고 앉아 필요하면 살리고 소용이 없으면 죽이는 세상이 왔다. 그렇게 죽지 않으려면 힘을 키워서 강자에 대적해야 했다. 착한 종놈처럼 살면서 도망을 치거나 목숨을 하늘에 맡기면 오래 살아남는다는 보장이 있는가. 이 기울어진 세상에는 사르후다처럼 대장 자리에 올라 사람을 몽둥이로 다스리고자 하는 무리가 넘쳐나는데.

대장을 비롯한 오랑캐 부장들은 서로 잘 싸웠다며 전공을 따지고 북경에 승전보를 올렸다. 조선군은 그저 들러리에 불과했다.

"죽음을 보고 총소리를 듣고도 그 총성을 승전보를 알리는 폭죽 소리로 여기는 자들이구나."

장군은 사리사욕이 전쟁보다 더 무섭다고 말했다.

장군의 뜻에 따라 우종은 이환을 양지바른 언덕에 묻어 주었다. 전사한 포수 여덟 명은 같은 고향 사람끼리 묻어 주었다. 승리했지만 되놈들 사상자도 많았다. 전사자가 백이십 명이고 부상자가 이백 명 정도였다.

포수들은 이제 고향으로 돌아가고 싶은 생각이 간절했으나 청군 대장이 자기 마음대로 조선군 주둔 기간을 연장해 버렸다. 적군 세력이 쪼그라들어 잔당이 남았을 뿐인데 조선군을 가로

막는 대장의 의중이 궁금했다. 사르후다의 속마음은 곧 밝혀졌다. 조선군을 붙잡아두고 군량미를 팔아먹을 심산이었다. 아니나 다를까 식량이 점점 줄어들자 사르후다는 식량을 빌려주었다. 요구한 양의 절반만 빌려주고 그것도 두 배로 갚으라 했다. 그나마 빌려준 식량 절반이 물에 젖어 썩어 있었다. 오랑캐 대장의 재물을 탐하는 속내가 훤히 드러났다. 오랑캐끼리 벌이는 전쟁에 불러들이고 피를 흘려 싸운 대가로 얻은 노획물은 모두 가져가고 이제 식량을 미끼로 장사를 하려는 속셈이었다. 우종은 회령 개시에서 되놈들이 거저먹으려는 셈법을 익히 알고 있었다.

신류 장군의 고민이 깊어갔다. 음력 팔월 초면 영고탑에 찬바람이 불고 중순에는 강물이 얼기 시작하는데 서둘러 돌아가야 했다. 승리에 취한 대장은 계속 조선군을 붙잡아 두었다. 수심에 찬 장군의 왼쪽 귀가 잘 들리지 않았다. 모진 강바람을 쏘이고 야영지에서 밤잠을 제대로 자지 못해 생긴 연유이므로 우종은 그것이 중병으로 악화되지 않을까 걱정스러웠다. 마침내 장군은 몸져누웠다. 강가에서 손바닥 크기의 편편한 자갈돌을 주운 우종은 그것을 모닥불에 덥힌 후 따듯하게 만들어서 장군 귀에 올려놓았다.

"고맙네, 포수 대장."

비록 초관의 직분도 없었지만 장군은 백전불패 노병인 우종을 군관처럼 대우했다.

장군의 앓던 귀가 차도가 있었다. 다만 이마가 불덩이처럼 뜨겁고 온몸의 뼈마디가 쑤시고 지쳐서 걸음을 걷기 힘들어했다. 우종은 미음을 끓이고 장군의 이마에 젖은 수건을 올려 주었다. 좋은 쌀은 병사에게 주고 스스로 썩은 쌀을 먹고 배가 아파서 식사도 거르니 장군을 옆에서 지켜보는 우종도 심사가 괴로웠다. 군사들은 들판에서 이슬을 맞으며 야영을 하는데 땔감마저 구하기 어려웠다. 급기야 사르후다는 하루치 양식마저 꿔주지 않고 조선으로부터 쌀을 서둘러 운반해 오라는 명령을 내릴 뿐이었다. 포수들은 굶주림에 시달렸다. 당장 우종이 총으로 사르후다를 저격하고 싶을 정도였다.

북경에서 출병한 부원수 차사가 보다 못해 대장에게 조선군의 귀향을 강력하게 주장했으나 쇠귀에 경 읽기. 결국 장군은 귀한 담배 십여 상자를 대장에게 뇌물로 바쳤다.

"진작에 이런 식으로 나왔다면 배포가 큰 내가 선심을 아니 썼겠나."

조선에서 오는 군량미에서 병졸들이 돌아갈 때 먹을 쌀만 지급하고 빌린 쌀의 몇 배가 넘는 식량을 주기로 약속하자 대장은 마침내 철군을 허락했다.

장군이 대장에게 마지막 요청을 보냈다.

"군사를 거느리고 헤이룽강에 와서 대첩을 거두고 개선하는 날이 조선에도 큰 영광이 될 것입니다. 적의 총포 제조 기술이 매우 뛰어나니, 몇 자루 얻어 나라에 바치면 전공과 첩보를 동시에 알리는 공로를 얻을 것입니다. 부디 이 요청을 들어주시기 바랍니다."

대장이 부장과 귀엣말을 주고받은 후 말했다.

"획득한 적의 총포가 삼사백 정이나 그 수를 북경에 이미 알렸으니 처분을 기다리시오. 그리고 어디에 쓰려고 총포를 더 개발한단 말이오?"

이틀 후 대장이 적군의 총포 한 자루를 내려보냈다. 우종이 그 소총을 자세히 살펴보니 조선의 총포와 다르게 화승이 없었다. 적의 수석총은 방아쇠를 내려 철과 부싯돌이 서로 부딪혀 불꽃이 일어나 화약에 점화되고 발포하는 편리한 방식이었다. 그러나 조선군 포수는 주조한 탄환을 사용했지만 나선군은 납탄을 사용했다. 규격화된 무쇠 탄은 총알이 총열 내에 빈틈없이 잘 물리도록 제작되었다. 그러므로 사용의 편리에 있어서 적의 수석총이 나았으나 명중률이나 위력은 조선이 만든 조총에 비해 떨어졌다.

군량미를 갚자마자 철군이 시작되었다. 짐바리를 실을 작은 배를 세 척만 주어 모두 무거운 군장과 짐을 메고 고향까지 걸어가야 했다. 땔감을 구하기 어려워서 병졸들이 밥을 지을 수 없자 생쌀을 씹으며 굶주림에 지쳐갔다. 종성에서 온 마부 한 명이 병에 걸려 죽어서 양지바른 산기슭에 묻어 주었다. 포수 중에 몸에 병이 든 자와 발병이 난 자들이 걷다가 거꾸러지는 일이 다반사였다. 그러나 회령 땅에 가까워지자 병자들과 발이 아파서 걷지 못하던 군사들이 모두 씻은 듯이 나아서 펄펄 뛰며 길을 나섰다. 이제 살아서 고향 땅에 돌아간다고 모두 즐겁게 떠들며 남은 길을 앞다투어 걸었다.

"포수 대장, 그동안 참으로 노고가 많았소."

두만강을 건너자 장군이 우종을 돌아보며 말했다.

"이게 다 장군님 지휘 덕분입니다."

장군은 애써 흐르는 눈물을 감추고 있었다. 그간 뼈에 새길 듯 힘들었던 여정과 오랑캐 땅에서 죽은 선량한 포수들을 생각하면 어찌 슬프지 않겠는가.

"신류 장군님 만세!"

우종이 만세를 부르자 포수들과 마중을 나온 백성이 만세 삼창을 했다. 원정 부대는 즉시 해단식을 갖고 각자 고향으로 돌아가거나 원대 복귀했다. 우종은 시문의 친한 친구인 신류 장군께 고별하고 녹주가 기다리는 집으로 돌아왔다.

이 원정으로 청군과 나선군의 간담을 서늘하게 만든 조선 총수의 위상은 대륙의 정점에 올랐다고 김우종은 기억했다.

에필로그

녹주가 우종에게 의붓딸 의향만 남기고 하늘나라로 간 지 여러 해가 흘렀다. 홀로 남은 우종은 무작정 울산으로 갔다. 이번이 마지막 만남일지 모른다는 예감이 들었기 때문이다.

시문은 목덜미에 화살을 맞고 난 후에도 영욕과 모함의 시절을 잘 버티다 어느 날 한계에 도달했음을 알았다. 관직에 오만 정이 다 떨어진 시문은 벼슬을 던져 버리고 낙향했다. 말년에 울산 태화강이 바라보이는 언덕 아래에 정자를 짓고 세월을 낚았다. 정자 앞에 십 리 갈대밭이 펼쳐져 있었다. 뒷문에는 갈잎을 흔드는 바람의 노래와 앞뜰 아래 반짝이는 강물이 흘렀다. 정자 입구에 '만회당'이라는 현판을 써서 붙였다. 만회는 늙어서 후회한다는 의미였다. 다만 늙어서 후회 없는 삶을 산 자가 과연 몇이나 될까.

시문은 울산 종가를 개축해 헌폭헌獻曝軒이라 이름 지었다. '야인헌폭野人獻曝'이라는 사자성어에서 따왔다. 송나라 농부가 추운 겨울을 간신히 넘긴 뒤 맞이한 보릿고개 봄날에 따뜻한 햇볕을 쬐고 그 햇살을 임금에게 바치고 싶다는 고사였다.

　시문은 우종보다 훨씬 더 늙어 보였다. 세월이 화살처럼 흘렀지만 우종에게는 바로 엊그제 일만 같았다. 어느덧 할머니가 된 의향은 우종에게 따뜻하게 데운 술 한 잔을 따라 주었다. 시문은 겨울 햇볕을 좋아하는 우종에게 시 한 편을 지어 주었다.

　　　겨우 들어가 앉을 만한 비좁은 방이지만
　　　산 아래 남향집 볕 받기는 참 좋지요
　　　촌사람이 무엇을 알겠소만
　　　하늘이 행하는 도가 모두에게 은혜지요
　　　혹독한 상황에서 특별히도 풀려나고
　　　추운 계절 지나니 기분도 좋소만
　　　구구한 성의는 맘속에 담으면 그저 그뿐
　　　구태여 대궐 문에다 바칠 일이 뭐 있겠소****

　우종도 시가 못 되는 창가 한 편을 써서 시문에게 주었다.

　　　기왕이면 외진 북관으로 가겠소
　　　사는 곳 어디라도 내게는 고향
　　　작은 강가 갈대로 이은 지붕 위

해가 지고 달이 뜨는 낡은 초막에

누워 책을 베고 꾸는 백일몽

눈부신 푸른 숲길로 산책 가겠소

빈 낚싯대만 종일 드리울 거외다

죽기 살기로 달려온 일생

그리움조차 묻히는 그곳으로 날 보내주오

시문은 곁에 앉은 의향을 꼭 끌어안아 주었다. 사랑, 그것을 바라보는 우종의 마음이 흐뭇하게 차올랐다. 의향 어미 녹주가 잠시 생각났기 때문이다. 서로 주고받는 술잔에 눈물방울이 떨어졌다.

이리도 오래 살았건만 아직 사는 게 뭔지 모르고 죽음에 대해서는 더욱 모르겠다. 모르고도 아는 척, 알고도 모르는 척 참으로 무심하게 살아왔다.

어느 날 우종은 녹음이 푸른 강가에 앉아 꾸벅꾸벅 졸 것이다. 연어는 낚싯줄을 끌고 이리저리 춤을 추겠고 은어는 푸덕거리며 연애질에 정신없겠지. 바람이 서걱서걱 갈대에 말을 걸면 종다리는 머리 위에 바짝 떠서 지지배배 노래할 것이다.

'너무 오래 기다렸어.'

세상을 향해 하품이나 한번 늘어지게 하고 싶었다.

마지막 숨을 몰아쉬며 깊고 아득한 잠에 빠져 꿈을 꾸고 나면 어느새 자연으로 돌아갈 수 있을 것이다.

한 이백 년이 지난 어느 쓰라린 봄날, 외세를 등에 업고 권력을 손에 쥐고 흔드는 자들 발아래 엎드린 채 피고름을 짜 주던 백성이 스스로 이 땅의 주인으로 여기며 일어서는 평등한 세상이 열린다면 그때 누가 잠든 우종을 흔들어 깨워 주겠는가?

언젠가 활의 시대는 가고 총이 대세인 시절이 오겠지. 그때 백성은 손에 총을 들고 외칠 것이다. 우리의 주인은 이 나라의 하늘과 땅이고 그 하늘과 땅이 바로 우리라고.

흰 까마귀 한 마리가 날아왔다. 백의를 입은 불멸의 수호신처럼 김우종 머리 위를 맴돌며 따라왔다. 죽은 노승의 영혼인가. 김우종은 구름 한 점 없이 푸른 하늘을 올려다보았다. 까마귀 눈에 비친 김우종은 장총을 어깨에 멘 채 멀어져갔다. 대금을 구성지게 불며 바람에 몸을 싣고 천천히 걸어갔다. 한 십 리쯤 걸었을까. 그는 걸어온 꽃길을 돌아다보았다. 어쩌면 이번 생애에서 다시 못 볼 한 사내와 그가 사랑한 여인을 떠올리자 비로소 그는 기쁨과 슬픔이 어떻게 교차하는지 알았다.

기쁨과 슬픔이 복사꽃처럼 흐드러지게 핀 어느 날, 이 땅 무명의 거리에서 김우종은 홀연히 자취를 감췄다. 이후 북쪽 간도 땅이나 회령 땅에서, 삼면으로 둘러싸인 바닷가에서, 팔도강산 곳곳에서 김우종을 만났다는 이야기가 전설처럼 들렸다. 다만 어디에서도 찾을 수 없는 그림자처럼 그는 숨어 있었다.

조총을 든 포수들이 백두산과 두만강을 버젓이 월경하여 호랑이를 사냥하거나 산삼을 캐러 드나들자 청나라에서 강하게 항의했다. 조선 포수가 무법자처럼 만주 거리를 누비자 청인들은 감히 대들지 못했다. 조선 조정에서는 서둘러 국경 경계를 침범하지 못하도록 금족령을 내렸다. 산삼 채취를 금지하고 민간이 소유한 조총을 모두 거두어들여 관아 무기고에 보관토록 했다. 총을 목숨처럼 여기는 포수 일부는 조총을 지키려고 첩첩산중으로 들어갔다. 이후 군영에서도 조총을 사용하지 못하게 하였기에 병졸들도 총 쏘는 법을 알지 못했다.

이제 주변 나라의 대호가 마구 날뛰는 세상이 되어 버렸다. 오호애재라. 북쪽 되놈과 남쪽 왜놈은 이 나라를 호시탐탐 노리는데, 호랑이 사냥을 구실로 누군가 모반을 일으킬 수 있다고 총을 금지하다니. 예나 지금이나 권력을 가진 자들은 거짓된 민의를 앞세우며 백성을 잡아먹으려고 혈안이었다. 그들이 벌린 입은 호환이 되었고 뱉어낸 말은 돌림병이 되었다. 그리하여 이 풍진 세상에 호환 마마가 좀처럼 끊이질 않는구나. 숨어 살던 산포수들은 이제 민란에 가담하고 의병이 되었다. 죽기 전에 들고 일어나 이 나라를 구해야겠다. 🏃

*　「박계숙일기」, 『부북일기赴北日記』, 1605.

**　「박취문일기」, 『부북일기赴北日記 』, 1645.

***　「박취문일기」, 『부북일기赴北日記』, 1645.

**** 이식, 송시열 간행, 『택당집澤堂集』, 1658.